MARY
HIGGINS
CLARK

WENN DU
NOCH LEBST

MARY HIGGINS CLARK

WENN DU NOCH LEBST

THRILLER

Aus dem Amerikanischen von Karl-Heinz Ebnet

HEYNE

Die Originalausgabe erschien unter dem Titel
THE MELODY LINGERS ON bei Simon & Schuster, New York

MIX
Papier aus verantwortungsvollen Quellen
FSC® C014496

Verlagsgruppe Random House FSC® N001967
Das für dieses Buch verwendete
FSC®-zertifizierte Papier *EOS*
liefert Salzer Papier, St. Pölten, Austria.

Umschlaggestaltung: Eisele Grafik·Design, München,
unter Verwendung eines Fotos von
Hollandse Hoogte/plainpicture
Redaktion: Claudia Alt
Satz: Leingärtner, Nabburg
Druck und Bindung: GGP Media GmbH, Pößneck
Printed in Germany

ISBN 978-3-453-26933-0
www.heyne-verlag.de

Zur Erinnerung an June Crabtree,
geschätzte Freundin seit unserer gemeinsamen Zeit
an der Villa Maria Academy.
In Liebe.

1

Mit schnellen Schritten ging die dreißigjährige Elaine Marsha Harmon von ihrer Wohnung in der East Thirty-Second Street in Manhattan zum fünfzehn Block entfernten Flatiron Building an der Ecke Twenty-Third Street und Fifth Avenue. Dort lag das Büro, in dem sie als Innenausstatterin arbeitete. Sie trug einen warmen Mantel, aber keine Handschuhe, obwohl es an diesem Morgen Anfang November schon empfindlich kühl war.

Die kastanienbraunen Haare waren im Nacken zusammengebunden, nur einige Strähnen hatten sich gelöst und wehten ihr ins Gesicht. Sie war groß wie ihr Vater und schlank wie ihre Mutter. Nach dem College-Abschluss, als ihr klar wurde, dass sie sich vielleicht doch nicht zur Lehrerin berufen fühlte, hatte sie sich am Fashion Institute of Technology eingeschrieben, und nach der Ausbildung dort war sie von Glady Harper eingestellt worden, der Innenausstatterin, um die sich seit Jahren all diejenigen rissen, die nicht nur reich waren, sondern auch einen gewissen gesellschaftlichen Ehrgeiz pflegten.

Elaine war nach ihrer Großtante väterlicherseits benannt worden, wie sie allen erzählte, einer kinderlosen Witwe, die als außergewöhnlich wohlhabend galt. Allerdings war Tante Elaine Marsha auch eine große Tierliebhaberin gewesen und hatte den Hauptteil ihres Vermögens diversen Tierschutzorganisationen und nur sehr wenig ihren Verwandten vermacht.

»Eigentlich ist Elaine ein ganz hübscher Name«, sagte Lane

immer, »und Marsha ist ja auch nicht so übel, aber ich habe mich nie als Elaine Marsha gefühlt.« Als Kind hatte sie das Problem gelöst, indem sie ihren Namen kurzerhand zu »Lane« verballhornt hatte – und der war ihr geblieben.

Daran musste sie denken, als sie von der Second zur Fifth Avenue und dann runter zur Twenty-Third Street ging. Ich bin gern in dieser Stadt, dachte sie, gerade jetzt. Ich liebe New York und kann mir nicht vorstellen, irgendwo anders zu leben. Jedenfalls möchte ich es nicht. Trotzdem trug sie sich mit dem Gedanken, vielleicht bald einmal in einen Vorort zu ziehen. Katie würde im September nächsten Jahres in die Vorschule kommen, und Privatschulen in Manhattan überstiegen ihre finanziellen Möglichkeiten.

Bei diesen Gedanken stellte sich auch wieder der vertraute Schmerz ein. Ken, dachte sie. O Ken, wenn du doch bloß noch am Leben wärst. Dann verdrängte sie die Erinnerung, betrat das Flatiron Building und nahm den Aufzug in den dritten Stock.

Es war erst zwanzig vor neun, trotzdem war Glady Harper – wie nicht anders zu erwarten – bereits da. Die beiden anderen Angestellten, die Rezeptionistin und der Buchhalter, kamen erst zwei Minuten vor neun. Unpünktlichkeit verzieh Glady nicht.

Lane blieb vor der Tür zu Gladys Büro stehen. »Hallo, Glady.«

Ihre Chefin blickte auf. Wie immer sahen ihre stahlgrauen Haare aus, als hätte sie sich nicht mal die Mühe gemacht, sie zu bürsten. Ihr drahtiger Körper steckte in einem schwarzen Sweater und einer schwarzen Freizeithose. Lane wusste, dass Glady einen ganzen Schrank mit exakt diesem Outfit hatte; ihre Leidenschaft für Farben und Formen war ausschließlich der Inneneinrichtung von Privatwohnungen und Büros vorbehalten. Sie war sechzig Jahre alt, seit zwanzig Jahren geschieden und wurde von Freunden und Angestellten nur »Glady« gerufen. Einer ihrer Stofflieferanten hatte sich einmal den Kommentar erlaubt, »Feldmarschall« würde doch viel besser zu ihr passen. Eine Bemerkung, die ihn prompt um einen lukrativen Auftrag gebracht hatte.

Glady verschwendete keine Zeit mit einer Begrüßung. »Komm rein, Lane«, sagte sie. »Ich möchte mit dir was besprechen.«

Hab ich was falsch gemacht?, ging es Lane augenblicklich durch den Kopf, während sie der Aufforderung nachkam, ins Büro trat und auf einem der antiken Windsor-Stühle vor Gladys Schreibtisch Platz nahm.

»Ich hab eine Anfrage von einem neuen ... oder, besser gesagt, von einem alten Kunden bekommen, und ich bin mir nicht sicher, ob ich mich darauf einlassen soll.«

Lane runzelte die Stirn. »Glady, das sagst du immer, wenn du das Gefühl hast, dass der Kunde schwierig oder der Auftrag nicht der Mühe wert ist.« Wobei du selbst ja auch nicht gerade einfach bist, dachte sie sich im Stillen. Wenn Glady einen neuen Kunden annahm, ging sie als Erstes dessen Wohnung durch und entsorgte hemmungslos alles, was ihrer Meinung nach nichts anderes als Müll war.

»Hier liegt der Fall anders«, sagte Glady. »Vor zehn Jahren habe ich im Auftrag von Parker Bennett sein Herrenhaus in Greenwich eingerichtet.«

»Parker Bennett!« Lane erinnerte sich an die Schlagzeilen über den Fondsmanager, der seine Kunden um Milliarden Dollar geprellt hatte. Kurz bevor der Betrug aufflog, war er auf seinem Segelboot spurlos verschwunden. Man nahm an, dass er Selbstmord begangen hatte, die Leiche allerdings war nie gefunden worden.

»Na ja, es geht nicht unbedingt um ihn«, erwiderte Glady.

»Eric, Bennetts Sohn, hat mich angerufen. Die Behörden holen sich jeden Cent von Parker Bennetts Vermögen zurück. Daher muss jetzt das Haus verkauft werden. Da die Möbel kaum noch was wert sind, billigt man Bennetts Frau Anne zu, alles mitzunehmen, was sie für die Einrichtung ihres neuen Hauses gebrauchen kann. Eric sagte mir, seiner Mutter sei das alles völlig gleichgültig, daher hat er mich gebeten, diese Aufgabe für sie zu übernehmen.«

»Kann er sich das denn leisten?«

»Er hat aus seiner Situation keinen Hehl gemacht. Er hat irgendwo gelesen, dass das höchste Honorar, das ich jemals erhalten habe, von seinem Vater stammte. Der hat damals keine Kosten gescheut. Daher bittet er mich, es umsonst zu machen.«

»Und? Machst du es?«

»Was würdest du tun, Lane?«

Lane zögerte, beschloss aber, sich nicht vor einer klaren Antwort zu drücken. »Ich habe Fotos von der armen Frau gesehen. Anne Bennett sieht mindestens zwanzig Jahre älter aus als vor dem Skandal. Ich an deiner Stelle würde es tun.«

Harper kniff die Lippen zusammen und sah zur Decke. Eine typische Reaktion, wenn sie sich konzentrieren musste, egal, ob es um den exakten Farbton eines Besatzes oder um eine Entscheidung wie diese ging. »Wahrscheinlich hast du recht«, sagte sie. »Außerdem ... kann ja nicht so lange dauern, ein paar Möbel für eine Wohnung zusammenzustellen. Soweit ich weiß, geht es um den Neubau eines Stadthauses in Montclair, New Jersey. Das ist nicht weit von der George Washington Bridge, an die vierzig Minuten Fahrzeit. Zumindest das hält sich also in Grenzen.«

Sie riss eine Seite aus ihrem Notizblock und schob das Blatt Lane hin. »Hier ist Eric Bennetts Telefonnummer. Irgendein

Börsenmakler scheint ihm eine Stelle verschafft zu haben, wo er sich einigermaßen bedeckt halten kann. Er war schon im Begriff, bei Morgan Stanley Karriere zu machen, hat dann aber kündigen müssen, nachdem die Machenschaften des lieben Vaters öffentlich wurden. Vereinbare mit ihm einen Termin.«

Lane ging mit der Notiz in ihr Büro, setzte sich an den Schreibtisch und wählte die Nummer. Beim ersten Klingeln meldete sich eine feste, wohltönende Stimme.

»Eric Bennett.«

2

Eine Woche darauf waren Lane und Glady auf dem Merritt Parkway Richtung Norden unterwegs und steuerten über die Ausfahrt Round Hill Road den exklusivsten Abschnitt im exklusiven Greenwich, Connecticut, an. Auf der Route 95 wären sie schneller vorangekommen, aber Glady wollte unbedingt die idyllische Landschaft zu beiden Seiten der Straße genießen. Lane saß am Steuer von Gladys Mercedes. Ihre Chefin war der Meinung gewesen, dass Lanes Mini Cooper nicht unbedingt das angemessene Gefährt sei, um am Bennett-Anwesen vorzufahren.

Glady hatte fast während der gesamten Fahrt geschwiegen, was Lane zu schätzen wusste. Wenn ihre Chefin reden wollte, würde sie schon das Wort ergreifen. Lane musste dabei an Queen Elizabeth denken, von der sie gehört hatte, dass man sie keinesfalls ansprechen dürfe, solange sie nicht selbst das Gespräch begann.

An der Ausfahrt sagte Glady jetzt: »Ich weiß noch genau, wie ich zum ersten Mal hierherkam. Parker Bennett hatte das riesige Haus gekauft, weil der ursprüngliche Bauherr darüber pleitegegangen war, noch bevor er einziehen konnte. Das Gebäude war ein Ausbund an schlechtem Geschmack. Ich habe einen Architekten mit dazunehmen müssen, und zusammen haben wir sämtliche Innenräume neu gestaltet. Mein Gott, in der Küche gab es eine Arbeitstheke in Form eines Sarkophags. Und das Speisezimmer war wie die

Sixtinische Kapelle gestaltet. Michelangelo hätte sich im Grab umgedreht.«

»Das muss ein Vermögen gekostet haben, wenn du nicht nur für die Inneneinrichtung zuständig gewesen bist, sondern auch noch architektonische Veränderungen vorgenommen hast«, sagte Lane.

»Ja, es hat eine Riesensumme gekostet, aber Parker Bennett war das alles egal. Warum sich auch Sorgen machen? Das ganze Geld war ja sowieso das von anderen.«

Das Bennett-Anwesen lag am Long Island Sound. Das große rote Backsteinhaus mit seinen weißen Fenstern und Fensterläden war schon von der Straße aus zu sehen. Als sie in die Anfahrt bogen, fiel Lane auf, dass die Sträucher schon lange nicht mehr gestutzt worden waren und Laub auf den Rasenflächen lag.

Glady bemerkte es ebenfalls. »Der Gärtner war wahrscheinlich einer der Ersten, der gehen musste«, sagte sie trocken.

Lane parkte in der geschwungenen Anfahrt. Zusammen stiegen sie die wenigen Stufen zur schweren Eichentür hinauf. Kaum hatte Lane den Klingelknopf berührt, als auch schon geöffnet wurde.

»Danke, dass Sie gekommen sind«, begrüßte Eric Bennett sie.

Während Glady die Begrüßung erwiderte, musterte Lane ihr Gegenüber. Eric Bennett, dessen Stimme sie so beeindruckt hatte, war von mittlerer Größe. Mit ihren zehn Zentimeter hohen Absätzen war sie kaum kleiner als er. Er hatte volles blondes Haar, durch das sich allerdings schon einige graue Strähnen zogen, und haselnussbraune Augen. Sie hatte sich ausführlich über den Fall Bennett kundig gemacht und musste jetzt feststellen, dass Eric die jüngere Ausgabe seines Vaters war, eines vornehmen, attraktiven Mannes, der unzählige Menschen um ihre Ersparnisse gebracht hatte.

Glady stellte sie vor. »Meine Assistentin, Lane Harmon.«

»Eric Bennett, aber das wird Sie kaum überraschen.« Ein ironischer Unterton schwang in seiner Stimme mit, und er lächelte verhalten.

Wie immer kam Glady sofort auf den Punkt. »Ist Ihre Mutter da, Eric?«

»Ja. Sie wird gleich runterkommen. Ihre Friseurin ist noch bei ihr.«

Lane erinnerte sich, dass Anne Bennett in dem Friseursalon, in dem sie langjährige Kundin gewesen war, nicht mehr gern gesehen wurde. Zu viele der anderen Kunden wollten mit ihr nichts mehr zu tun haben, nachdem sie oder ihre Familien Parker Bennetts Betrug zum Opfer gefallen waren.

Das große Eingangsfoyer machte einen trostlosen Eindruck. Die beiden geschwungenen Treppen führten hinauf zu einer Galerie, auf der ein ganzes Orchester Platz gefunden hätte. In den Wänden klafften Löcher.

»Die Tapisserien sind fort, wie ich sehe«, bemerkte Glady.

»Ah, ja. Seitdem wir sie hatten, ist ihr Wert um zwanzig Prozent gestiegen. Der Schätzer freute sich auch sehr über die Gemälde, die Sie für meinen Vater erworben haben. Sie haben ein gutes Auge, Glady.«

»Natürlich hab ich das. Ich habe mir den virtuellen Rundgang durch das Stadthaus in New Jersey angesehen, das Sie für Ihre Mutter erworben haben, Eric. Es ist gar nicht so schlecht. Wir können etwas sehr Reizendes daraus machen.«

Ganz offensichtlich hatte Glady in der Zeit, in der sie im Herrenhaus beschäftigt gewesen war, eine recht herzliche Beziehung zu Eric Bennett aufgebaut. Resolut wie immer streifte sie nun durch das Erdgeschoss.

Der hohe Raum links von ihnen war anscheinend das, was die meisten als Wohnzimmer bezeichnen würden, für Glady aber war es der »Salon«. Elegante Rundfenster gaben den Blick frei auf das weite Anwesen. In der Ferne war ein Poolhaus zu erkennen, eine Miniatur des Herrenhauses, dazu ein abgedeckter Swimmingpool. Das muss ja ein 50-Meter-Becken sein, dachte Lane. Und ich möchte darauf wetten, dass es ein Salzwasserpool ist.

»Ich sehe, sämtliche Antiquitäten und handgefertigten Möbelstücke sind mitgenommen worden«, kam es von ihrer Chefin.

»Auch etwas, was wir Ihrem guten Geschmack zu verdanken haben, Glady.« Diesmal glaubte Lane eine Spur von Verbitterung in Bennetts Ton herauszuhören.

Glady ging auf das indirekte Kompliment nicht ein. »Na ja, die Möbel im kleinen Aufenthaltszimmer sollten sich sowieso besser für das neue Stadthaus eignen. Sehen wir uns den Raum doch mal an.«

Sie kamen an einem Speisezimmer von herrschaftlichen Ausmaßen vorbei. Wie der Salon waren auch hier alle Möbel entfernt worden. Es folgte ein Raum, in dem offensichtlich die Bibliothek untergebracht gewesen war. Nun aber standen darin nur noch leere Mahagoni-Regale. »Ich erinnere mich noch an die kostbaren Raritäten Ihres Vaters.«

»Ja, er hat diese Bücher schon gesammelt, lange bevor er seinen eigenen Investmentfonds ins Leben gerufen hat«, kam es nun wieder ganz sachlich von Bennett. »Offen gesagt, wenn ich ein Buch lese, möchte ich es in den Händen halten und mir keinen Kopf darüber machen, ob ich das Papier oder die Illustrationen beschädigen könnte.« Er sah zu Lane. »Meinen Sie nicht auch?«

»Das sehe ich ganz genauso«, antwortete Lane mit Nachdruck.

Glady hatte ihr Fotos vom ursprünglichen Zustand der

Räume gezeigt, die aufgenommen wurden, nachdem sie ihre Arbeit abgeschlossen hatte. Jeder Raum war in einem ganz eigenen Farbschema eingerichtet, was ihm Charme und Wärme verliehen hatte.

Jetzt war an dem Haus nichts mehr, was Charme und Wärme versprühen konnte. Alles fühlte sich heruntergekommen, fast trostlos an. Auf den Bücherregalen lag eine dünne Staubschicht.

Sie gingen weiter. Links folgte ein helles Zimmer, das noch mit einer bequemen Couch und ebensolchen Stühlen, einem runden Glastisch und dazu passenden Mahagoni-Beistelltischen mit herunterklappbaren Seitenteilen eingerichtet war. Geblümte Wandbehänge nahmen das Stoffmuster des Sofas wieder auf. Gerahmte Monet-Drucke an den Wänden und ein Teppich in einem weichen Grünton trugen zur einladenden Wirkung bei.

»Das war das Aufenthaltszimmer der Bediensteten, Lane«, sagte Eric Bennett. »Es hat seinen eigenen Zugang zur Küche. Bis letztes Jahr hatten wir sechs Hausangestellte.«

»Diese Möbel werden wir mit ins neue Stadthaus nehmen«, sagte Glady. »Sie sind ja noch ansprechender, als ich sie in Erinnerung hatte, und sie werden wunderbar in das Erdgeschosszimmer passen. Außerdem dürften sich die Möbel im Zimmer Ihrer Mutter im ersten Stock hier perfekt für das neue Wohnzimmer eignen. Dazu nehmen wir ein Bett aus einem der Gästeschlafzimmer. Das Bett im Master-Schlafzimmer ist zu groß für das Stadthaus. Genauso verfahren wir mit den anderen beiden Schlafzimmern. Laut meinen Unterlagen können wir das neue Speisezimmer mit dem Tisch und den Stühlen und der Anrichte des Frühstückszimmers bestücken. Also, kommt Ihre Mutter nun herunter, oder können wir nach oben?«

Eins lässt sich über Glady mit Gewissheit sagen, dachte

Lane, sie kann wirklich sehr bestimmend sein. Gut, dass sie noch nach oben will, ich habe schon befürchtet, sie würde ausschließlich nach ihren Fotos arbeiten. Außerdem würde ich doch allzu gern noch die übrigen Räume sehen.

»Ich glaube, ich höre meine Mutter bereits«, sagte Bennett und machte abrupt kehrt. Glady und Lane folgten ihm und gingen den Weg zurück, den sie gekommen waren.

Lane hatte Fotos von Anne Nelson Bennett im Internet gefunden. Aber die in früheren Jahren so bezaubernde blonde Dame, die den obersten Gesellschaftsschichten angehört hatte und deren Lieblingsdesigner kein Geringerer als Oscar de la Renta gewesen war, war kaum noch zu erkennen. Sie wirkte abgemagert, ihre Hände zitterten leicht, und sie geriet ins Stocken, als sie sich an Glady wandte: »Ms. Harper, wie schön, dass Sie gekommen sind. Leider unter etwas anderen Umständen als das letzte Mal.«

»Mrs. Bennett, ich weiß, wie schwierig das alles für Sie war.«

»Danke. Und wer ist diese liebenswürdige junge Frau?«

»Meine Assistentin, Lane Harmon.«

Lane ergriff die ausgestreckte Hand. Anne Bennetts Händedruck war so schwach, als hätte sie keinerlei Kraft mehr in den Fingern.

»Mrs. Bennett, ich werde mein Bestes tun, um Ihr neues Heim präsentabel und bequem zu machen. Sollen wir nach oben, damit ich Ihnen zeigen kann, welche Möbelstücke ich für Sie ausgewählt habe?«, fragte Glady.

»Ja, natürlich. Mir sind nur noch die Stücke geblieben, denen bloß ein geringer Wert zugeschrieben wird. Ist das nicht großzügig? Aber jemand anderes hat das Geld gestohlen. Ist es nicht so, Eric?«

»Wir werden seine Unschuld beweisen, Mutter«, sagte Eric Bennett entschieden. »Lassen Sie uns alle nach oben gehen.«

Vierzig Minuten später befanden sich Glady und Lane auf dem Rückweg nach Manhattan. »Es ist fast zwei Jahre her, dass der Skandal publik wurde«, sagte Glady. »Die arme Frau, sie sieht aus, als würde sie immer noch unter Schock stehen. Und, was hältst du von dem Porträt des großen Betrügers, auf dem er den Betrachter so mildtätig anlächelt? Die Farbe war damals noch nicht trocken gewesen, als er verschwunden ist.«

»Es ist ein sehr gutes Gemälde.«

»Das sollte es auch sein. Stuart Cannon war der Künstler, und der ist, glaub mir, nicht billig. Bei der Auktion wollte es aber niemand kaufen, also durfte sie es behalten.«

»Ist es nicht trotzdem denkbar, dass Parker Bennett selbst hintergangen wurde?«

»Unsinn.«

»Und über den Verbleib der fünf Milliarden Dollar ist nichts bekannt?«

»Nein. Weiß der Himmel, wo Bennett sie versteckt hat. Auch wenn es ihm nicht viel hilft. Zumindest nicht, wenn er tot ist.«

»Meinst du, seine Frau und sein Sohn wissen, wo er sich aufhält – falls er tatsächlich noch am Leben sein sollte?«

»Keine Ahnung. Aber von einem kannst du ausgehen: Falls sie wirklich Zugang zu dem Geld haben, werden sie es niemals ausgeben können. Die Behörden wachen mit Argusaugen über jeden Cent, den sie für den Rest ihres Lebens unters Volk bringen.«

Lane erwiderte nichts darauf. Der Verkehr auf dem Merritt Parkway nahm zu, und sie tat so, als müsste sie sich darauf konzentrieren.

Glady, die so sehr damit beschäftigt gewesen war, sich von Anne Bennett zu verabschieden, hatte gar nicht mehr mitbekommen, dass Eric Bennett Lane gefragt hatte, ob sie mit ihm zum Essen gehen wolle.

3

Am Tag nach ihrem Besuch bei den Bennetts teilte Glady auf ihre übliche Art und Weise ihre Entscheidungen mit. Nach ihrer herrschaftlichen Urteilsverkündung, welche Möbelstücke im Einzelnen aus dem Herrenhaus der Bennetts mitzunehmen seien, überließ sie es Lane, sich um den Rest zu kümmern.

»Wir können zwar auf den virtuellen Rundgang durch das Stadthaus in New Jersey zurückgreifen«, sagte sie, »aber ich möchte, dass du da mal hinfährst, damit du ein Gefühl für die Räume bekommst. Wie gesagt, vor zehn Jahren, als ich das Herrenhaus eingerichtet habe, sagte Anne Bennett, dass das Zimmer für die Bediensteten der charmanteste Raum im ganzen Haus sei. Es müsste ihr also gefallen, wenn wir die Möbel dort übernehmen. Ich habe Farbmuster für sämtliche Räume zusammengestellt, trotzdem möchte ich wissen, was du davon hältst und ob die jeweiligen Farben auch wirklich funktionieren. Vielleicht müssen wir selbst was zusammenmischen, damit wir die Töne so hinbekommen, wie sie mir vorschweben.«

Glady hatte eine Fahrt zum Herrenhaus der Bennetts auf sich genommen, dachte Lane schmunzelnd, war aber keinesfalls gewillt, auch nur eine weitere Minute ihrer kostbaren Zeit in dieses Projekt zu investieren, schon gar nicht, wenn alles unentgeltlich vonstattengehen sollte.

Außerdem musste Lane sich eingestehen, dass der Auftrag sie über das übliche Maß hinaus interessierte. Wie jeder andere auch hatte sie so ziemlich alles über Parker Bennett gelesen, was in den Medien über ihn berichtet wurde, angefangen von den Schlagzeilen über die verschwundenen fünf Milliarden Dollar aus dem Vermögen des angesehenen Bennett-Investmentfonds. Neben einigen wohlhabenden Kunden hatten vor allem kleinere Geschäftsleute, Angestellte und Arbeiter aus der Mittelschicht in den Fonds investiert. Das machte den Betrug noch niederträchtiger. Ältere Anteilseigner waren zum Teil sogar gezwungen gewesen, ihre Häuser oder die als Altersvorsorge gedachten Eigentumswohnungen zu verkaufen. Andere, die zum Lebensunterhalt auf die Auszahlungen des Fonds angewiesen waren, mussten wieder bei ihren Kindern unterkommen; die daraus resultierenden Spannungen hatten in mehr als einem Fall dazu geführt, dass bis dahin enge Familienbande zerstört wurden. Vier Selbstmorde waren direkt auf die finanzielle Katastrophe zurückzuführen.

»Worauf wartest du noch?«, scheuchte Glady sie auf. »Du musst um zwölf auf jeden Fall wieder hier sein. Gräfin Sylvie de la Marco hat mich letzten Abend angerufen. Du weißt schon, Sally Chico. So hat sie geheißen, als sie noch auf Staten Island gewohnt hat und bevor sie ihren altersschwachen Grafen zur Hochzeit überreden konnte. Na ja, vor drei Jahren ist er gestorben, jetzt scheint die Trauerphase wohl beendet ... wenn es denn je eine gegeben hat. Sie will jedenfalls ihre Wohnung renovieren. Wir haben um halb eins einen Termin bei ihr. Das wird eine lange Sitzung. Und wahrscheinlich werde ich versuchen müssen, sie von dem abzubringen, was sie sich so unter gutem Geschmack vorstellt. Sie hat mir ausdrücklich zu verstehen gegeben, dass sie ein frühes Mittagessen zu sich nimmt, das heißt, wir werden von ihr nichts bekommen. Am besten holst du dir also auf dem Rückweg in irgendeinem Imbiss einen Hamburger und verdrückst ihn im Auto.«

Damit vertiefte sich Glady wieder in ihre Papiere auf dem Schreibtisch. Für Lane das unmissverständliche Zeichen, sofort nach New Jersey aufzubrechen. Gehen Sie nicht über Los, ziehen Sie keine 4000 Dollar ein, dachte sie in Erinnerung an das Lieblingsspiel ihrer Kindheit und verließ Gladys Büro. Sie eilte durch die noch immer im Dunkeln liegende Rezeption und hinaus in den Gang. Im Aufzug zum Erdgeschoss war sie die Einzige, aber unten wimmelte es von Menschen auf dem Weg zur Arbeit.

Gladys Rezeptionistin Vivian Hall stand als Erste in der Schlange zum Aufzug. Sie war zweiundsechzig Jahre alt und seit nunmehr zehn Jahren bei Glady beschäftigt, so lange wie sonst keiner der übrigen Angestellten. Sie sprach zwar ständig davon, dass sie mal unbedingt abnehmen müsse, war aber so wohlproportioniert wie eh und je und gefiel sich augenscheinlich mit ihrer Konfektionsgröße 44 und ihren hellbraunen Haaren.

»Na, wie ist der Drachen heute drauf?«, sprach sie Lane an, als sie sie entdeckte.

»Wie üblich.« Lane lächelte. »Ich muss nach New Jersey und mir Mrs. Bennetts neue Wohnung ansehen, und dann ganz schnell zurück, um Glady noch zu Gräfin de la Marco zu begleiten.«

»Die gute alte Glady.« Vivian schüttelte den Kopf. »In acht Stunden packt sie dir einen Zehn-Stunden-Tag hinein. Aber du scheinst ja alles ganz gut im Griff zu haben. Übrigens, dieser Blauton, den du heute trägst, steht dir ganz fantastisch.«

Ken hatte sie ebenfalls immer gern in diesem Farbton gesehen. Traurigkeit überkam Lane. Morgen war sein Geburtstag. Sechsunddreißig, so alt wäre er geworden. Es war jetzt fünf Jahre her, dass ein Betrunkener auf dem Henry Hudson Parkway in sie hineingerast war. Ihr Wagen war von der Straße abgekommen und hatte sich mehrmals überschlagen. Ken hatte sich das Genick gebrochen und war auf der Stelle tot gewesen. Damals waren sie erst ein Jahr verheiratet, und sie war im zweiten Monat schwanger gewesen. Und natürlich war der andere Fahrer nicht versichert gewesen.

Und immer, wenn diese Traurigkeit sie überkam, musste sie an ihre vierjährige Tochter Katie denken, die sie an jenem schrecklichen Tag so leicht hätte verlieren können.

Zehn Minuten später fuhr Lane in den Lincoln Tunnel ein. Eine halbe Stunde später näherte sie sich dem Neubauprojekt, wo Anne Bennett bald wohnen würde. Nette Gegend, dachte sie, als sie sich durch die gewundenen Straßen schlängelte und schließlich in den Cedar Drive einbog. Vor der Hausnummer einundzwanzig hielt sie an. Bei dem Neubauprojekt handelte es sich um mehrere Häuser mit einander ähnlichen Kalksteinfassaden. Wohlwollend registrierte sie das große Fenster zur Straße hin, während sie den Schlüssel aus der Tasche zog, den Glady am Tag zuvor bekommen hatte.

Bevor sie aufschließen konnte, trat plötzlich ein Mann aus der Tür nebenan. »Hallo«, rief er und eilte über die gemeinsame Anfahrt. »Sind Sie die neue Eigentümerin?«, fragte er. »In diesem Fall wären wir nämlich Nachbarn. Ich habe hier ebenfalls gekauft.« Er streckte ihr die Hand hin. »Anthony Russo, die meisten nennen mich aber nur Tony.«

»Lane Harmon.« Sie betrachtete ihn. Er war gut eins neunzig groß, hatte blaugrüne Augen, blonde Haare, ein freundliches Lächeln und die dunkle Sonnenbräune eines Mannes, der sich viel im Freien aufhielt. Sie schätzte ihn auf Mitte dreißig.

»Ich bin nicht die neue Eigentümerin«, sagte sie. »Ich arbeite nur für die Innenausstatterin, die das Haus einrichtet.«

Er lächelte. »Die könnte ich wahrscheinlich auch gebrauchen.«

Aber nicht deren Preise, dachte sich Lane. Außer du schwimmst im Geld.

»Ich will Sie nicht aufhalten«, sagte er. »Aber wer zieht denn hier nun ein?«

»Der Name unserer Kundin lautet Bennett«, antwortete Lane. Sie hatte bereits den Schlüssel umgedreht. »Jetzt muss ich aber an die Arbeit. Schön, Sie kennengelernt zu haben.« Ohne auf eine Antwort zu warten, stieß sie die Tür auf und drückte sie fest hinter sich zu. Und ohne wirklich zu wissen, warum, sperrte sie auch gleich noch ab.

Sie kannte die Räume bereits durch den virtuellen Rundgang am Computer, aber jetzt, an Ort und Stelle, konnte sie erfreut feststellen, dass in alle Räume das Sonnenlicht fiel. Weiter hinten im Eingangsflur führte eine Treppe zum ersten Stock. Rechts von ihr lagen die Türen zur Küche und zum Frühstückszimmer. In der Küche, stellte sie fest, hatte man einen direkten Blick über die Anfahrt und ins Frühstückszimmer von Tony Russo. Er stand gerade darin und packte die auf dem Tisch gestapelten Kartons aus.

Aus Angst, von ihm bemerkt zu werden, wandte sie schnell den Blick ab. Das Erste, was sie besorgen und hier einbauen lassen würde, wäre ein Rollo für das Fenster.

4

Ranger Cole saß am Bett seiner Frau Judy und hielt ihr die Hand. Reglos lag sie mit geschlossenen Augen da, Sauerstoffschläuche führten in ihre Nase. Er wusste, dass sie nach ihrem zweiten Schlaganfall bald sterben würde. Viel zu früh. Sie war doch erst sechsundsechzig. Der Altersunterschied zu ihm betrug nur ein halbes Jahr, wobei sie die Ältere war – immer hatte er herumgealbert, dass er sie, die ältere Frau, nur wegen ihres Geldes geheiratet habe.

Seit sechsundvierzig Jahren waren sie jetzt verheiratet. Zwanzigjährige Kinder waren sie damals gewesen, aber so sehr ineinander verliebt, dass es sich angefühlt hatte, als würden sie mit einer Privatlimousine in die Flitterwochen brausen, während sie doch bloß mit dem Bus nach Florida gefahren waren. Aber die ganze Strecke hatten sie Händchen gehalten. Keiner von ihnen hatte das College besucht; sie arbeitete als Verkäuferin bei Macy's, er auf dem Bau.

Ihre Mutter wollte nicht, dass sie mich heiratet, dachte er. In der Schule habe ich mich ja immer mit den anderen geprügelt; ständig habe ich mich provozieren lassen und zu schnell zugeschlagen. Und immer war ich reizbar. Ihre Mutter hatte schon recht, aber mit Judy bin ich ruhiger geworden. Nie war ich wütend auf sie, keine Sekunde lang. Wenn ich losbrüllte, weil mich zum Beispiel ein anderer mit dem Auto geschnitten hatte, sagte sie nur, ich solle mich beruhigen. Mich nicht so kindisch benehmen.

Zu ihrer beider Bedauern hatten sie keine Kinder bekommen.

Zärtlich strich Ranger ihr mit seinen schwieligen Fingern über die Stirn. Du warst immer so viel klüger als ich, dachte er. Du hast mir gesagt, ich soll mich um eine Arbeit bei der Stadt umsehen, denn die Stellen auf dem Bau waren ja nichts Festes. Du warst der Grund, warum ich schließlich eine Anstellung bei der Long Island Rail Road gefunden habe. Ich habe auf der ganzen Insel gearbeitet. Und du hast gesagt, das passt zu meinem Spitznamen. Mein Vater hat mich, als ich noch klein war, Ranger genannt, weil ich immer durch die Gegend gestreift bin und nie dort war, wo ich eigentlich hätte sein sollen.

Judy sagte ihm auch immer, wie gut er aussehe. Der Witz des Jahrhunderts, dachte er. Er war klein, stämmig, hatte Segelohren und buschige Augenbrauen, trotz seiner emsigen Bemühungen, sie zu stutzen.

Judy. Judy.

Ranger spürte, wie sich die Wut in ihm aufstaute, wenn er an Judys ersten Schlaganfall dachte, damals vor zwei Jahren, als sie erfahren hatten, dass ihr gesamtes in den Bennett-Fonds investiertes Geld verschwunden war. Zweihundertfünfzehntausend Dollar; damit hatten sie eine Wohnung in Florida kaufen wollen. Geld, das sie sich jahrelang zusammengespart hatten. Die von ihnen bereits ins Auge gefasste Wohnung war ein richtiges Schnäppchen. Die Besitzerin, eine ältere Dame, war gestorben, und die Familie wollte die Wohnung möbliert abgeben.

Judy war von der Einrichtung begeistert gewesen. »Viel schöner, als ich mir jemals hätte vorstellen können«, hatte sie gesagt. »Wir werden unsere ganzen Möbel hergeben. Es lohnt sich kaum, eine Spedition zu beauftragen. O Ranger, ich kann es kaum erwarten, hier zu kündigen und nach Florida zu ziehen und in der Sonne zu sein. Dabei müssen wir noch nicht mal eine Hypothek aufnehmen, wir haben beide unsere Rente und die Sozialversicherung, und wenn wir sparsam leben, müssen wir uns ums Geld keine Gedanken mehr machen.«

Und genau zu diesem Zeitpunkt waren die Einlagen in den Bennett-Fonds verschwunden, und damit hatte es sich dann mit dem Wohnungskauf. Ein paar Wochen später hatte Judy ihren ersten Schlaganfall, und seitdem musste er mitansehen, wie sie bis zur Erschöpfung ihre Übungen machte, um den linken Arm und das linke Bein wieder zu kräftigen. Sie versuchte vor ihm zu verbergen, dass sie jede Nacht weinte, aber natürlich hörte er sie.

Parker Bennett hatte ihrer beider Leben zerstört. Es gab nicht viele, die glaubten, dass er auf seinem schicken Segelboot wirklich Selbstmord begangen hatte. Auch Ranger glaubte nicht, dass der Mistkerl ins Meer gesprungen war. Nach seinem Verschwinden hatte Ranger in einer Zeitung ein Foto von ihm gesehen; auf diesem Bild saß er in seinem Büro an einem antiken, verschnörkelten Schreibtisch. Wenn sich einer wie Bennett wirklich umbrachte, dann in seinen vornehmen Klamotten hinter diesem Schreibtisch, wo er sich erst mit Single Malt Scotch betrank, bevor er sich eine Kugel in den Kopf jagte.

Mit unserem Geld hat er sich dieses piekfeine Büro leisten können.

Und Judy war daraufhin so unglücklich und krank geworden, dass sie sich irgendwann doch aufgegeben hatte. Und aus diesem Grund, davon war er überzeugt, hatte sie gestern ihren zweiten Schlaganfall erlitten.

Er wusste, sie lag im Sterben.

Bitte stirb nicht, Judy. Bitte, du darfst nicht sterben.

Plötzlich piepste der Herzmonitor neben dem Bett los, laut und gellend. Sekunden später stürzten Ärzte und Schwestern ins Zimmer, von denen einer mit der Herzdruckmassage begann.

Irgendwann sah Ranger, dass die Ausschläge auf dem Monitor, die die Herzschläge anzeigten, zu einer geraden Linie geworden waren.

Stumm starrte er vor sich hin. Ohne sie kann ich nicht weiterleben, dachte er wie betäubt.

Er spürte eine Hand auf der Schulter. »Es tut mir leid, Mr. Cole«, sagte der Arzt. »Wir konnten nichts mehr für sie tun.«

Ranger schüttelte den Arzt ab und schob ihn weg. Dann fiel er neben dem Bett auf die Knie. Die Schläuche in ihren Armen und ihrer Nase nahm er kaum noch wahr, als er sie umarmte und sie an sich drückte. Überwältigender Schmerz rang mit seiner mörderischen Wut. Und die Wut gewann. Bennett war noch am Leben. Ranger war felsenfest davon überzeugt. Er wusste zwar nicht, wie er ihm das alles heimzahlen wollte, aber er würde ganz sicher einen Weg finden.

»Ich werde was finden, Judy«, sagte er laut. »Das verspreche ich dir, ich werde mir was einfallen lassen.«

5

In seinem Büro im Federal Building im südlichen Manhattan hörte sich der leitende FBI-Beamte Rudy Schell an, was ihm eines von Parker Bennetts Opfer über dessen angeblichen Selbstmord zu erzählen hatte. Im Unterschied zu den anderen Geschädigten sprach aus Sean Cunningham keine Wut. Mit kühler Sachlichkeit legte er dar, dass Bennetts Leiche, hätte er in diesem Abschnitt der Karibik wirklich Selbstmord begangen, längst am Strand von Tortola hätte angespült werden müssen.

Cunningham hatte eine Karte von den in diesem Gebiet vorherrschenden Meeresströmungen bei sich. Es handelte sich um die Nordwestspitze der Insel Tortola, und dort in der Shark Bay war Bennetts Boot auf Grund gelaufen.

»Hätte er sich wirklich umgebracht, hätte seine Leiche irgendwo bei Rough Point an Land gespült werden müssen«, sagte Cunningham.

Verständnisvoll betrachtete Schell den Mann, der der Vereinigung der Geschädigten im Betrugsfall Parker Bennett vorstand. Cunningham, ein pensionierter Psychiater, hatte erkannt, welche schwerwiegenden seelischen Folgen der Betrug auf die Betroffenen hatte. Er hatte es sich auf die Fahnen geschrieben, sie zum Handeln zu motivieren und ihnen dabei zu helfen. Dazu hatte er eine spezielle Website eingerichtet und die Geschädigten dazu ermuntert, ihre Enttäuschung, ihre Wut und ihre Depression mit Gleichgesinnten zu teilen.

Die Reaktionen waren überwältigend. Aus bis dahin völlig Fremden waren Freunde geworden, die sich in ihren jeweiligen Stadtteilen zum Erfahrungsaustausch trafen.

Cunningham war ein kleiner Mann mit schlohweißen Haaren und einer randlosen Brille. Man sieht ihm seine siebzig Jahre an, dachte Schell, und in den zwei Jahren, die wir uns nun kennen, scheint er um mindestens zehn Jahre gealtert zu sein.

Im Lauf der Ermittlungen hatten sie sich miteinander angefreundet. Während andere mit schierer Fassungslosigkeit, mit Wut oder Verzweiflung reagierten, hatte Cunningham immer die Ruhe bewahrt – und das, obwohl er eine Million Dollar verloren hatte, die er als Treuhandvermögen für seine beiden Enkelkinder eingerichtet hatte. Auf Schells entsprechende Fragen hatte er bloß geantwortet: »Meinem Sohn geht es beruflich sehr gut. Es kann es sich leisten, seinen Kindern eine gute Ausbildung zu finanzieren. Ich bin nur um die Freude gebracht worden, ihnen ein Geschenk zu hinterlassen, mit dem sie sich ihre ersten Häuser hätten kaufen können.«

In den vergangenen zwei Jahren hatte Cunningham den Großteil seiner Zeit damit verbracht, den Geschädigten beizustehen, deren gesamtes Leben in Trümmern lag. Beim derzeitigen Stand der Ermittlungen musste Schell jedoch für sich behalten, dass die Nautikexperten des FBI zu der exakt gleichen Schlussfolgerung wie der Psychiater gelangt waren: Mit neunundneunzigprozentiger Wahrscheinlichkeit war Parker Bennett noch am Leben.

Mittlerweile duzten sie sich. »Rudy, willst du mir nur nicht widersprechen, oder glaubst du auch, dass der sogenannte Selbstmord nur vorgetäuscht war?«, fragte Cunningham jetzt.

»Sean, mit dieser Möglichkeit ist immer zu rechnen. Und wenn man bedenkt, dass es Bennett gelungen ist, sein Treiben vor den Wirtschaftsprüfern und der Börsenaufsicht zu verbergen, dann ist es natürlich vorstellbar, dass er auch seinen eigenen Tod inszeniert hat.« Schell hielt kurz inne. »Bislang zumindest ist er damit durchgekommen.«

»Hast du schon gehört? Judy Cole ist heute Morgen gestorben«, wechselte Cunningham das Thema.

»Nein. Wie hat Ranger es aufgenommen?«

»Schwer zu sagen. Ich habe ihn angerufen. Er war sehr still und hat nur gesagt, der zweite Schlaganfall habe bei Judy so schwere Schäden hinterlassen, dass er selber gar nicht mehr gewollt hätte, dass sie überlebt und selbst noch mitbekommt, wie schlimm es um sie steht.«

»Das klingt mir aber gar nicht nach Ranger Cole. Als wir ihn vor zwei Jahren befragt haben, hat er sich wie ein Berserker aufgeführt. Wäre ihm Bennett damals über den Weg gelaufen, hätte er ihn vermutlich mit bloßen Händen erwürgt.«

»Ich werde mich regelmäßig bei ihm melden.« Cunningham erhob sich. »Soll ich die Seekarten hier lassen? Ich habe noch Kopien davon.«

Schell sagte ihm nicht, dass das FBI nahezu identische besaß. »Ich werde sie zu den Akten nehmen. Danke.«

Nachdem Cunningham fort war, lehnte sich Schell zurück und fuhr sich – eine seiner typischen Gesten – mit der flachen Hand über die Wange. Er spürte die schon wieder sprießenden Bartstoppeln und musste mit einem Lächeln an seinen Großvater denken, der diese Stoppeln immer als »Fünf-Uhr-Schatten« bezeichnet hatte.

Den habe ich, keine Frage, dachte er. Früher haben mich die Stoppeln gestört, mittlerweile sind sie mir egal. Außerdem kommen sie mir bei verdeckten Ermittlungen zugute. Er stand auf und streckte sich. Es war ein weiterer enttäuschender Tag gewesen bei seiner bislang erfolglosen Suche nach dem von Bennett unterschlagenen Geld.

Aber wir werden ihn finden, schwor er sich. Wir werden ihn finden.

Aber noch während er sich dieses Versprechen gab, fragte er sich, ob er es auch würde halten können. Ihre Dienststelle war personell über alle Maßen strapaziert, nachdem sich das FBI immer mehr auf den Terrorismus konzentrieren musste und unzählige Verdächtige zu beschatten waren. Erst in der Woche zuvor war ein Ermittlungsbeamter, der am Bennett-Fall gearbeitet hatte, einem anderen Tätigkeitsbereich zugeordnet worden. Er brachte es nicht übers Herz, Cunningham und den anderen Geschädigten zu eröffnen, dass unweigerlich weitere Beamte von dem Fall abgezogen würden, falls ihnen nicht bald ein Durchbruch gelang.

6

Lane kehrte gerade noch rechtzeitig von Bennetts Stadthaus zurück ins Büro, um mit Glady zur Gräfin de la Marco aufzubrechen. Deren Wohnung lag an der Ecke der Fifth Avenue gegenüber dem Metropolitan Museum of Art. Die Straßenzüge in der unmittelbaren Umgebung wurden als die »Miracle Mile« bezeichnet – die Wundermeile. »Eine der besten Adressen in ganz New York«, bemerkte Lane, als sie und Glady aus dem Taxi stiegen.

»Ja, keine Frage«, stimmte Glady ihr zu. »Trotzdem, die wichtigste Adresse in New York ist nach wie vor 740 Park Avenue. Ich war mal in der Wohnung, die dort John D. Rockefeller gehörte. Da bleibt einem die Luft weg. Und außerdem, und das ist noch wichtiger, ist sie äußerst geschmackvoll eingerichtet. Ich hätte es selbst nicht besser hingekriegt. Aber was stehen wir hier noch rum? Es ist kalt. Gehen wir rein.«

Gräfin de la Marco, stellte sich heraus, war eine umwerfende Blondine mit der Figur eines Victoria's-Secret-Models. »Man sieht ihr an, dass da eine Menge nachgeholfen wurde«, murmelte Glady, als sie gebeten wurden, in der Bibliothek Platz zu nehmen, und die Gräfin sich entschuldigen ließ, weil ihr leider noch ein Telefonat dazwischengekommen sei. »Sie sieht aus wie dreißig, dabei geht sie auf Ende vierzig zu, und ihre Haare sind mit Verlängerungen aufgepeppt. Wenn sie mal die sechzig erreicht, wird ihr Gesicht unweigerlich auseinanderfallen.«

Dann aber kehrte die Gräfin zurück und forderte sie zu einem Besichtigungsrundgang durch die Wohnung auf. Zunächst behandelte sie ihre Gäste wie lästige Hausierer, aber je länger Glady in ihrer einschüchternden Art auf sie einredete, umso kleinlauter wurde sie, bis sie schließlich allen vorgeschlagenen Änderungen und Umbauten verunsichert zustimmte.

Nach dem Rundgang ließen sie sich an einem Tisch im Familienzimmer nieder, wo Glady Skizzen der kleineren architektonischen Änderungen erstellte, die sie überall in der Wohnung vorgesehen hatte. Um sechzehn Uhr sah Lane dann verstohlen auf die Uhr. Das kann noch ewig so weitergehen, dachte sie sich, aber ich muss doch um halb sechs zu Hause sein.

Zu dieser Zeit musste nämlich ihre wundervolle Babysitterin Bettina los. Um zwanzig nach vier erhob sich Glady allerdings vom Tisch. »Das sollte für heute genügen«, beschied sie abrupt. »Aber lassen Sie sich gesagt sein, Gräfin, wenn ich hier fertig bin, haben Sie einen der schönsten Wohnsitze in ganz New York.«

»Gott sei Dank hat mein Mann ein halbes Jahr vor seinem Tod in weiser Voraussicht alles Geld aus dem Bennett-Fonds abgezogen«, antwortete die Gräfin völlig unerwartet. »Hätte er das nicht getan, könnte ich mir jetzt die Neugestaltung der Wohnung gar nicht leisten.«

Lane und Glady starrten sie nur an. »Ich wusste gar nicht, dass Sie auch in den Fonds investiert hatten«, sagte Glady ruhig.

»Ja, wir haben auch zu den Anlegern gehört«, antwortete die Gräfin. Ihre blauen Augen weiteten sich, und ihre Stimme verlor alles Melodiöse. »Er hat damals für zehn Großinvestoren eine besondere Dinnerparty gegeben, dabei hat er auf seine Frau einen Toast ausgesprochen, und glauben Sie mir, überschwänglicher hätte er sich über sie nicht äußern können. Aber später, auf dem Weg zur Toilette, bin ich zufällig an der Bibliothek vorbeigekommen, die Tür stand offen, und es war deutlich zu hören, dass er telefonierte. Ganz offensichtlich unterhielt er sich mit einer Frau, und ihr sagte er, dass es nicht mehr lange dauern wird, dann kann sie alles haben, was sie sich schon immer gewünscht hat. Und da ist mir der Verdacht gekommen: Wenn er schon seine eigene Frau so betrügt, über die er sich erst kurz davor noch so überschäumend ausgelassen hat, dann ist er noch zu ganz anderen Betrügereien fähig.«

»Haben Sie dem FBI von diesem Gespräch erzählt?«, fragte Lane.

»Natürlich, aber ich hatte den Eindruck, die haben schon gewusst, dass er im Lauf der Jahre mehrere Geliebte hatte. Die in der Bibliothek scheint nur eine von vielen gewesen zu sein, denen er das Blaue vom Himmel versprochen hat.«

Und noch eine weitere Frage musste Lane loswerden: »Glauben Sie, dass sein Sohn Eric mit in den Betrug verwickelt ist?«

Jetzt schien sich die Gräfin wieder an ihren kultivierten Ton zu erinnern. »Das entzieht sich leider meinen Kenntnissen«, seufzte sie.

Um halb fünf, im Aufzug nach unten, fragte Lane: »Glady, irgendwie passt das für mich nicht zusammen. Meinst du wirklich, Parker Bennett hätte es zugelassen, dass jemand so ein Gespräch belauscht?«

»Natürlich nicht«, sagte Glady entschieden. »Es gab schon immer Gerüchte, wonach die Gräfin de la Marco, geborene Sally Chico aus Staten Island, eine seiner Geliebten war. Damit will sie sich doch bloß selbst aus der Schusslinie nehmen. Wer weiß? Vielleicht hat Bennett ihr einen Tipp gegeben und ihr geraten, aus seinem Fonds auszusteigen, solange es noch möglich war.«

7

Wie immer wartete Katie bereits an der Tür, als Lane um zehn nach fünf nach Hause kam. »Mommy! Mommy!«

Lane hob sie hoch und umarmte sie. »Na, wer hat dich lieb?«

Katie gluckste. »Du hast mich lieb.«

»Und wer wird dich immer und ewig lieb haben?«

»Du wirst mich immer und ewig lieb haben.«

Lane strich Katie durch die langen goldroten Haare. Die Haare hat sie von mir, dachte sie. Aber die leuchtend blauen Augen sind ein Geschenk von Ken. Sobald sie Katie abgesetzt hatte, wurde sie von ihr an der Hand gepackt und fortgezogen. »Ich hab heute ein neues Bild gemalt«, verkündete ihre Tochter stolz.

Sie hatte es auf dem Beistelltisch ausgebreitet. Lane erwartete eigentlich, eines der Tiere zu sehen, die Katie so gern zeichnete, aber dieses Bild zeigte etwas anderes. Die dargestellte Gestalt hatte eine bemerkenswerte Ähnlichkeit mit Lane selbst und war mit Jacke, Schal und Freizeithose bekleidet, genau der Kleidung, in der sie am vergangenen Samstag mit ihrer Tochter den Zoo im Central Park besucht hatte.

Es stand ganz außer Frage: Katie verfügte über ein außergewöhnliches zeichnerisches Talent. Mit ihren Buntstiften hatte sie wunderbar die lebhaften Farben von Lanes Kleidung an jenem Tag eingefangen.

Lane spürte einen Kloß im Hals. Während sie Katie überschwänglich lobte, musste sie unweigerlich daran denken, was für ein begnadeter Künstler Ken gewesen war; fast hätte sie gesagt: »Ja, du bist ganz die Tochter deines Daddys«, konnte sich aber gerade noch zurückhalten. Vorsicht, dachte sie. Wenn sie älter wird, wird sie selbst sehen, wie talentiert ihr Vater gewesen ist.

Bettina, das Kindermädchen, war bereits seit kurz nach Katies Geburt bei ihnen. Sie war klein, rundlich, hatte nur wenige graue Strähnen in den glänzend schwarzen Haaren und verfügte mit ihren einundsechzig Jahren noch über die Energie einer nur halb so alten Frau. Seit dem vergangenen Jahr musste sie sich um ihre Mutter kümmern, weshalb sie den Achtzehn-Uhr-Bus von Port Authority erreichen musste, um nach Hause nach New Jersey zu kommen. Lane war daher gezwungen gewesen, Glady ein Ultimatum zu stellen: Entweder konnte sie Punkt fünf das Büro verlassen, oder sie würde sich eine andere Stelle suchen müssen. Widerstrebend hatte Glady sich darauf eingelassen, wenngleich sie Lane immer wieder mal grummelnd zu verstehen gab, dass sie von Glück reden könne, eine so nette und verständnisvolle Chefin zu haben.

Im Herd dufteten bereits ein Brathühnchen und Süßkartoffeln, in einer Pfanne lag Spargel, und in der Essecke war der Tisch gedeckt. Lane zog ihren Mantel und Schal aus und nahm mit Katie im kleinen Wohnzimmer Platz. Es war ihre ganz besondere Zeit, die sie immer zusammen verbrachten. Zwischen fünf und sieben ging sie nie ans Telefon. Ihre Mutter in Washington und nahe Freunde verstanden das, auch wenn sie sich manchmal schmunzelnd zu dem Kommentar hinreißen ließen, dass die Regel doch im Grunde nur wegen Glady eingeführt worden war, weil diese keinerlei Hemmungen kannte, Lane auch noch sofort nach ihrer Ankunft zu Hause anzurufen. Manchmal fragten Lanes Freunde auch, warum sie sich keine andere Stelle suche. Lane antwortete darauf immer,

Hunde, die bellen, beißen nicht, außerdem sei es ungemein befriedigend, mit jemandem zusammenzuarbeiten, der so begnadet gut in seinem Beruf sei. »Es vergeht kaum ein Tag, an dem ich nichts von ihr lerne«, erklärte sie. »Sie ist nicht nur eine fantastische Innenausstatterin, sie kann auch andere Menschen und deren Bedürfnisse ganz genau einschätzen. Ich wünschte, ich hätte ihr Talent.«

Zweimal klingelte das Telefon, während sie mit Katie zu Abend aß. Aber erst nachdem sie Katie um halb neun ins Bett gebracht hatte, hörte sie sich die Nachrichten an.

Beide Anrufe stammten von Eric Bennett, der sie erneut um ein gemeinsames Abendessen am Samstag bat.

Sie zögerte, legte das Handy weg, nahm es wieder zur Hand. Der attraktive Mann, der sie mit dem leicht ironischen Ton in der Stimme durch das Herrenhaus der Bennetts geführt hatte, wollte ihr nicht aus dem Kopf.

Glady hatte gesagt, es sei gut möglich, dass Eric von den betrügerischen Machenschaften seines Vaters nichts gewusst habe. Es sei *möglich,* nicht, es *ist* so, dachte sich Lane.

Sie zögerte, dann tippte sie auf die Rückruftaste ihres Handys.

8

Hast du mit dieser netten jungen Frau gesprochen, die mit Glady Harper hier war?«, fragte Anne Bennett ihren Sohn, als er sein Telefonat beendet hatte. Sie war ins ehemalige Frühstückszimmer getreten, wo sie wie so oft ihr spätes Abendessen zu sich nahmen.

»Ja, hab ich«, antwortete Eric mit einem Lächeln.

»Ich habe sie im Internet recherchiert«, sagte Anne, nachdem sie Platz genommen und ihre Serviette ausgebreitet hatte. »Das ist das Einzige, was ich am Computer gelernt habe – und das habe ich dir zu verdanken.«

Seine Mutter hatte sich nach dem Zusammenbruch des Investmentfonds mit dem Internet vertraut gemacht, weil sie alle Artikel lesen wollte, die über seinen Vater erschienen. Er hatte davon abgesehen, sie in den Umgang mit Twitter einzuweisen, weil die Kommentare über seinen Vater dort kein Ende zu nehmen schienen. Und diese Kommentare kamen nicht nur von verbitterten Anlegern, die ihr Vermögen verloren hatten, sondern auch von allen möglichen Witzbolden und anderen gehässigen Menschen, die Parker Bennett zur Zielscheibe ihres Spotts machten. »Parken Sie Ihr Geld bei Bennett, und Sie brauchen nie wieder Einkommensteuer zu zahlen«, lautete einer der jüngsten Einträge.

Ebenso verschwieg er seiner Mutter, dass er sich ebenfalls online über Lane Harmon kundig gemacht hatte. »Und was hast du über sie gefunden, Mutter?«, fragte er.

»Sie hat eine interessante Vergangenheit«, antwortete Anne und strich sich wie so oft, wenn sie nervös war, eine Strähne hinters Ohr.

Eric musste daran denken, wie das Haar seiner Mutter früher ausgesehen hatte. Sie hatte es hochgesteckt getragen, elegant getönt und perfekt gestylt von Ralph, ihrem langjährigen Friseur. Es machte ihn wütend, wenn er nur daran dachte, dass sie seinen Salon jetzt nicht mehr betreten durfte, obwohl sie zehn Jahre lang eine geschätzte Kundin gewesen war und immer großzügig Trinkgeld gegeben hatte. »Ihre Anwesenheit ist ein Ärgernis für viele unserer Kunden, die bei Ihrem Mann investiert und ihr Geld verloren haben«, hatte er ihr erklärt.

Als sie damals nach Hause gekommen war, hatte seine Mutter nur mit Mühe die Tränen zurückhalten können. »Eric, er hat sich noch nicht mal dafür entschuldigt«, hatte sie erzählt. Jetzt kam einmal in der Woche eine Stylistin aus einem billigen Salon in Portchester zu ihr nach Hause.

Er griff nach dem Kristalldekanter mit dem Pinot noir.

Marge O'Brian, seit fünfzehn Jahren ihre Vollzeit-Haushälterin, ließ nach wie vor nichts auf seinen Vater kommen und kam jeden Tag, um seiner Mutter das Mittag- und das Abendessen zuzubereiten, um aufzuräumen und zu putzen. Eines der größten Probleme beim Umzug nach New Jersey würde Marge sein, die ihre Familie in Connecticut nicht verlassen konnte. Sie würden sich schweren Herzens von ihr trennen müssen.

Heute Abend hatte sie einen Waldorfsalat und Forelle auf Wildreis zubereitet, eines der Lieblingsessen seiner Mutter. Er hoffte nur, dass sie auch wirklich davon aß und nicht bloß wieder darin herumstocherte.

Auf seine Frage, was sie über Lane Harmon herausgefunden hatte, fuhr sie fort:

»Ihr Mann ist bei einem Verkehrsunfall gestorben, noch bevor ihr Kind geboren wurde. Sie ist die Tochter von Gregory Harmon, dem Kongressabgeordneten, dem seinerzeit nachgesagt wurde, er habe das Potenzial, der nächste John F. Kennedy zu werden. Aber dann ist er mit drei Freunden, mit denen er zum Golfspiel wollte, beim Absturz einer Privatmaschine tödlich verunglückt. Lane war zu dem Zeitpunkt erst sieben Jahre alt. Ist es nicht schrecklich, gleich zweimal im Leben einen so wichtigen Menschen zu verlieren?«

»Ja, das ist schrecklich.« Eric schenkte das Glas seiner Mutter nach. »Es freut dich vielleicht zu hören, dass ich mit ihr am Samstag zum Essen verabredet bin.«

Anne Bennett lächelte. »Ach, Eric, wie schön. Sie ist so eine hübsche junge Frau, und man sieht ihr an, wie intelligent sie ist. Ich habe mich in ihrer Gegenwart so wohlgefühlt. Glady Harper tut uns ja vielleicht einen Gefallen, aber sie schüchtert mich immer ganz fürchterlich ein.«

»Das, Mutter, macht sie mit jedem, sogar mit mir«, erwiderte Eric.

Liebevoll betrachtete Anne Bennett ihren Sohn, aber dann traten ihr Tränen in die Augen. »Ach, Eric, du bist deinem Vater wie aus dem Gesicht geschnitten. So oft muss ich daran denken, wie wir uns kennengelernt haben – der reine Zufall. Wir sind beide die Treppe zur U-Bahn hinuntergegangen, es hat geregnet, und die Stufen waren glitschig. Ich bin weggerutscht und wäre fast hingefallen. Aber er hat mich an der Hüfte gepackt und mich an sich gedrückt, und so hat alles angefangen.

Und dann hat er zu mir gesagt: ›Wie hübsch Sie sind. Aber irgendwie kommen Sie mir doch bekannt vor.‹

Ich habe ihm erzählt, dass ich als Sekretärin im gleichen Unternehmen angefangen habe, in dem auch er gearbeitet hat. Er hat mich dann zu meiner U-Bahn begleitet, und einige Tage darauf hat er mich angerufen und um eine Verabredung gebeten. Ich bin damals eigentlich mit einem anderen ausgegangen, aber das war plötzlich nicht mehr wichtig. Nachdem ich deinen Vater kennengelernt habe, war das alles vergessen und vorbei.«

Es ist nicht unbedingt ein Segen, meinem Vater so ähnlich zu sehen, dachte Eric. Fast überall, wo ich auftauche, drehen sich die Leute nach mir um. Noch nerviger ist die Tatsache, dass meine Mutter diese Geschichte ständig wiederholt, immer muss sie wieder davon anfangen. Seine Eltern waren bereits acht Jahre verheiratet gewesen, als er geboren wurde. Jetzt war seine Mutter fast siebenundsechzig, und er fragte sich, ob das nicht schon die ersten Anzeichen von Demenz waren.

Noch ein Problem, dachte er.

»Wollen Sie den Kaffee im Wohnzimmer zu sich nehmen, Mrs. Bennett?«, fragte Marge, als sie kam, um den Tisch abzuräumen.

»Wohnzimmer« war der neue Name für den Aufenthaltsraum des Dienstpersonals.

»Ja«, antwortete Eric.

»Ich nehme noch ein Glas Wein«, sagte Anne Bennett.

Eric runzelte die Stirn. In letzter Zeit trank seine Mutter zu viel. Das Haus ist aber auch so öde und leer, dachte er. Da wird es ihr guttun, wenn sie nächste Woche nach Montclair umzieht. Das wird ihre Stimmung hoffentlich heben.

Er führte seine Mutter am Arm durch den Gang. Als sie ins Zimmer traten, stellte er verwundert fest, dass die Spieldose, die ihr sein Vater vor so langer Zeit geschenkt hatte, auf dem Kaminsims stand.

Anne Bennett nahm sie herunter. »Ich höre sie so gern. Ich

weiß, ich habe es dir schon so oft erzählt, dass es das erste Geschenk war, das ich von deinem Vater bekommen habe. Sie sieht teuer aus, aber sie hat damals bloß dreißig Dollar gekostet. Wir haben ja beide gern getanzt. Und die Figuren, die zur Musik tanzen, sind der Zar Nikolaus und die Zarin Alexandra. Aber das weißt du natürlich schon alles.«

Nein, dachte Eric, das weiß ich nicht, daran kann ich mich nicht mehr erinnern. Er erinnerte sich nur, dass die hübsche kleine Spieldose jahrelang auf der Frisierkommode seiner Mutter gestanden hatte. Aber er hatte nie mitbekommen, dass sie gespielt wurde.

Als Marge nun das Tablett mit dem Kaffee brachte, öffnete seine Mutter die Spieldose, und die beiden kleinen Figuren des Zarenpaars, das dem Untergang geweiht war, begannen zu tanzen.

»Ich weiß nicht, ob du das Lied noch kennst«, sagte seine Mutter. »Es ist mein Lieblingslied von Irving Berlin.« Leise sang sie den Text zur Melodie mit: *»›The song is ended but the melody lingers on.‹«*

»Ob dein Vater nun tot ist oder noch lebt, unser Lied ist noch nicht zu Ende, und unsere Melodie klingt noch nach«, sagte sie mit einer Stimme, die nicht den geringsten Widerspruch duldete.

9

Wie immer warf Lane auch am Freitagmorgen einen Blick in Gladys Büro und war überrascht, ihre Chefin über Farbtonkarten und Stoffproben brüten zu sehen.

Gewohnt ruppig begann Glady das Gespräch und hielt dabei eine der Karten hoch. »Du hast recht, dieses Dunkelblau ist viel zu düster für Anne Bennetts Schlafzimmer. Aber du irrst dich, wenn du meinst, wir sollten eine andere Farbe nehmen. Die Antwort lautet nämlich: Wir werden die Wände bis zur Stuhlhöhe weiß vertäfeln. Damit neutralisieren wir das Blau und erzeugen noch dazu eine sehr dramatische Wirkung.«

»Aber das wird teuer«, erinnerte Lane sie. »Du arbeitest doch umsonst, oder?«

»Natürlich nicht. Ich werde die Kosten dafür unserer Gräfin Etepetete unterjubeln. Die kann es sich leisten. Außerdem bin ich nach wie vor der Meinung, dass dieser Schurke ihr einen Tipp gegeben hat, damit sie noch rechtzeitig das Geld aus dem Fonds abziehen konnte.«

»Gut, dann werde ich mich darum kümmern«, sagte Lane.

»Nicht so eilig. Wir sind noch nicht fertig.«

»Oh.«

Glady hielt fünf Stoffproben hoch. »Mir gefallen die Tagesdecke und die Vorhänge aus dem Gästezimmer im alten Haus der Bennetts nicht. Also habe ich diese Materialien ausgesucht. Tagesdecke, Kissen, Betthusse, Toilettentischverkleidung,

Vorhänge und Chaiselongue. Das ergibt ein wunderbares Schlafzimmer für die arme Frau.«

»Und alles auf Kosten der Gräfin?«

»Natürlich. So holen wir wenigstens einen Teil unserer Kosten wieder herein.«

Lane musste sich zusammenreißen, um nicht verständnislos den Kopf zu schütteln, als sie in ihr Büro ging. Es war die Zeit, in der Glady gern ihre Lieferanten anrief und ihnen auf die Nerven fiel, damit sie keinesfalls auf die Idee kamen, das von ihr Gewünschte nicht rechtzeitig zu liefern und somit Verzögerungen zu verursachen.

Für Lane war es daher eine gute Gelegenheit, kurz mit ihrer Mutter zu telefonieren. Mom wird jetzt im Laden sein, dachte sie. Ihre Mutter betrieb ein kleines Antiquitätengeschäft in Georgetown. Immer versuchte sie Lane dazu zu überreden, wieder nach Washington zu ziehen; und wenn sie ihr eigenes Einrichtungsstudio eröffnen wolle, würde sie ihr finanziell unter die Arme greifen, sagte sie.

Aber Lane wusste, dass sie noch nicht so weit war. Es ist noch nicht mal eine Minute her, dass ich wieder etwas von Glady gelernt habe, dachte sie. Und außerdem habe ich keine Lust, in der Nähe meines Stiefvaters zu leben.

Ihre Mutter meldete sich gleich beim ersten Klingeln. »Lane, was für ein Zufall, gerade wollte ich dich anrufen. Wie geht es Katie?«

»Wunderbar. Aus ihr wird noch eine richtige kleine Künstlerin.«

»Was niemanden überraschen sollte.«

»Und mir geht es auch gut«, sagte Lane.

Ihre Mutter lachte. »Ob du es glauben magst oder nicht, das wäre meine nächste Frage gewesen.«

Lane sah die energische Frau vor sich. Alice Harmon Crowley

war Mitte fünfzig. Ihre einst kastanienbraunen Haare waren mittlerweile vollständig ergraut, und da sie keine Lust hatte, sich mehr als nötig damit herumzuschlagen, trug sie sie als Bubikopf. »Es gibt Besseres, als vor dem Spiegel zu stehen und sich zurechtzumachen«, sagte sie immer. Außerdem war sie groß und schlank und machte jeden Morgen um sechs Uhr Yoga.

Zehn Jahre hatte es gedauert, bis sie nach dem Tod von Lanes Vater wieder geheiratet hatte. Lanes Stiefvater, Dwight Crowley, verfasste für die *Washington Post* eine tägliche Kolumne und galt als eine der führenden Figuren in der Washingtoner Politszene. Er und ihre Mutter hatten geheiratet, als sie gerade mit dem College begann. Es freute sie, dass ihre Mutter mit Dwight glücklich war, trotzdem mochte sie ihn nicht. Diskussionen mit ihm verliefen stets nach dem Prinzip, dass er redete und die anderen zuzuhören hatten. Er ist so ganz anders als Daddy, dachte sie oft.

Dwight und ihre Mutter waren ein gefragtes Paar in den politischen Kreisen von Washington. »Seid ihr in dieser Woche schon im Weißen Haus gewesen?«, fragte Lane.

»Nein, aber wir sind nächste Woche zum Dinner mit dem spanischen Botschafter eingeladen. Was treibst du gerade?«

»Glady hat einen Auftrag von Parker Bennetts Sohn angenommen. Wir gestalten Anne Bennetts Haus in New Jersey.«

»Ich kenne fast ein Dutzend Leute, die von Bennetts Betrug betroffen waren«, sagte ihre Mutter. »Das war schrecklich für sie. Hast du den Sohn kennengelernt? Viele und vor allem Dwight sind der Ansicht, dass er daran beteiligt war.«

Lane hatte erzählen wollen, dass sie am Samstagabend mit Eric Bennett zum Essen verabredet war, der frostige Ton ihrer Mutter aber ließ sie davon Abstand nehmen. Als sie schließlich auflegte, musste sie sich eingestehen, dass es ein Fehler gewesen war, Eric Bennetts Einladung anzunehmen. Aufgrund der zusätzlichen Arbeit im Haus in New Jersey würde sie ihn wohl häufiger treffen, als sie vorhergesehen hatte. Sie wusste, dass Eric bei einem Börsenmakler arbeitete und eine Wohnung in Manhattan hatte. Aber eines der Zimmer in New Jersey wurde für ihn eingerichtet. Laut Glady hatte er vor, regelmäßig bei seiner Mutter zu übernachten.

Es ist keine gute Idee, mit ihm zum Essen zu gehen, dachte Lane bestürzt. Warum habe ich ihm nicht gesagt, dass ich keine Zeit habe?

Ihr gefiel die Antwort nicht, der sie sich, wenn sie ehrlich war, zu stellen hatte. Denn Eric Bennett war ein äußerst attraktiver Mann, und eigentlich freute sie sich schon darauf, ihn wiederzusehen.

Die Sünden der Väter sollen nicht auf die Söhne fallen, dachte sie entschlossen und richtete ihre Aufmerksamkeit wieder auf die Stoffproben, die Glady ihr für die Ausgestaltung des Schlafzimmers jener Frau mitgegeben hatte, deren Mann insgesamt fünf Milliarden Dollar gestohlen hatte.

Sean Cunningham saß neben Ranger Cole, als in der Kapelle des Beerdigungsinstituts der Trauergottesdienst für dessen Frau Judy abgehalten wurde. Ihr Leichnam war eingeäschert worden, die Urne mit ihrer Asche stand auf einem mit einem weißen Tuch bespannten Tisch. Ranger hatte darauf bestanden, die Urne eigenhändig zu tragen und auf dem Tisch abzustellen.

Ranger hörte ganz offensichtlich kein einziges Wort des Gottesdienstes. Sein Blick war starr auf die Urne gerichtet, und als er plötzlich in Schluchzen ausbrach, war sein Wehklagen in der ganzen Kapelle zu hören.

Etwa vierzig Trauergäste waren anwesend. Arbeitskollegen

und Nachbarn, wie Cunningham erst vermutete, aber nach dem Ende des Gottesdiensts, als sie alle nach draußen gingen, erkannte er einige, die wie Ranger zu den Geschädigten von Parker Bennett gehörten.

Einer davon, Charles Manning, ein achtzigjähriger pensionierter Anwalt, kam auf Cunningham zu, wies mit dem Kopf in Richtung des immer noch die Urne umklammernden Ranger und sagte: »Sean, ich fürchte, Ranger kommt damit überhaupt nicht zurecht. Er sieht aus, als wäre er kurz vor dem Explodieren. Können Sie denn gar nichts für ihn tun?«

»Ich werde mit ihm reden und mich so häufig wie möglich mit ihm treffen. Leugnen und Wut sind die ersten Schritte bei der Trauerarbeit. Genau in diesem Stadium befindet er sich jetzt.«

»Und was ist der nächste Schritt?«

»Niedergeschlagenheit. Und schließlich Akzeptanz.«

Die beiden Männer drehten sich Ranger Cole zu. Mit versteinerter Miene entfernte sich dieser von den Freunden, die ihm hatten Trost spenden wollen. Sie wussten, dass ihre Versuche nutzlos waren, also hielt ihn keiner auf. Aber alle sahen ihm nach, bis er, die Urne an sich gedrückt, um die Ecke bog und aus ihrem Sichtfeld verschwand.

Akzeptanz? Sean Cunningham war sich darüber im Klaren, dass das für Ranger Cole kaum infrage kam. Aber wie und wo sollte dieser auch seine Wut loswerden?

Sean Cunningham konnte nicht wissen, dass auch Ranger genau auf diese Frage eine Antwort suchte. Blind vor Tränen, taumelte er die Straße entlang. Meine Judy musste viel zu früh sterben. Aber plötzlich kam ihm ein Satz aus der Bibel in die Sinn. »Auge um Auge, Zahn um Zahn.«

Und dann wusste er, was er zu tun hatte.

10

FBI-Agent Jonathan Pierce alias Tony Russo hatte eine Umzugsfirma damit beauftragt, die von ihm bestellten Möbel in sein eben erworbenes Haus zu schaffen. Er wollte nicht, dass seine neuen Nachbarn das Logo der Firma zu sehen bekamen, bei der er die Möbel angemietet hatte. Soweit sie wissen, bin ich erst vor Kurzem geschieden worden, habe keine Kinder und bin gerade dabei, in Montclair eine Brasserie zu eröffnen, dachte er.

Genau der richtige Vorwand für mein regelmäßiges Kommen und Gehen.

Und für ihn die Gelegenheit, Anne Bennett und in geringerem Maß auch ihren Sohn Eric zu überwachen.

Jon hatte nicht den leisesten Zweifel, dass Eric Bennett an dem Betrug beteiligt gewesen war. Wie hätte Parker Bennett sonst mit dem Geld verschwinden können? Jemand musste mit ihm zusammengearbeitet haben.

Bevor sie den Fall zu den Akten legten, hatten sie in einer letzten Anstrengung noch einen richterlichen Beschluss erwirkt, um Eric und Anne Bennetts Telefone anzapfen und die neue Adresse verwanzen zu können.

Und Jon war von Rudy Schell als Anne Bennetts neuer Nachbar abgestellt worden.

»Wäre ja möglich, dass sie irgendwas äußern, was uns einen Hinweis darauf liefert, ob der Vater noch am Leben ist oder sie ebenfalls mit drinstecken. Eric Bennett scheint mir nicht auf den Kopf gefallen zu sein, wir sollten also davon ausgehen, dass er Spezialisten anheuert, um das neue Haus seiner Mutter auf Abhöreinrichtungen zu untersuchen, bevor sie nächste Woche einzieht. Warte also noch eine Weile, bevor du da reingehst und unsere kleinen Helfer anbringst.«

11

Am Samstagabend saß Katie im Schneidersitz auf Lanes Bett, während sich ihre Mutter für die Verabredung mit Eric fertig machte.

»Du siehst sehr hübsch aus, Mommy«, sagte sie. »Ich mag dieses Kleid.«

Lane hatte eigentlich vorgehabt, ihren schwarzen Hosenanzug zu tragen, hatte sich im letzten Moment aber für das dunkelgrüne Wollkleid entschieden, das, wie sie wusste, ihre kastanienbraunen Haare so wunderbar betonte. Sie hatte es bei Bergdorf Goodman erstanden, und obwohl es herabgesetzt gewesen war, hatte es noch eine schöne Stange Geld gekostet – aber der erstklassige Stoff und der exklusive Schnitt sprachen einfach für sich.

Sie legte gerade die kleinen Diamant-Smaragd-Ohrringe an, die sie von ihrer Großmutter geerbt hatte, und hielt bei Katies Kommentar inne. Warum dieses Kleid?, fragte sie sich. Ich gehe mit ihm doch bloß zum Essen.

Wieder sah sie Eric Bennett vor sich. Ihr gefiel das erste Grau in seinen Haaren, die leichte Ironie in seinen Gesichtszügen, der Anflug von Trauer in der Stimme, wenn er von seinem Vater sprach.

Erneut riss Katie sie aus ihren Grübeleien. »Diese Ohrringe finde ich auch toll, Mommy.«

Lane lachte. »Danke, Katie.« Als ich in Katies Alter war, dachte sie, hat Daddy mir Spielzeugschmuck geschenkt. Und wie gern hab ich ihn getragen und ihn mit meinen Puppen geteilt. Und er hat mir immer dieses Lied vorgesungen … *»Mit Ringen an den Fingern und Glöckchen an den Zehen, wird Musik sein, wo immer sie auch gehen …«*

Katie wächst ohne eine einzige Erinnerung an ihren Vater auf.

Das Summen der Gegensprechanlage zur Lobby verkündete, dass Eric Bennett eingetroffen war. »Schicken Sie ihn bitte rauf«, sagte sie dem Portier.

»Wer ist das?«, fragte Katie und hopste vom Bett.

»Ein Freund. Er heißt Mr. Bennett.«

Die achtzigjährige, ansonsten aber äußerst rüstige und muntere Wilma Potters, die im Haus wohnte, war Katies Lieblingsbabysitterin. Sie hatte vor, mit Katie Schokoladenkekse zu backen, und dann wollte sie ihr bis zur Schlafenszeit noch etwas vorlesen. Wilma war bereits an der Tür, als Lane ins Wohnzimmer kam.

»Ich mach schon, Wilma«, sagte Lane.

Der Aufzug lag direkt gegenüber ihrer Wohnung. Sie hörte, wie er anhielt, wartete aber noch, bis es klingelte, bevor sie die Tür öffnete.

Eric Bennett, so ihr erster Gedanke, war größer, als sie gedacht hatte. Nicht viel, aber immerhin. Flüchtig erinnerte sie sich, dass sie am Tag ihrer ersten Begegnung Stiefel mit Absätzen getragen hatte, die höher waren als die ihrer üblichen Schuhe.

Er schien sie ernst anzusehen, aber dann begrüßte er sie mit einem freundlichen Lächeln. Ihr »hallo, Eric« und sein »hallo, Lane« kamen nahezu gleichzeitig, während er in die Wohnung trat.

Katie kam angerannt und stellte sich neben Lane. »Ich bin Katie Kurner«, verkündete sie keck.

»Und ich bin Eric Bennett.«

»Hallo, Eric. Ich freu mich, dass Sie da sind«, begann Katie.

»Katie, was hab ich dir gesagt?«, ermahnte Lane sie.

»Dass ich Erwachsene mit ihrem Nachnamen ansprechen soll. Ich hab's vergessen.« Sie drehte sich um und zeigte auf Wilma Potters. »Und das ist meine Babysitterin, Mrs. Potters. Wir backen jetzt zusammen Kekse.«

»Meinst du, du kannst einen für mich aufheben, wenn ich deine Mommy nach dem Essen nach Hause bringe?«

»Ich hebe zwei auf«, versprach Katie.

Nach einem Kuss von Katie und ihrem Versprechen, um halb neun ins Bett zu gehen, verließen sie die Wohnung. Drei Minuten später waren sie unten auf der Straße, und Eric winkte ein Taxi heran. Es dauerte freilich fünf Minuten, bis sie eines bekamen. »Früher hätte ein Wagen auf uns gewartet«, sagte er, als er ihr die Tür aufhielt.

»Na, ich jedenfalls war es nicht gewohnt, mit einem eigenen Wagen samt Chauffeur aufzuwachsen«, sagte sie. Aber du, dachte sie, während Eric dem Fahrer die Adresse in der Fifty-Sixth Street nannte.

»Kennen Sie das Il Tinello?«, fragte er.

»Ja«, antwortete Lane leise.

»Dann wissen Sie auch, dass es dort ruhig ist, und außerdem ist die norditalienische Küche einfach köstlich.«

»Ja, das weiß ich.«

Warum ausgerechnet dort?, fragte sich Lane. Ken und sie waren vor ihrer Heirat und im Jahr ihrer kurzen Ehe Stammgäste in dem Restaurant gewesen.

»Ihre Tochter ist ja entzückend«, fuhr Eric aber schon fort und brachte sie auf andere Gedanken. »Was für ein hübsches kleines Mädchen.«

Zumindest waren sie damit auf sicherem Terrain. »Na ja, für mich ist sie natürlich das großartigste Kind der Welt.«

Eric zögerte. »Soweit ich weiß, ist Katies Vater noch vor ihrer Geburt gestorben.«

»Ja.« Klar, er hat mich gegoogelt, dachte Lane. So wie ich ihn und auch seine Familie gegoogelt habe. Und vor allem seinen Vater.

Daher wusste sie, dass Parker Bennett als Joseph Bennett geboren worden war, mit einundzwanzig aber seinen Vornamen zu Parker hatte ändern lassen. Er hatte zwei Jahre das City College in New York besucht und anschließend ein Stipendium für Harvard erhalten, um schließlich in Yale seinen Abschluss in Wirtschaftswissenschaften zu machen. Sein Aufstieg bei einem Börsenmakler an der Wall Street verlief schnell und unaufhaltsam. Als er Anne Nelson heiratete, eine zweiundzwanzigjährige Sekretärin, war er selbst siebenundzwanzig und auf dem besten Weg in die Unternehmensspitze.

Im Restaurant wurden sie von Mario, dem Besitzer, mit einem »Willkommen daheim« empfangen – seine herzliche Begrüßung, die langjährigen Stammgästen vorbehalten war. Mit einem an Lane gerichteten Lächeln fügte er noch hinzu: »Aber, Mrs. Kurner, es ist viel zu lange her, dass wir Sie bei uns begrüßen durften.«

»Ich weiß, ich weiß, Mario«, erwiderte Lane. »Aber ich freue mich, dass ich wieder hier bin.«

Mario begleitete sie zu ihrem Tisch, und nachdem sie Platz genommen hatten, sagte Eric: »Er hat Sie Mrs. Kurner genannt. Ich gehe also davon aus, dass Sie mit Ihrem Mann hier waren.«

»Ja. Aber das ist über fünf Jahre her. Harmon ist mein Mädchenname, den ich aus beruflichen Gründen behalten habe.«

Als sich der Kellner ihrem Tisch näherte, fragte Eric: »Drink gefällig, oder lieber einen Wein?«

»Wein.«

»Weiß oder rot?«

»Rot, wenn Sie nichts dagegen haben.«

»Wunderbar.«

Eric studierte die Weinkarte, und als er die Bestellung aufgab, wusste sie, dass er einen der teuersten Jahrgänge ausgesucht hatte. Ihr Stiefvater war Weinkenner, und wenn sie mit ihm und ihrer Mutter in Washington zum Essen ausging – was nicht so oft vorkam –, bestellte er immer einen der besten Weine.

So viel also dazu, dass sich die Behörden angeblich alles zurückgeholt haben, dachte sie.

Als könnte er ihre Gedanken lesen, sagte Eric: »In Anbetracht meiner Situation möchte ich gleich von Anfang an etwas klarstellen. Ich habe nie für meinen oder mit meinem Vater gearbeitet. Er wollte immer, dass ich meinen eigenen Weg gehe, genau wie er seinen gegangen ist. Vielleicht hat er mich bewusst aus seinem Unternehmen ferngehalten, weil er von Anfang an gewusst hat, wie alles enden würde. Im Rückblick kann man sagen, wenn er wirklich das Geld unterschlagen hat, dann wollte er nicht, dass irgendein Verdacht auf mich fallen könnte.« Er sah ihr fest in die Augen. »Ich hatte nichts damit zu tun. Ich hoffe, Sie können mir das glauben.«

»Ich wäre nicht hier, wenn ich annehmen würde, Sie wären in irgendeiner Weise in die Sache verwickelt«, sagte Lane.

Beim Essen unterhielten sie sich wie zwei Menschen, die sich vorsichtig vortasteten, um sich allmählich besser kennenzulernen. Lane erzählte von Washington, wo sie vom Kindergarten bis zur Highschool die Sacred Heart Academy besucht hatte, bevor sie auf die Universität von New York ging. »Sofort nach meinem Umzug nach New York wusste ich: Hier will ich sein«, erklärte sie. »Nach dem Studium ist mir dann aber klar geworden, dass der Lehrerberuf nichts für mich ist.«

»Und deshalb sind Sie aufs Fashion Institute gegangen«, warf Eric ein.

»Sie haben mich gründlich im Internet recherchiert.«

»Ja, hab ich. Sie haben hoffentlich nichts dagegen, aber ich wollte mehr über Sie erfahren.«

Lane tat das indirekte Kompliment mit einem Lachen ab. »Zum Glück habe ich nichts zu verbergen.« Kaum hatte sie es ausgesprochen, bedauerte sie es auch schon.

»Und zum Glück trifft das auch auf mich zu – auch wenn die Öffentlichkeit das anders sieht«, antwortete Eric lächelnd. Dann wechselte er das Thema. »Wie ist es so, für Glady zu arbeiten? Als sie im Haus in Greenwich beschäftigt war, habe ich sie für den fürchterlichsten Drachen überhaupt gehalten. Sie musste nur zur Tür reinkommen, schon zuckten die Arbeiter zusammen.«

Sie ist ein fürchterlicher Drachen, dachte Lane, aber das werde ich ihm gegenüber natürlich auf keinen Fall zugeben. »Ich arbeite gern für Glady«, antwortete sie, und das war ehrlich gemeint. »Ich weiß, worauf Sie anspielen, aber ob Sie es glauben oder nicht, sie hat ein Herz aus Gold.«

»Ich weiß, zumindest in mancher Hinsicht. Immerhin richtet sie das Haus meiner Mutter in Montclair ein, ohne ein Honorar dafür zu verlangen.«

»Sehen Sie.«

Beim Nachtisch erzählte Eric schließlich von seinem Vater. »Einen besseren Dad kann man sich eigentlich nicht vorstellen. Egal, wie viel er zu tun hatte, meine Mutter und ich standen für ihn immer an erster Stelle. Er hat kein einziges Schulereignis verpasst, an dem ich beteiligt war. Als ich zu den Pfadfindern kam, setzte ich mir in den Kopf, dass ich unbedingt zelten wollte. Also versprach er es mir. Er besorgte die Ausrüstung, ließ sich zeigen, wie man ein Zelt aufbaut, und suchte sich einen Campingplatz in den Adirondacks. Wir machten ein offenes Feuer, um zu kochen. Alles ist uns angebrannt. Und in der Nacht froren wir wie die Schneider und konnten nicht schlafen. Irgendwann um elf Uhr nachts sagte er schließlich: ›Eric, das hier ist doch albern.‹ Und als ich aus vollem Herzen zustimmte, meinte er: ›Dann packen wir jetzt zusammen und verschwinden. Wir lassen den ganzen Krempel hier, ich ruf bei der Campingplatz-Verwaltung an und sag ihnen, dass sie alles behalten können. Sie können es verlosen oder verschenken.«

»Dann sind Sie wahrscheinlich nie zum Eagle Scout ernannt worden?«, fragte Lane.

»Doch, doch. Ich wollte mir doch nicht nachsagen lassen, dass ich vorschnell aufgebe.«

Er nahm einen Schluck vom Kaffee. »Lane, ich habe wegen meines Vaters zwar viele Kunden verloren, bin aber trotzdem ein guter Aktienhändler und rappel mich allmählich wieder hoch. Ich habe jeden Cent, den ich gespart oder investiert habe, den Behörden gegeben, um wenigstens zu einem kleinen Teil die Verluste auszugleichen, die den Kunden meines Vaters entstanden sind.«

»Weiß die Öffentlichkeit davon?«

»Nein. Ich habe darum gebeten, Stillschweigen zu wahren. Ich weiß doch, wie das Urteil ausfallen würde. Die Leute meinen, ich würde es nur tun, um in den Augen der Öffentlichkeit gut dazustehen.«

»Sie werden verflucht, wenn Sie es machen, und Sie werden verflucht, wenn Sie es nicht machen«, sagte Lane.

»Genau.«

Diesmal, nachdem sie das Restaurant verlassen hatten, bekamen sie sofort ein Taxi. Lane wollte sich vor ihrem Apartmentgebäude von ihm verabschieden, aber Eric ließ es sich nicht nehmen, sie noch bis zur Wohnungstür zu begleiten.

Als sie aus dem Aufzug stiegen, fragte er: »Ich verspreche, dass ich Sie nicht länger aufhalten werde, aber wäre es vielleicht möglich nachzusehen, ob Katie mir die beiden Kekse aufgehoben hat?«

»Ich bin mir sicher, dass sie es getan hat. Kommen Sie mit rein.«

Die Kekse lagen auf einem Pappteller auf dem Beistelltisch. Katie hatte dazu ein lächelndes Gesicht auf den Teller gezeichnet.

Eric nahm sich einen der Kekse und biss hinein. »Köstlich«, sagte er. »Richten Sie Katie meinen Dank aus, und sagen Sie ihr, ich mag sie mit viel Schokolade, genau so, wie sie sie gemacht hat.« Er griff nach dem zweiten Keks auf dem Teller. »Und den hier esse ich auf dem Weg zum Aufzug. Lane, mir hat der Abend sehr gefallen. Und jetzt verschwinde ich, wie versprochen.«

Keine Minute darauf hörte Lane das Summen des Aufzugs. Im gleichen Moment erschien Wilma Potters im Gang. Wenn Katie im Bett war, saß sie gern in dem bequemen Sessel im kleinen Zimmer am Ende des Gangs und sah fern.

»Katie ist pünktlich um halb neun ins Bett gegangen«, sagte sie. »Haben Sie den Abend genossen?«

Lane zögerte kurz, bevor sie antwortete. »Ich habe den Abend sogar sehr genossen, Mrs. Potters. Wirklich.«

12

Marge O'Brian saß nervös im Vorzimmer und wartete darauf, in Rudy Schells Büro gerufen zu werden. Was habe ich mir bloß zuschulden kommen lassen?, fragte sie sich. Warum will das FBI mit mir reden? Erst gestern war sie nach New Jersey gefahren, immer dem Umzugslaster hinterher, der die ausgesuchten Möbelstücke aus dem Herrenhaus zu Anne Bennetts neuem Haus in Montclair gebracht hatte.

Unterstützt von Lane Harmon und zwei ihrer Aushilfen, hatte sie Kisten mit Geschirr, Büchern und Kleidung ausgepackt und dafür gesorgt, dass die Wohnung bei Mrs. Bennetts Eintreffen nicht allzu unordentlich aussehen würde. Lane hatte ihr gesagt, dass die Tagesdecke, die Vorhänge und die Toilettentischverkleidung erst in einer Woche angeliefert würden und sie sich dann persönlich darum kümmern werde, dass alles richtig angebracht würde.

Sie ist eine so nette Frau, dachte Marge, und das Haus ist auch so hübsch. Die Möbel passen, als wären sie extra für die Zimmer dort hergestellt worden. Alles ist so gemütlich. Und als Mr. Bennett kam, füllte er das ganze Haus mit seiner Anwesenheit. Nur die arme Mrs. Bennett – sie so ganz allein vor sich hin plappern zu hören, das war nicht schön.

Aber warum hatte das FBI sie erneut vorgeladen? Sie hatte mit den Beamten doch schon vor zwei Jahren gesprochen. Was hatte das zu bedeuten – sie wollen nur ein paar Fragen stellen? Sie konnten doch nicht annehmen, dass sie irgendetwas mit dem Verschwinden des Geldes zu tun hatte, oder? Nein, natürlich nicht. Dazu müssten sie nur mal einen Blick auf mein Konto werfen, dachte sie.

Mrs. Bennett und Eric werden mir fehlen, grübelte sie. Sie waren immer so freundlich zu mir. Und das galt ebenfalls für Mr. Bennett, auch wenn sie vor ihm immer ein wenig Angst gehabt hatte. Wenn er wütend wurde, dann ging es hoch her! Seine Wutausbrüche, die kamen immer so urplötzlich. Wie an dem Morgen, an dem er in seinem neuen Bentley einen Fleck auf dem Vordersitz entdeckte. Der Chauffeur, der vor dem Haus auf ihn wartete, hatte dort Kaffee verschüttet. Mr. Bennett hatte den Chauffeur auf der Stelle gefeuert, war ins Haus gestürmt und hatte dann Roger angebrüllt, den Butler, der den Chauffeur eingestellt hatte.

»Wenn ich das nächste Mal wieder einen von Ihren lausigen Freunden einstelle und es gibt irgendein Problem, dann können Sie sich auch gleich verabschieden«, hatte er gebrüllt.

Und als sich Mrs. Bennett einmischte und sagte: »Aber Parker, Roger hat doch bloß die Vermittlung angerufen, und die hat den Chauffeur empfohlen«, war er auch gleich noch auf sie losgegangen. »Anne, kannst du endlich damit aufhören, das Hauspersonal so zu behandeln, als wären sie alle deine besten Freunde? Schon schlimm genug, dass du immer noch meinst, du würdest im Imbissstand deines Vaters aushelfen.«

Aber das war nur eine Seite an ihm. Am darauffolgenden Tag stellte er den Chauffeur wieder ein, er entschuldigte sich beim Butler und schenkte Mrs. Bennett eine wunderbare Diamantbrosche. Sie hatte die Notiz gesehen, die er daran befestigt hat. »Meiner langmütigen Liebsten«, hatte er daraufgeschrieben.

»Mrs. O'Brian? Mr. Schell würde Sie jetzt gern sprechen.«

Mit weichen Knien folgte Marge dem Mann in Rudy Schells spartanisch eingerichtetes Büro. Aber wie groß war ihre Erleichterung, als der Mann hinter dem Schreibtisch sich erhob, sie mit einem freundlichen Lächeln begrüßte und sie bat, Platz zu nehmen. Er kann mich unmöglich verhaften wollen, dachte sie.

Sie erfuhr schnell, dass Agent Schell nichts ferner lag als das. »Mrs. O'Brian, es ist fast zwei Jahre her, dass Sie mit einem unserer Beamten geredet haben. Mrs. Bennett zieht jetzt nach New Jersey, und ich wollte von Ihnen wissen, ob Sie weiterhin für sie tätig sein werden.«

»Leider nicht«, antwortete Marge. »Ich muss abends immer nach Hause. Es ist unmöglich, dass ich fünfmal in der Woche von New Jersey nach Connecticut fahre. Selbst wenn ich bei ihr wohnen sollte oder könnte, möchte ich keinesfalls so weit von meinen Enkelkindern entfernt sein. Die sind doch ständig bei mir.«

Rudy Schell nickte. »Das kann ich verstehen. Bitte glauben Sie mir, ich will Sie nicht dazu überreden, sich illoyal zu verhalten, aber es muss Ihnen klar sein, dass Parker Bennett das Leben vieler Menschen zerstört hat. Menschen, die ihm vertraut haben und deswegen ihre Häuser, ihre Pensionen verloren haben oder nicht mehr in der Lage sind, ihre Familien zu unterstützen. Was ich von Ihnen möchte, ist, dass Sie nachdenken. Haben Sie jemals Mrs. Bennett oder ihren Sohn irgendetwas sagen hören, was darauf schließen lässt, dass Parker Bennett noch am Leben ist?«

Marge schwieg. Ja, da gab es etwas. Und es lag auch erst zwei Wochen zurück. Es war an dem Abend gewesen, an dem Mrs. Bennett Eric so angeschrien hatte. Aber das jetzt zu wiederholen wäre nicht fair gewesen. Wenn es nicht am Stress und der Anspannung lag, unter der sie stand, dann war zu befürchten, dass Mrs. Bennett allmählich dement wurde. Sie wiederholte sich oft. Was sie jedenfalls an diesem Abend von sich gegeben hatte, das klang rundherum verrückt.

»Mrs. O'Brian«, ermunterte Rudy Schell sie, »allein Ihr Blick sagt mir, dass Sie mit sich ringen. Sie überlegen sich, ob Sie mir etwas erzählen wollen oder nicht. Bitte vergessen Sie nicht, falls Eric Bennett und seine Mutter an Parker Bennetts Straftaten keinerlei Anteil haben, werden wir unverzüglich ihre Unschuld öffentlich klarstellen. Allerdings gibt es einige Verdachtsmomente, die für eine Beteiligung sprechen. Wenn Sie also irgendetwas gehört haben, was uns helfen könnte, das verschwundene Geld wiederzufinden, müssen Sie uns das mitteilen.«

Zögernd begann Marge: »Vor gut einer Woche, nach dem Abendessen, habe ich gehört, wie Mrs. Bennett Eric angeschrien hat.«

Rudy Schell ließ sich nicht die geringste Regung anmerken. »Worum ging es dabei?«

»Den exakten Wortlaut kann ich nicht mehr wiedergeben, aber sie hat in etwa gesagt: ›Eric, ich weiß, dass dein Vater am Leben ist, und du weißt es auch. Sag ihm, er soll mich anrufen. Sag ihm, es ist mir egal, was er getan hat. Sag ihm, er soll mich einfach nur anrufen.‹« Marge atmete tief durch. »Aber nehmen Sie das bitte nicht zu ernst, ich befürchte nämlich, dass Mrs. Bennett langsam ein bisschen wirr im Kopf wird. Vielleicht hat sie sich das alles nur eingebildet.«

»Möglich«, pflichtete Schell bei, »aber es war auf jeden Fall richtig, uns das gesagt zu haben. Jetzt muss ich Sie nur noch darum bitten, den Bennetts nichts von unserem Treffen zu erzählen.«

Nachdem sich die Tür hinter Marge O'Brian geschlossen hatte, lehnte sich Rudy in seinem Sessel zurück. Wusste ich es doch, dachte er. Ich habe immer vermutet, dass der Kerl mit drinsteckt. Das glaubt also sogar seine eigene Mutter.

Nur, wie sollen wir das beweisen?

13

Anne Bennett schlief lange in der ersten Nacht, die sie in ihrem neuen Zuhause verbrachte. Nach dem Aufwachen fühlte sie sich klarer im Kopf als seit Langem. Vielleicht seit dem schrecklichen Tag, an dem Parker von seinem Segelboot verschwunden war.

Er war damals über das Wochenende nach St. John geflogen, wo er sein Boot liegen hatte. Eric sollte ihn eigentlich begleiten, wurde aber im Büro aufgehalten und konnte daher erst am nächsten Tag nachkommen.

Ich habe Parker gebeten, auf Eric zu warten, dachte Anne, aber darüber ist er so wütend geworden. Ob ich ihn für unfähig halten würde, hat er mich angefahren, und da war mir klar, dass ich besser nichts mehr sage. So ist er an jenem Morgen allein hinausgefahren. Das Meer war aufgewühlt, und er kam nicht mehr zurück.

Sie blinzelte die Tränen fort, die so häufig kamen, wenn sie an Parker dachte. Es war neun Uhr und Zeit zum Aufstehen. Sie schlug die Decke zurück, griff nach ihrem Morgenmantel und ging nach unten in die Küche. Sie schaltete die Kaffeemaschine an und wartete, bis der Kaffee durchgelaufen war. Dann setzte sie sich mit der Tasse an den Tisch. Sie hatte keinen Hunger.

Ihr Blick fiel auf das seitliche Fenster, durch das man die Anfahrt und das Nachbarhaus sehen konnte. Der nette Mann von nebenan, Tony Russo, saß ebenfalls an seinem Küchentisch.

Am Tag zuvor, als Eric sie kurz nach der Ankunft des Umzugslasters hierhergebracht hatte, war er herübergekommen und hatte sich vorgestellt.

Laut seinen Worten war er auch gerade erst eingezogen und hatte vor, in der Valley Road ein Restaurant zu eröffnen. Er hat noch gesagt, dass er uns nicht länger aufhalten möchte, aber falls ich Hilfe benötige, dann soll ich nicht zögern und ihn rufen, er sei sowieso oft hier.

Lane hatte von einem Sichtschutz erzählt, einem Rollo, das noch angefertigt und befestigt würde, wenn die Vorhänge und die Tagesdecke geliefert würden.

Russo hatte seinen Laptop auf dem Tisch stehen. Anne setzte sich daher um, weil sie den Blickkontakt vermeiden wollte. Tagsüber werde ich das Rollo kaum herunterziehen müssen, dachte sie. Das dürfte nur nachts nötig sein.

Ich habe beim Abendessen zu viel Wein getrunken, ermahnte sie sich mal wieder. Wahrscheinlich war es nur Wunschdenken, dass Parker noch am Leben wäre. Immer noch, nach all den Jahren, spürte sie etwas von der Aufregung, die sie damals empfunden hatte, als Parker sie aus seinem Büro angerufen und gefragt hatte, ob sie mit ihm zum Essen gehen wolle. Sie hatte ja so Angst gehabt, dass jeder merken könnte, wie verliebt sie in ihn war – denn das war sie von dem Augenblick an, als er sie auf der U-Bahn-Treppe aufgefangen hatte.

Er war überaus attraktiv und so klug gewesen und hatte damals von der Firma einen riesigen Jahresabschluss-Bonus erhalten. Und am Abend nach der Arbeit bin ich sofort zum Delikatessengeschäft meiner Eltern und habe ihnen erzählt, dass ich mit ihm ausgehen werde.

Mom war ganz aus dem Häuschen. Aber Daddy äußerte sich eher zurückhaltend. »Warum sollte er dich nicht einladen? Du musst doch das hübscheste Mädchen in der ganzen Firma sein.

Wenn er sich aber wie ein großspuriger Playboy aufführt und zudringlich wird, dann versprich mir, dass du das Restaurant auf der Stelle verlässt und mit dem Taxi nach Hause fährst.«

Daddy regte sich sogar noch mehr auf, als er hörte, dass Parker mich mit einem Wagen abholen wollte.

»Du hättest dich mit ihm gleich im Restaurant verabreden und für den Nachhauseweg auf ein Taxi bestehen sollen.«

Und als Parker und ich ein halbes Jahr später heirateten, traute Daddy ihm immer noch nicht über den Weg, überlegte sie. Es gefiel ihm nicht, dass Parker darauf beharrte, in der protzigen St.-Ignatius-Loyola-Kirche in Manhattan zu heiraten. Parker meinte, er wolle nicht, dass seine Freunde zu unserer Gemeindekirche in Brooklyn rausmussten. Es war eine große Hochzeit. Der Empfang fand im Plaza statt. Daddy war wütend, weil es sich Parker nicht nehmen ließ, alles zu bezahlen, sogar mein Hochzeitskleid. Parker sagte, er wolle nicht, dass ich irgendwas im Macy's von der Stange kaufe.

Aber Daddy hat sich von ihm nie beeindrucken lassen. Er sagte immer: »Anne, ich spüre es, er ist ein Blender, und das macht mir Angst. Er mag ja viel Geld verdienen, aber nur ein Schwindler ändert einen ehrenwerten Namen wie Joseph in einen anderen, weil der angeblich mehr Stil hat.«

Anne lächelte. Wenn Dad Parker so richtig ärgern wollte, hat er ihn Joey genannt.

Aber wir waren so glücklich, all die Jahre über. Jeden Morgen, bevor er ins Büro aufbrach, sagte er mir, wie sehr ich ihm tagsüber fehlen würde. Und ich sagte ihm, dass er mir auch fehlen würde. Das war unser kleines Spiel. Sogar am letzten Tag, vor der Abfahrt zum Flughafen, sagte er: »Du wirst mir immer fehlen.«

Was hatte er mir damit sagen wollen? Parker war nicht religiös. Hin und wieder ging er mit mir zwar in die Kirche, aber er glaubte nicht an ein Leben nach dem Tod. Wenn wir sterben, ist alles vorbei – davon war er überzeugt. Was meinte er also mit diesem Satz?

Und warum habe ich den armen Eric angebrüllt und ihm gesagt, er würde ebenfalls wissen, dass sein Vater noch am Leben ist? Lag das nur am Wein letzten Abend?

Anne leerte ihre zweite Tasse Kaffee und verdrängte den schrecklichen, unangenehmen Gedanken, dass sie vielleicht doch ein wenig von der Intuition ihres Vaters geerbt hatte.

14

Am Montagmorgen trat Eric Bennett in das Büro von Patrick Adams, dem Begründer der nach ihm benannten Sicherheitsfirma.

Adams, ehemaliger Senator des Bundesstaates New York, war während seiner zehnjährigen Amtszeit so entsetzt gewesen über das Ausmaß an Korruption, das er in den Parlamentssitzungen in Albany erlebt hatte, dass er beschloss, etwas dagegen zu unternehmen. Er trat von seinem Senatorenposten zurück und gründete sein eigenes Sicherheitsunternehmen. Nach nur zwei Jahren stand er im Ruf, sehr effizient gegen jede Form von Korruption vorzugehen und nicht nur Schmiergeldzahlungen auf Regierungsebene, sondern auch Fälle von Insiderhandel aufzudecken.

Es überraschte ihn, dass Eric Bennett einen Termin mit ihm vereinbart hatte.

Wie der Großteil der Öffentlichkeit war auch er davon überzeugt, dass Eric Hand in Hand mit seinem Vater Parker gearbeitet hatte, um die Einlagen in Bennetts Investmentfonds verschwinden zu lassen.

Der zweiundfünfzigjährige Adams war mit seinem stämmigen, durchtrainierten Körper, seinem vollen, mittlerweile grauen Haar und seinem nahezu unbegrenzten Selbstvertrauen, das er ausstrahlte, eine beeindruckende Persönlichkeit.

Bennett traf Punkt zehn ein, was ihn schon mal für den

jungen Mann einnahm. Mit Leuten, die chronisch zu spät kamen, konnte er nicht viel anfangen. Ebenso wenig mochte er aber diejenigen, die immer zu früh erschienen. Seiner Meinung nach zeugte das nur von Unsicherheit, und das machte ihn ebenfalls misstrauisch.

Seine Sekretärin führte Eric Bennett ins Büro. Adams' erster Eindruck war positiv. Bennett trug einen gut geschnittenen grauen Anzug, die Manschetten waren aus dezenten, kleinen schwarzen Steinen. Die höfliche Zurückhaltung, mit der Bennett ihn begrüßte, überraschte Adams. Er hatte erwartet, dass der junge Mann nervöser auftreten würde.

Er forderte Bennett auf, sich zu setzen, woraufhin dieser vor dem Schreibtisch Platz nahm.

»Ich möchte nicht lange um den heißen Brei herumreden«, sagte er in aller Ruhe. »Sofern Sie nicht blind, taub oder stumm sind, was auf Sie kaum zutreffen dürfte, muss ich über meinen Vater Parker Bennett und das, was man ihm vorwirft, keine Worte mehr verlieren.«

Ihm vorwirft?, dachte Adams. Doch eher: was Ihr Vater *getan hat!* Aber ebenso ruhig wie sein Gast antwortete er: »Ja, ich bin mir dieser Umstände sehr wohl bewusst.«

»Gut, dann sind Sie sich wahrscheinlich auch der Umstände bewusst, unter denen ich zu leben habe«, fuhr Eric fort. »Nahezu alle glauben, dass ich an der Veruntreuung beteiligt war. Dem stimmen Sie doch zu, oder?«

»Ja.«

»Dann müssen Sie auch verstehen, was ich hinter mir habe. Ich bin absolut unschuldig und war in keiner Weise am Betrug beteiligt. Mein Computer ist auseinandergenommen worden, alle erdenklichen Ermittlungsbehörden haben mich durchleuchtet. Niemand hat auch nur das kleinste Indiz finden können, das auf meine Beteiligung hinweisen würde.

Ich liebe meinen Vater von ganzem Herzen. Er war meiner Mutter ein wundervoller Ehemann und mir ein wundervoller Vater. Ich kann mir nur vorstellen, dass er, als er dieses Verbrechen begangen hat, psychisch krank gewesen sein muss.«

»Das heißt dann, er war schon psychisch krank, als er fünfzehn Jahre zuvor seinen Investmentfonds ins Leben gerufen hat«, erinnerte Adams ihn. »Es war doch von Anfang an klar, dass der Fonds genau darauf ausgerichtet war.«

»Dessen bin ich mir bewusst«, antwortete Eric, nun doch leicht verlegen. »Aber das FBI hat nicht die geringsten Beweise, dass mein Vater noch lebt oder wohin das Geld verschwunden ist. Aus diesem Grund möchte ich Sie engagieren, damit Sie in diesem Fall ermitteln.«

»Ihnen ist klar, dass diese Ermittlungen möglicherweise dazu führen können, dass Ihr Vater sein restliches Leben im Gefängnis verbringt?«

»Natürlich«, antwortete Eric. Seine Augen wurden feucht, seine Stimme schwankte, dann fasste er sich und fuhr fort: »Wenn mein Vater tatsächlich noch am Leben sein sollte, dann muss er gefunden werden, und natürlich muss das gestohlene Geld an die hintergangenen Anleger zurückgegeben werden.«

»Oder was davon noch übrig ist«, sagte Adams trocken. »Ich warne Sie aber. Wenn wir den Fall übernehmen, wird das für Sie teuer.«

»Das weiß ich. Ich bin ein erfolgreicher Aktienhändler, wir haben eine gute Marktphase hinter uns. In den zwei Jahren seit dem Verschwinden meines Vaters habe ich sehr bescheiden gelebt. Das werde ich auch weiterhin tun, aber ich habe fünfzigtausend Dollar zur Seite legen können. Wenn die aufgebraucht sind, kann ich Ihnen mehr geben. Wenn ich Sie nicht mehr bezahlen kann, können Sie Ihre Arbeit einstellen, und

Sie nehmen sie erst dann wieder auf, wenn ich in der Lage bin, weiteres Geld nachzuschießen.«

Adams spürte einen Anflug von Mitgefühl für diesen jungen Mann. Sein praktisches Naturell aber setzte sich sofort darüber hinweg.

»Was, wenn wir bei den Ermittlungen herausfinden, dass Sie selbst beteiligt waren?«

»Dann würde ich erwarten, dass Sie mich den Strafverfolgungsbehörden übergeben«, antwortete Eric prompt. »Aber diese Möglichkeit, glauben Sie mir, wird mir kaum den Schlaf rauben.«

Als Adams seinem Gegenüber die Hand hinstreckte, fragte er sich, ob er sich wirklich darüber im Klaren war, worauf er sich hier einließ. »Wir übernehmen den Fall, Mr. Bennett. Und wir werden alles tun, um das verschollene Geld ausfindig zu machen und Ihren Vater zu finden, egal, ob er tot oder noch am Leben ist.«

Noch während er das sagte, spürte er schon das leichte Kribbeln – schon jetzt konnte er es kaum erwarten, sich auf die Suche nach dem verschwundenen Parker Bennett zu machen.

Und was Eric Bennett anbelangte, nun, da gab es zwei Möglichkeiten: Entweder war er, wie er selbst behauptete, wirklich unschuldig und hatte es darauf abgesehen, die öffentliche Meinung zu seinen Gunsten zu beeinflussen, oder er war schuldig und darüber hinaus auch noch so arrogant, dass er annahm, er und sein Vater wären bei dem Betrug so ausgebufft vorgegangen, dass ihnen niemand etwas nachweisen konnte.

Insiderhandel erschien Adams plötzlich als etwas sehr Langweiliges und Alltägliches.

Die Suche nach Parker Bennett, dachte er zufrieden, war doch eine sehr viel größere Herausforderung.

15

Er hatte gewusst, dass sie ihm allmählich auf die Schliche kommen würden. In seinem hektischen Bemühen, sich so bald wie möglich abzusetzen, hatte er damals den Großteil der Gelder von einem Schweizer Konto auf das andere verschoben. Und die neue Kontonummer hatte er an die Innenseite der Spieldose geheftet, die er Anne vor Jahren geschenkt hatte. Als er sich später erfolgreich aus dem Staub gemacht hatte, merkte er allerdings, dass er sich bei der Flucht nicht die aktuelle Kontonummer notiert hatte, sondern die *alte*.

Noch lebte er sehr komfortabel in seiner kleinen Villa auf St. Thomas, einer Insel der Amerikanischen Jungferninseln in der Karibik. Er hatte ein neues Segelboot. Es war bei Weitem nicht so groß oder so teuer wie das alte, das er bei seiner Flucht der Strömung überlassen hatte, aber es reichte ihm völlig. Mittlerweile hatte er sich auch erfolgreich eingelebt und war auf der Insel unter einer Identität bekannt, die er schon vor langer Zeit speziell für seine Flucht geschaffen hatte. Nur das Geld auf dem alten Konto – das würde bald aufgebraucht sein. Wie heißt es in dem Gedicht von Coleridge? Wasser, Wasser überall, und nirgends ein Tropfen zu trinken.

Auf St. Thomas kannte man ihn unter dem Namen George Hawkins, als einen pensionierten, bereits vor fünfzehn Jahren aus England zugezogenen Ingenieur.

Die braune Perücke, die er immer trug, veränderte sein Aussehen. Gleiches galt für die dunkle Sonnenbrille und das Nasenplastilin, das er fachmännisch auftrug, um die Form seiner Nase zu verändern.

Sein britischer Pass ermöglichte ihm, falls nötig jederzeit und sofort in ein anderes Land auszureisen.

Das Wegwerf-Handy in seiner Tasche klingelte. Er zögerte kurz, bevor er sich meldete.

»Parker, mein Lieber«, war eine betont sachliche Frauenstimme zu hören, »ich fürchte, ich werde bald noch mehr Geld brauchen.«

»Aber ich habe dir doch erst vor drei Monaten eine Million Dollar überwiesen!«, protestierte er. Wie immer wandelte sich seine Wut schnell in Angst.

»Ja, aber das war vor drei Monaten. Ich lasse meine Wohnung umgestalten, und deswegen brauche ich mehr. Ich nenne dir die genaue Summe, sobald sie mir mitgeteilt wird.«

Seit zwei Jahren erpresste sie ihn. Und er hatte keinerlei Handhabe, sich gegen sie zur Wehr zu setzen.

»Ich werde dir das Geld überweisen«, beschied er ihr kühl.

»Ich wusste, dass du das tun würdest, und du sollst auch wissen, dass meine Lippen fest verschlossen sind. Auf Wiedersehen, mein Liebling, du fehlst mir.«

Er antwortete nichts darauf, beendete nur die Verbindung, saß an seinem Schreibtisch und starrte lange hinaus auf die Karibik.

Es war ein wunderbarer, sonniger Tag. Das Meer schimmerte blaugrün, es herrschte schwacher Seegang, der sanfte Wellen an den Strand vor seiner Villa schwappen ließ. Er war gern hier. Im Lauf der Jahre hatte er sich auf der Insel ein neues Leben aufgebaut. Während seiner häufigen Reisen, bei seinen angeblichen Segeltörns, war er immer wieder hierhergekommen. Er hatte sich einen kultivierten britischen Akzent zugelegt, der ihm mittlerweile in Fleisch und Blut übergegangen war. Die schon vor Jahren sorgfältig ausgewählten Freunde hatten ihn als denjenigen akzeptiert, als den sie ihn kannten, als einen reservierten, schüchternen Menschen, einen verwitweten Ingenieur aus England, der gern zum Segeln ging. Der Übergang war fließend verlaufen, nachdem er zwei Jahre zuvor verkündet hatte, dass er nun im Ruhestand sei und dauerhaft auf St. Thomas wohnen werde.

Daneben hatte er mit dem Golfspiel begonnen und war überraschend gut darin. Er spielte ausschließlich auf öffentlichen Plätzen. Die Zwänge, die ein privater Club mit sich brachte, würden näheren Kontakt mit den anderen Mitgliedern erfordern. Aber zu viel Vertraulichkeit schadet nur und sorgt in meinem Fall womöglich für Argwohn, dachte er. Allerdings gab es da jemanden, der sich während einer Viererrunde auf einem der öffentlichen Plätze an ihn drangehängt hatte, einen selbst ernannten England-Freund, der mit ihm wahnsinnig gern über Arbeitskollegen reden wollte, die er aus dem Großraum London kannte. Seitdem hatte er diesen Golfplatz gemieden.

Sie wusste, dass er hier war, und sie glaubte, dass er Zugriff auf das gesamte Geld hatte. Sie würde ihn ewig bluten lassen. Außerdem trank sie gern. Er hatte sie schon sternhagelvoll erlebt. Nicht oft, aber ein gewisser Hang dazu war nicht zu leugnen. Es war also durchaus denkbar, dass sie ihn im betrunkenen Zustand verriet.

Diese Situation konnte er auf keinen Fall hinnehmen. Solange er hier lebte, war er durch sie in Gefahr. Er hätte nie geglaubt, dass er irgendwann in Betracht ziehen musste, jemanden umzubringen. Aber verzweifelte Umstände erforderten verzweifelte Maßnahmen, sagte er sich.

Natürlich ging er damit ein fürchterliches Risiko ein, das war ihm klar, aber er musste zurück, er musste sich die Kontonummer aus der Spieldose besorgen und anschließend seinen Notfallplan in die Tat umsetzen und in die Schweiz reisen, um absolut sicher zu sein.

Eigentlich hatte er nicht vorgehabt, an diesem Tag zum Segeln zu gehen, aber wenn ihn etwas beunruhigte, war es für ihn mittlerweile zur Notwendigkeit geworden, hinauszufahren und sich eins mit Meer und Himmel zu fühlen. Dieses Vergnügen hatte er sich schließlich redlich verdient.

16

Eleanor Becker hatte in den dreizehn Jahren des Bestehens von Parker Bennetts Investmentgesellschaft als seine Sekretärin gearbeitet.

Damals war sie fünfzig Jahre alt gewesen, kinderlos und war von Parker vom Börsenmaklerbüro, in dem sie beide angestellt waren, abgeworben worden. Er hatte ihr gesagt, er wolle seine eigene Gesellschaft gründen, und gefragt, ob sie nicht für ihn arbeiten möge.

Die Entscheidung war ihr leichtgefallen. Parker, eine charismatische Persönlichkeit, hatte sie immer höflich behandelt, während sich ihr Chef eher durch Launenhaftigkeit ausgezeichnet hatte; am Morgen war er freundlich und nett, nachmittags aber gegen halb fünf, wenn die Börsen schlossen, war er ein ganz anderer Mensch, als würde der Aktienhandel seine unangenehmen Seiten hervorbringen.

Dr. Jekyll und Mr. Hyde, so hatte sie sich im Stillen immer gedacht, wenn er mal wieder auf sie losgegangen war. »Haben Sie das schon erledigt? Warum nicht? Haben Sie dort nachgefragt? Kriegen Sie denn überhaupt *irgendwas* auf die Reihe?«

Manchmal war sie versucht, ihm zu sagen, er solle sich seine schlechte Laune für seine Frau aufheben. Aber das hätte er natürlich nie gemacht. Seine Frau in zweiter Ehe war fünfundzwanzig Jahre jünger als er und hätte sich das niemals bieten lassen.

Daher war es ihr eine außerordentliche Freude, ihre Kündigung einzureichen und von da an für Parker zu arbeiten. Das Gehalt war höher. Von der Weihnachtsgratifikation konnten sie das Wohnzimmer in ihrem bescheidenen Haus in Yonkers neu einrichten. Als ihr Mann Frank an Diabetes erkrankte, musste sie Parker versprechen, dass sie ihm sämtliche Arztrechnungen schickte, die nicht von ihrer Versicherung abgedeckt wurden.

Ich hatte nie mit den Finanzgeschäften des Unternehmens zu tun, ob man es glauben mag oder nicht, dachte sie. Die zwei Jahre, die Parker Bennett mittlerweile vermisst wurde, waren für sie ein einziger Albtraum gewesen. Sie wusste, dass das FBI annahm, sie wäre in den Betrugsfall verwickelt. Tagelang war sie dazu befragt worden. Und vergangene Woche hatte sie mehrere Stunden lang vor einer Anklagejury aussagen müssen. Der Staatsanwalt hatte sie darüber in Kenntnis gesetzt, dass man daran denke, ein Verfahren gegen sie einzuleiten. Die Aussage vor der Anklagejury war ihr freigestellt. Sie hatte sich daher ausgiebig mit ihrem Anwalt Grover Johnson beraten und das Für und Wider ihres Erscheinens durchgesprochen. Er hatte sie gewarnt: Er selbst durfte im Gerichtssaal nicht anwesend sein, und alles, was sie aussagte, könne später, wenn das Verfahren tatsächlich eröffnet würde, gegen sie verwendet werden.

Wie hoch sei die Wahrscheinlichkeit, nicht angeklagt zu werden, falls sie nicht erscheine?, hatte Eleanor ihren Anwalt gefragt. Er war ganz offen und meinte, das Verfahren werde aller Voraussicht nach so oder so eröffnet. »Dann habe ich doch nichts zu verlieren. Ich werde die Wahrheit sagen, und vielleicht kommen sie ja zu dem Schluss, dass ich unschuldig bin. Ich werde aussagen.«

Der Staatsanwalt hatte sie erbarmungslos in die Mangel genommen. Immer noch hatte sie seine Fragen und ihre Antworten im Ohr.

»Mrs. Becker, es ist doch unstrittig, dass Sie potenzielle Kunden dazu überredet haben, in den Parker-Bennett-Investmentfonds zu investieren.«

»Ich habe niemanden überredet, ich habe auf Geheiß von Mr. Bennett lediglich Briefe verschickt mit den Einladungen an potenzielle Kunden, damit sie zu uns kommen und sich über den Fonds informieren.«

»Wie kam er an die entsprechenden Adressen?«

»Zu meinem Aufgabenbereich gehörte es, Zeitungen zu lesen und Listen mit Kleinunternehmern oder Leuten zu erstellen, die eine gewisse öffentliche Anerkennung erfahren haben.«

»Welche Art von Anerkennung?«

»Na ja, da erschien vielleicht ein Artikel über ein kleines Unternehmen, das sein fünfzigjähriges Geschäftsjubiläum beging. Dann habe ich für Mr. Bennett den Namen des Inhabers notiert und einige Informationen über ihn und sein Geschäft zusammengetragen.«

»Wie viele dieser Namen bekam er pro Tag?«

»Manchmal nur fünf, manchmal auch bis zu zwanzig.«

»Und dann haben Sie ein Schreiben aufgesetzt?«

»Ich hatte einen Formbrief, den habe ich verschickt.«

»Wie sah der aus?«

»Es wurde der betreffenden Person gratuliert, dass sie aus den und den Gründen ausgewählt und eingeladen wurde, zu uns ins Büro zu kommen, um sich mit Mr. Bennett auf eine Tasse Tee oder Kaffee zusammenzusetzen.«

»Haben Sie auch Lottogewinner angeschrieben?«

»Wenn sie nur ein paar Millionen Dollar gewonnen haben, ja. Von den großen Gewinnern haben wir Abstand genommen. Er sagte, hinter denen seien schon die großen Vermögensverwalter her. Die würden sie umschwirren wie die Fliegen den

Honig. Er sagte immer, ihn interessieren nur die Kleinanleger, für die möchte er Geld verdienen.«

»Wenn diese Kleinanleger nun zu Ihnen ins Büro kamen, was geschah dann?«

»Wie Sie wahrscheinlich wissen, hatte Mr. Bennett ein sehr großes Büro. Darin stand ein breiter Tisch, um den waren eine Couch und bequeme Sessel gruppiert. Ich habe, wenn der Termin vor Mittag stattfand, Kaffee und Kuchen oder Donuts und Tee serviert und kleine Sandwiches am Nachmittag.«

»Und dann?«

»Mr. Bennett setzte sich mit seinen Gästen zusammen und plauderte mit ihnen. Irgendwann bat er mich, Kontoauszüge von aktuellen Anlegern zu bringen. Natürlich waren die entsprechenden Namen geschwärzt.«

»Aber es war ersichtlich, dass mit dem eingesetzten Kapital Gewinn erzielt wurde?«

»Ja.«

»Wie hoch war die Mindestsumme, die investiert werden musste?«

»Zehntausend Dollar.«

»Was wurde den neuen Anlegern gesagt, wenn sie in den Parker-Bennett-Fonds einzahlten?«

»Wenn zum Beispiel nach einem Jahr das Zehntausend-Dollar-Investment nicht zehn Prozent Gewinn erzielte, könnte der betreffende Anleger seine Einlagen wieder abziehen, und Mr. Bennett würde zu den zehntausend Dollar noch tausend Dollar dazugeben, die zehn Prozent Gewinn nämlich, die der Fonds im Durchschnitt machte. Wer sein Geld aber abzog, der durfte nie wieder in den Fonds einsteigen.«

»Haben die Leute oft ihr Geld aus dem Fonds abgezogen?«

»So gut wie nie. Sie haben ihre monatlichen Kontoauszüge bekommen, und auf denen konnten sie sehen, um wie viel ihr

Vermögen wieder gewachsen war. Sie sind investiert geblieben, weil sie immer mehr haben wollten.«

»Die Anleger, die ihren Einsatz herausnahmen – haben diese ihre versprochenen zehn Prozent ausgezahlt bekommen?«

»Ja.«

»Und die Anleger, die geblieben sind ... neigten dazu, immer mehr von ihrem Ersparten anzulegen?«

»Ja.«

»Und wie hoch war der durchschnittliche Ertrag?«

»Zehn Prozent.«

»Nach einigen Jahren nahm Parker Bennett auch wohlhabende Kunden auf?«

»O ja, das tat er. Die Leute kamen von sich aus auf ihn zu.«

»Sie haben aber auch weiterhin Einladungen an Kleinanleger verschickt?«

»Ja, aber nicht mehr so viele wie zu Anfang.«

»Warum nicht?«

»Weil wir es nicht mehr nötig hatten. Die Anleger waren glücklich und haben den Fonds an Freunde, Verwandte und Mitarbeiter weiterempfohlen. Wir sind so schnell gewachsen, dass uns überhaupt keine Zeit mehr blieb, neue Anleger zu werben.«

»Sie haben seit Ihrem einundzwanzigsten Lebensjahr für Börsenmakler gearbeitet. Fanden Sie die versprochene Rendite nicht verdächtig hoch?«

»Ich habe in der anderen Firma miterlebt, welches Genie Parker Bennett war. Ich habe ihm geglaubt und vertraut.«

»Haben Sie nicht gedacht, dass Ihr Gehalt und die Bonuszahlungen ungewöhnlich hoch waren?«

»Ich habe ihn für einen sehr großzügigen Menschen gehalten.«

»Was haben Sie sich gedacht, als er die Arztrechnungen für Ihren Mann übernommen hat?«

»Ich war einfach überwältigt.«

»Und als Ihr Mann wegen seiner Krankheit vorzeitig in den Ruhestand musste, was haben Sie sich da gedacht, als Bennett die Hypothek auf Ihr Haus bezahlte?«

»Ich war fassungslos und habe geweint.«

Sie wusste, dass die Staatsanwaltschaft sie anklagen würde. »Wir mussten doch eine neue Hypothek aufnehmen, um die Arztrechnungen bezahlen zu können«, platzte es aus ihr heraus.

In Tränen aufgelöst, verließ sie schließlich den Raum. Grover Johnson, der draußen auf sie gewartet hatte, umarmte sie und versuchte sie zu beruhigen, aber sie schluchzte nur: »Ich fürchte, sie glauben mir nicht.«

Das war das andere. Mit Schrecken war ihr und Frank klar geworden, wie teuer es war, einen Anwalt anzuheuern, und wie viel sie das Verfahren überhaupt kosten würde. »Wer immer gesagt hat, im Himmel gibt es keine Anwälte, der hat recht«, hatte Frank dazu ausgerufen.

Nun warteten sie darauf, von Johnson zu hören. Nervös saßen sie in der Küche bei einer Tasse Tee. Frank war dünner geworden, hatte aber immer noch seine Lachfältchen um die Augen und den Mund.

Das Lachen allerdings war ihm mittlerweile vergangen, was auch für sie galt. Mit zittriger Hand führte sie die Tasse an die Lippen. Die Anspannung, unter der sie stand, war so unerträglich, dass ihre Augen nahezu ständig tränten. Unvergossene Tränen? Und beim geringsten Geräusch zuckte sie sofort zusammen. Ihr Handy klingelte. Auf dem Display konnte sie den Anrufer erkennen: Grover Johnson. »Wenn es Johnson ist, dann fasse dich kurz«, warnte Frank sie. »Sobald er deine Nummer wählt, beginnt seine Uhr zu ticken.«

»Mrs. Becker?«

Er klingt besorgt, dachte sich Eleanor. Ihr Griff um das Telefon verstärkte sich.

»Ja.«

»Mrs. Becker, ich muss Ihnen leider mitteilen, dass die Jury entschieden hat, im Fall des Anlagebetrugs von Parker Bennett gegen Sie wegen Mittäterschaft Anklage zu erheben.«

17

Am Wochenende ging Lane mit Katie zum Schlittschuhlaufen auf die Rockefeller Plaza. Sie selbst lief ganz gut, aber Katie war ein Naturtalent. Sie hatte im Vorjahr damit begonnen, und nichts machte sie glücklicher, als auf dem Eis ihre Runden zu drehen. Eric Bennett hatte Katie einen Brief geschickt, in dem er ihr für die wunderbaren Kekse gedankt und außerdem nachgefragt hatte, ob sie auch welche aus Hafermehl mit Rosinen mache. Das seien nämlich seine anderen Lieblingskekse. Zum Schluss hatte er noch geschrieben: »Hoffentlich sehe ich dich bald wieder, Katie. Dein Freund Eric Bennett.«

Lane hatte er nicht angerufen. Sie fragte sich, ob die Botschaft an Katie nur eine charmante Geste war oder er es ernst meinte, wenn er hoffte, sie bald wiederzusehen. Ihre Vorfreude, von ihm erneut zum Essen ausgeführt zu werden, beunruhigte sie allerdings auch. Sie hatte sich in den vergangenen Jahren immer mal wieder mit Männern getroffen und das alles auch genießen können. Aber der Funken war nie so richtig übergesprungen; ganz anders, als es jetzt bei Eric Bennett der Fall war. Am Sonntagnachmittag gingen Katie und sie ins Kino und dann zum Essen zu McDonald's, Katies Lieblingsrestaurant. Am Montag dann berichtete Glady, dass sie einige vorläufige Skizzen erstellt und Farben ausgesucht habe, die sie »Sally« präsentieren wollten, wie sie die Gräfin de la Marco konsequent nannte. »Morgen um halb zehn haben wir bei ihr einen Termin. Komm also nicht zu spät.«

»Ich bin immer vor neun hier, Glady«, erwiderte Lane amüsiert. »Das weißt du doch. Aber wenn du willst, können wir uns auch gleich bei ihr in der Wohnung treffen.« Sie wusste, dass sie darauf ein entschiedenes Nein zu hören bekommen würde. Glady gefiel es viel zu sehr, von einer Assistentin begleitet zu werden, die ihr die Skizzen- und Musterbücher sowie die Antiquitäten- und Teppichkataloge hinterhertrug.

»Wir treffen uns bei ihr in der Lobby«, kam es brüsk von Glady.

Am nächsten Morgen um Viertel nach neun traf Lane in der Lobby in der Fifth Avenue ein. Glady war bereits da. Sie warteten bis 9.27 Uhr, dann bat Glady den Angestellten an der Rezeption, der Gräfin de la Marco telefonisch mitzuteilen, dass Ms. Harper eingetroffen sei.

Von mir kein Wort, wie immer, dachte Lane. Als wäre ich unsichtbar! Ein typischer Glady-Auftritt.

Eine Männerstimme meldete sich am anderen Ende der Leitung: »Schicken Sie sie bitte hoch.« Als sie aus dem Privataufzug traten, wurden sie bereits vom Butler erwartet.

»Die Gräfin empfängt Sie in der Bibliothek«, begrüßte er sie und begleitete sie durch den Flur.

»Empfängt uns«, murmelte Glady zu Lane und musste sich ein Lächeln verkneifen.

Die Gräfin Sylvie de la Marco saß auf einer roten Samtcouch. Vor ihr auf einem langen Glastisch standen eine Kanne Kaffee sowie drei Tassen. Sie erhob sich nicht zur Begrüßung, lächelte ihre Gäste aber freundlich an.

»Wie nett von Ihnen«, bedankte sich Glady beim Butler, als er ihnen Kaffee einschenkte. Nach wenigen Schlucken kam sie zur Sache.

»Wir werden von weitreichenden architektonischen Umbauten absehen«, verkündete sie und nahm die Tasche entgegen, die Lane ihr getragen hatte. »Einer ersten Schätzung zufolge dürfte sich die Neugestaltung inklusive der Anschaffung einiger Antiquitäten und Kunstwerke auf etwa fünf Millionen Dollar belaufen. Ich habe Ihnen erste Skizzen von den Räumen auf diesem Stockwerk erstellt, aus denen hervorgehen sollte, mit welchen Mitteln wir hier Abwechslungsreichtum, Harmonie und zurückhaltende Eleganz erzeugen werden.«

Die Gräfin vertiefte sich in die Zeichnungen.

Dann erhob sich Glady. »Ich schlage vor, wir nehmen uns die einzelnen Skizzen vor und gehen mit Ihnen die diversen Räume durch. Davor möchte ich Sie aber bitten, sich den Vertrag anzusehen, und Sie darüber hinaus darauf hinweisen, dass mit Vertragsabschluss zwei Millionen Dollar Vorauszahlung zu leisten sind.«

Die Gräfin zuckte noch nicht mal mit einer ihrer falschen Wimpern. »Kein Problem«, sagte Sylvie nur. »Wir sehen uns wieder im Salon. Ich muss Sie leider etwas warten lassen, weil ich noch ein wichtiges Telefonat zu führen habe.«

Auf dem Weg durch den Gang tuschelte Glady: »Na, was hältst du davon, dass sie das Wohnzimmer als ›Salon‹ bezeichnet?« Und ohne auf eine Antwort zu warten, setzte sie noch hinzu: »Den Ausdruck hat sie bestimmt aus irgendeinem Schundroman, da kannst du Gift drauf nehmen.«

Lange verharrten sie schließlich in der Tür zum größten Raum in der Wohnung. »Es ist nicht alles Gold, was glänzt«, murmelte Glady und konnte ihr Erstaunen und ihren Abscheu kaum verbergen, während sie die reich verzierten gelben Brokatvorhänge mit ihren schweren goldfarbenen Quasten betrachtete.

»Ach, komm schon, Glady«, warf Lane ein. »Sie weiß doch selbst, wie geschmacklos und kitschig das alles hier ist, deshalb zahlt sie dir auch so viel Geld, damit alles neu und schöner wird. Und sie war heute Morgen sehr freundlich zu uns.«

Wie immer, wenn Glady widersprochen wurde, schossen ihre Augenbrauen nach oben. »Lane, du solltest nicht immer davon ausgehen, dass jeder, den du kennenlernst, dein neuer bester Freund sein könnte. Die Gräfin hat jedem, der hören kann, erzählt, dass die Wohnung deswegen so schauderhaft eingerichtet ist, weil ihre Vorgängerin, die zweite Gräfin de la Marco, alles so haben wollte. Aber jeder weiß, wer damals wirklich das Sagen hatte und die Entscheidungen getroffen hat. Was du hier siehst, sind Sally Chicos Vorstellungen von High Society. In den Klatschkolumnen kursieren dazu eine Menge Witze, man spricht von ›Sylvies goldenem Käfig‹ – so etwas liest man nicht gern, wenn man so viele Partys wie sie gibt.«

In diesem Moment bemerkte Lane, dass die Gräfin höchstpersönlich durch den Gang eilte und wohl alles gehört hatte.

»Welche Farben schlägst du für dieses Zimmer vor?«, wechselte sie umgehend das Thema und sprach dazu etwas lauter als nötig.

Kurz wirkte Glady verwirrt, erfasste aber schnell die Situation und antwortete ohne das geringste Zögern: »Dieser Raum wird ganz wunderbar, ein angemessenes Ambiente für die Gräfin.«

Sofort wurde klar, dass der Gräfin Gladys Sarkasmus nicht entgangen war. Sie blieb stehen, kniff die Augen zusammen, und von der Freundlichkeit, die sie bislang an den Tag gelegt hatte, war nichts mehr zu spüren.

»Angesichts Ihres Honorars, Ms. Harper, darf ich wohl erwarten, dass Sie in der Lage sind, für mich ein angemessenes Ambiente zu schaffen.«

Glady sollte lieber mal aufpassen, dachte sich Lane. Aber

ihre Chefin hatte schon recht. Hinter der freundlichen Fassade der Gräfin steckte eine knallharte Lady.

Glady ließ sich davon natürlich nicht im Geringsten einschüchtern. »Gräfin, falls die Kosten der Renovierung Ihre Mittel übersteigen, bin ich gern bereit, unser Vertragsverhältnis auf der Stelle zu beenden.«

»Das wird nicht nötig sein«, erwiderte die Gräfin spitz, machte auf dem Absatz kehrt und ging.

Erst als die Gräfin sicher außer Hörweite war, sagte Glady zu Lane: »Ist dir aufgefallen, dass sie noch nicht einmal geblinzelt hat, als ich ihr die voraussichtlichen Kosten für den Auftrag genannt habe? Es ist doch offensichtlich, dass sie einen Gönner hat.«

»Ich habe mich etwas kundig gemacht«, sagte Lane. »Sie hat versucht, ihren Ehevertrag anzufechten.«

»Ich weiß. Die Summe, die ihr zugesprochen wurde, wird geheim gehalten. Aber man sagt, die Familie konnte einen Großteil des gräflichen Vermögens aufgrund der offensichtlichen Demenz des Grafen in eine Stiftung überführen. Für Sally ist daher vergleichsweise wenig übrig geblieben, jedenfalls nicht genug, um so mit Geld um sich werfen zu können. Du hast es ja selbst erlebt. Kaum habe ich ihr die Summe genannt, sagt sie, dass sie telefonieren muss. Sie muss einen reichen Gönner haben. Ich tippe auf einen russischen Milliardär.« Und ohne innezuhalten fuhr Glady fort: »Na ja, sie war auch jahrelang Parker Bennetts Geliebte. Vielleicht hat sie sich ja noch ein hübsches Sümmchen zur Seite gelegt, bevor er verschwunden ist.«

18

Jonathan Pierce alias Tony Russo beobachtete amüsiert, wie vor Anne Bennetts Haus ein Lieferwagen mit der Aufschrift »H&L Sicherheitsanlagen« vorfuhr. Die Alarmanlage war bereits installiert. Die Aufgabe dieser Firma konnte es daher nur sein zu überprüfen, ob das Haus verwanzt war.

Eric Bennett war einige Stunden vorher eingetroffen. Das war ungewöhnlich. In den zehn Tagen, in denen seine Mutter mittlerweile hier wohnte, war er bislang jeden zweiten Abend zum Essen gekommen. Man musste ihm also zumindest zugestehen, dass er sich um seine Mutter kümmerte, dachte Jon. Aber wenn er wirklich unschuldig ist, warum macht er sich dann solche Sorgen, dass das Haus verwanzt sein könnte? Fürchtet er, seiner Mutter könnte eine Bemerkung herausrutschen, die verrät, wo sich sein Vater aufhält oder wo sich das Geld befindet?

In der vergangenen Woche hatte er sich vorsichtig mit Anne Bennett angefreundet, ohne allzu aufdringlich zu erscheinen. Gegen neun Uhr kam meistens die Post. Er achtete immer auf den Briefträger, und wenn er anschließend rausging und seine Post holte, ging oft auch die Tür im Haus nebenan auf. Er hatte den Eindruck, dass Anne Bennett nach dem Briefträger Ausschau hielt. Erwartete sie möglicherweise ein Schreiben von ihrem Mann?

Ansonsten war er bemüht, ihren üblichen Tagesablauf auszukundschaften. Am Sonntagmorgen hatte sie um Viertel vor zehn das Haus verlassen. Er war ihr zur Kirche der Unbefleckten Empfängnis gefolgt, wo sie an der Messe teilnahm. Einige Tage später hatte sie einen Friseursalon in der Umgebung aufgesucht. Er wusste, dass ihr exklusiver Salon in New York sie gebeten hatte, von weiteren Besuchen abzusehen.

Vielleicht hatte sie vor, hier in New Jersey noch mal ganz von vorn anzufangen. Er hoffte sogar, dass ihr das gelang, sofern sie mit dem Verschwinden des Geldes wirklich nichts zu tun hatte.

Verstohlen sah Jon nach links. Er saß an seinem Frühstückstisch, den er zu seinem Schreibtisch umfunktioniert hatte. Anne Bennett zog tagsüber ihr Rollo nicht zu. Die meiste Zeit verbrachte sie in einem Sessel, den sie mit der Lehne zum Fenster drehte. Manchmal vergaß sie das aber auch oder kümmerte sich nicht darum.

Vor achtzehn Uhr traf ihr Sohn nie ein. Ansonsten war nur noch – insgesamt zweimal in dieser Woche – Lane Harmon, die Innenausstatterin, ins Haus gekommen.

Auch sie hatte Jon überprüft. Lane war die Tochter eines verstorbenen Kongressabgeordneten, ihr Stiefvater war ein einflussreicher Kolumnist in Washington. Es wäre nicht sehr klug von ihr, wenn sie sich auf die Bennetts einließe. Vielleicht sogar gefährlich. Wer weiß, was passieren konnte, wenn Anne Bennett ihr gegenüber aus Versehen etwas über den Aufenthaltsort ihres Mannes verlauten ließ?

Sein Telefon klingelte. Es war Rudy Schell. »Irgendwas los bei dir, Jon?«

»Hab gerade jemanden ins Haus gehen sehen, der angeblich von einer Firma für Sicherheitsanlagen kommt. Ich bin mir ziemlich sicher, dass er das Haus auf Überwachungsgeräte absucht. Ich werde mich dann mal am Sonntagmorgen, wenn Anne Bennett wieder in der Kirche ist, im Haus umsehen.«

»Wie oft kommt ihr Sohn vorbei?«

»Jeden zweiten Abend zum Essen, soweit ich bislang feststellen konnte.«

»Wer kocht?«, lautete die nächste Frage.

»Es gibt ein ganz hübsches Restaurant, das liefert das Essen an, wenn Eric hier ist. An den Tagen dazwischen scheint sie mit den Resten auszukommen.«

»Wie sieht's mit einer Haushälterin aus?«

»Bislang nichts. Aber es gibt eine Reinigungsfirma, die in vielen Häusern hier zugange ist. Die haben neulich bei ihr geklingelt. Würde mich nicht überraschen, wenn sie sie anheuert. Ich tippe mal darauf, dass sie keine feste Haushälterin will, die jeden Tag kommt.«

»Zu schade. Wäre interessant zu erfahren, was sie ihr gegenüber alles so zum Besten geben würde.« Rudy Schell beendete das Gespräch wie so oft abrupt: »Halt mich auf dem Laufenden.«

19

Mit Entsetzen erfuhr Sean Cunningham aus den Morgennachrichten im Fernsehen, dass gegen Eleanor Becker wegen Mittäterschaft bei Parker Bennetts Finanzbetrug Anklage eingereicht wurde. Er hatte Eleanor in den vergangenen zwei Jahren mehrere Male besucht. Er kannte sie und war felsenfest davon überzeugt, dass ihr einziges Verbrechen darin bestand, Parker Bennett blind vertraut zu haben. Die Anklage bedeutete für sie, dass sie vernommen würde, eine Kaution stellen und dazu noch die laufenden Kosten für ihren Anwalt aufbringen musste. Bis zum Gerichtsverfahren waren es noch gut und gern zwei Jahre hin. In dieser Zeit würde sie unter dem finanziellen und psychischen Druck höchstwahrscheinlich zusammenbrechen.

Sean hatte im Lauf seiner Berufsjahre wiederholt mit solchen Fällen zu tun gehabt. Wenn wie durch ein Wunder Eleanor freigesprochen würde, wäre es zu spät, um den dann bereits angerichteten Schaden wiedergutzumachen. Sie wäre psychisch am Ende und finanziell ruiniert.

Er beschloss, sie anzurufen und zu fragen, ob er sie am morgigen Nachmittag besuchen könne.

Für heute hatte er bereits ein Treffen mit Ranger Cole vereinbart. Seit dem Beerdigungsgottesdienst hatte er Ranger jeden Tag anzurufen versucht, dieser hatte jedoch weder seine Anrufe entgegengenommen noch auf die hinterlassenen Nachrichten reagiert. Dann, gestern Nachmittag, hatte sich Ranger schließlich doch noch gemeldet. »Es tut mir leid, Doktor«, hatte er ihm gesagt. »Es ist wirklich sehr nett von Ihnen, dass Sie sich so um mich kümmern. Ich hätte schon viel früher was von mir hören lassen sollen.« Er hatte ungemein niedergeschlagen geklungen.

»Ich mache mir Sorgen um Sie, Ranger«, hatte Sean ihm ganz offen mitgeteilt. »Ich weiß, wie es ist, wenn man seine Frau verliert. Meine ist vor fünf Jahren gestorben. Das erste Jahr ist besonders schlimm. Aber glauben Sie mir, es wird besser. Wie wär's, wenn ich morgen Nachmittag mal bei Ihnen vorbeischaue? So gegen drei Uhr?«

»Ja, klar, wenn Sie wollen«, hatte Ranger nur gesagt.

Jetzt sah Sean auf seine Uhr. Es war halb zehn. Das hieß, er hatte noch gut fünf Stunden, um an seinem Buch zu arbeiten. Der Titel lautete *Stress. Wie gehe ich damit um?*

Die Arbeit daran hatte er begonnen, als der Parker-Bennett-Investmentfonds geplatzt war. Aufgrund dessen hatte er jetzt mehr als genügend Fälle für sein Kapitel über finanzielle Schicksalsschläge. Ein anderes Kapitel handelte von den Verwerfungen, die der unvorhergesehene Tod geliebter Menschen mit sich brachte. Ich bin sowohl von dem einen wie dem anderen betroffen, dachte er, während sein Blick auf das gerahmte Foto auf seinem Schreibtisch fiel. Es war bei ihrem gemeinsamen Monaco-Besuch aufgenommen worden. Er und Nona waren vor dem Palast spazieren gegangen, und ein Fotograf auf der Straße hatte das Bild gemacht und es ihnen verkauft.

Es war ein ganz und gar vollkommener Tag gewesen, erinnerte sich Sean. Die Sonne hat geschienen, die Temperaturen waren so um die zwanzig Grad, und wir sind händchenhaltend vor dem Fürstenpalast über die Promenade flaniert und haben uns angelächelt. Für ihn verkörperte dieses Bild ihr ganzes gemeinsames Leben. Ich vermisse Nona ganz schrecklich, dachte er, und hin und wieder muss ich mir ganz fest sagen, wie dankbar ich sein sollte für die fünfundvierzig herrlichen Jahre mit ihr.

Ruhelos erhob er sich und schritt im Zimmer auf und ab. Seine Wohnung lag im südlichen Manhattan. Vom Fenster hatte er einen direkten Blick auf die Freiheitsstatue, ein Anblick, der seine Wirkung nie verfehlte und Sean immer aufmunterte. Heute jedoch ließen die Sorgen ihn nicht los, und das aus gutem Grund. Ranger Cole und Eleanor Becker waren in den vergangenen zwei Jahren zu so etwas wie Freunden geworden. Und beide hatten jetzt einen sehr steinigen Weg vor sich.

Sean streckte sich und kehrte an den Schreibtisch zurück.

Um dreizehn Uhr ging er in die Küche und wärmte die Rinderbrühe auf, die seine Haushälterin ihm zubereitet hatte. Er brachte den Teller mit an den Schreibtisch, und während er aß, musste er sich eingestehen, dass es mit dem Schreiben nicht wie gewünscht lief. Er konnte sich nicht auf die Fälle konzentrieren, die er sich vorgenommen hatte. Außerdem spürte er jedes einzelne seiner siebzig Jahre. So war es eine große Erleichterung, als er um halb drei endlich den Stift aus der Hand legen, zum Schrank gehen und sich Mantel, Schal und Handschuhe holen durfte. Fünf Minuten später eilte er zur U-Bahn. Es waren zwei Express-Stationen zur Forty-Second Street, wo Ranger in einem umgewandelten Mietshaus an der Eighth Avenue wohnte.

Ranger Cole bereute es, einem Besuch von Sean Cunningham zugestimmt zu haben. Er wollte nicht schon wieder hören, dass auch der Arzt seine Frau verloren hatte und es ihm trotzdem gut ging. Ranger wusste, dass es ihm nie mehr gut gehen würde. Er hatte einen Löffel voll mit Judys Asche in ein kleines

Fläschchen gegeben; in das Fläschchen, in dem sie immer ihre Schmerztabletten aufbewahrt hatte. An diesem Fläschchen hatte er eine Kordel befestigt, und jetzt trug er es um den Hals. So fühlte er sich ihr näher.

Es klingelte an der Tür. Ich werde nicht öffnen, dachte er. Aber Cunningham war hartnäckig. Er pochte gegen die Tür und drückte wiederholt auf die Klingel. »Ranger«, rief er, »ich weiß, dass Sie hier sind. Machen Sie auf. Wir müssen reden.«

Ranger umfasste das Fläschchen mit beiden Händen. »Lassen Sie mich in Ruhe«, schrie er. »Gehen Sie! Ich will mit Judy allein sein.«

20

»Die Accessoires für Annes Bennetts Schlafzimmer werden am Mittwoch geliefert.« So wurde Lane am Montagmorgen von Glady begrüßt. »Du fährst dann rüber und kümmerst dich darum, dass alles so ausgeführt wird, wie ich es angeordnet habe.«

Sie klang schlecht gelaunt, und Lane glaubte auch zu wissen, warum.

Sie wurden für die Arbeit nicht bezahlt. Auch wenn Glady vorhatte, die Kosten zumindest teilweise auf die Rechnung der Gräfin umzulegen, musste Lane trotzdem persönlich anwesend sein, um das Anbringen der Vorhänge zu überwachen und sicherzustellen, dass das Farbschema eingehalten wurde. Glady, die Lane die kleineren Aufträge ihrer zweitrangigen Kunden übertragen hatte, wurde allmählich ungeduldig, weil ihre Mitarbeiterin ihre kostbare Zeit in Anne Bennetts Haus verschwendete.

Lane fühlte sich hin- und hergerissen. Sie mochte Anne Bennett und freute sich, sie wiederzusehen. Andererseits hatte Eric Bennett nicht mehr angerufen. Es war zwar so gut wie auszuschließen, dass er sich an einem Morgen während der Woche im Haus seiner Mutter aufhielt, aber allein die Möglichkeit beunruhigte sie.

Es wäre mir peinlich, wenn ich ihm über den Weg laufen würde. Das ist das Problem, wenn sich Arbeit und Privates in die Quere kommen, dachte sie. Man sollte das lieber immer getrennt halten.

»Soll ich wiederholen, was du ganz offensichtlich nicht gehört hast?«, fragte Glady pikiert.

Lane zuckte zusammen. »Entschuldige, Glady.«

»Ich sagte, die Lieferanten haben sich für elf Uhr angekündigt. Wenn sie fertig sind, lass dich von Anne Bennett auf keinen Fall noch dazu überreden, mit ihr zu Mittag zu essen.«

Noch mal McDonald's kommt aber nicht infrage, dachte Lane.

Aber selbst Glady bemerkte hin und wieder, dass sie zu weit gegangen war.

»Ich dachte nämlich, dass wir irgendwo was zusammen essen gehen. Von ihr wirst du doch nur zu hören bekommen, dass ihr Mann das reine Unschuldslamm ist.«

Ihre Miene wurde ernst. »Lane, wir wissen, dass der Gräfin aufgrund des Ehevertrags vom De-la-Marco-Vermögen nicht viel geblieben ist. Wenn sie wirklich einen milliardenschweren Gönner hat, dann scheint ihn keiner zu kennen.« Glady konnte ihren Unmut nicht verbergen. »Also bleibt nur Parker Bennett. Wenn er wirklich noch am Leben ist und sie ihn ausnimmt wie eine Weihnachtsgans, steht zu befürchten, dass er eine gewisse Rücksichtslosigkeit an den Tag legt. Und vergiss nicht, er hat einen Sohn, der vielleicht mit der gleichen Rücksichtslosigkeit darauf aus ist, das gestohlene Geld zu bewahren.«

In dieser Nacht schlief Lane nicht gut. Wie immer ging sie um zehn Uhr ins Bett, schlief rasch ein, wurde aber um Mitternacht wieder wach. Sie war am ganzen Körper verspannt.

Um drei Uhr morgens, immer noch wach, schreckte sie auf, als plötzlich die Tür aufgestoßen wurde.

Es war Katie. »Ich hab schlecht geträumt«, sagte sie, schlüpfte zu ihr ins Bett und kuschelte sich an ihre Mutter.

»Erzähl mir von deinem Traum.«

»Ich hab dich überall gesucht, aber du warst nicht da, und dann hab ich Angst bekommen.«

»O Liebes, egal wo du bist, ich verspreche dir, ich werde immer da sein.«

Noch während sie dieses Versprechen gab und spürte, wie sich Katie entspannte, fiel ihr ein, dass sie als kleines Mädchen einen ganz ähnlichen Traum gehabt hatte.

Sie war durchs Haus gelaufen und hatte ihren Vater gesucht. Das war nach dem tödlichen Flugzeugabsturz gewesen.

Aber wenn mir etwas zustoßen sollte, gibt es keinen mehr, der Katie den emotionalen Rückhalt geben könnte, den sie braucht.

Natürlich würde ihre Mutter Katie aufnehmen. Aber ihr Stiefvater Dwight dürfte alles andere als erfreut sein, wenn ein kleines Kind in sein Haus eindrang.

Es wäre also besser, wenn mir in den nächsten zwanzig Jahren nichts passieren würde, dachte Lane.

Und, lieber Gott, lass vor allem Katie nichts zustoßen.

Sie drückte ihre Tochter fest an sich und dämmerte langsam in den Schlaf.

21

Am Dienstagmorgen gönnte sich Parker Bennett eine zweite Tasse Kaffee, während er sich noch einmal seinen Plan durch den Kopf gehen ließ.

Nichts sollte überstürzt angegangen werden. Das hatte nur dazu geführt, dass er sich vor seinem Abtauchen die falsche Kontonummer notiert hatte.

Jahrelang hatte er es geschafft, alle hinters Licht zu führen, und dann war ihm dieser dumme Fehler unterlaufen, nur weil er in Panik geraten war und befürchtet hatte, entdeckt zu werden. Einen weiteren Fehler konnte er sich nicht mehr erlauben.

Seinen Freunden auf St. Thomas wollte er erzählen, dass er für ein besonderes Regierungsprojekt nach England zurückgerufen worden sei. Dazu habe er eine Verschwiegenheitsklausel unterzeichnet, weshalb er sich außerstande sehe, irgendetwas darüber zu offenbaren.

Er würde eine Haushälterin beauftragen, sich alle zwei Wochen um das Haus zu kümmern, damit niemand Verdacht schöpfen konnte, dass er für immer die Insel verlassen hatte. Daneben würde er Vorkehrungen treffen, damit ihr Lohn sowie sämtliche mit dem Haus verbundenen Kosten und Steuern monatlich automatisch von der Bank beglichen würden.

Das Segelboot würde er abgedeckt an seinem Liegeplatz festgemacht lassen.

Auf seinem Laptop suchte er nach Immobilien in der Schweiz.

Eine Villa fiel ihm ins Auge. Sie lag in der Nähe von Genf, das hieß, er hätte Zugang zu einem internationalen Flughafen und zu einem Bahnhof.

Allerdings hatte er keineswegs vor, den gesamten Winter in der Schweiz zu verbringen. Gut, wenn er sich erst einmal eingelebt hatte, würde sicherlich immer genügend Zeit für diverse Urlaubsaufenthalte in Frankreich bleiben. Nur sein Segelboot, das würde ihm fehlen. Egal, sagte er sich. Man konnte sich schließlich auch eines an der Riviera besorgen.

Und natürlich bestand die Gefahr, dass er einem seiner Wall-Street-Freunde über den Weg lief. Bislang hatte seine Verkleidung aber ihren Zweck erfüllt, obwohl die Zeitungen und Zeitschriften in schöner Regelmäßigkeit sein Bild brachten.

Er ging an die Haustür und sammelte von den Eingangsstufen das *Wall Street Journal,* die *New York Times,* die New Yorker *Post* und die *Virgin Island Daily News* auf.

Zurück am Schreibtisch, schlug er als Erstes die *Times* auf. Bestürzt las er die Titelzeile auf der rechten Hälfte der Seite: »Parker Bennetts Sekretärin wegen Mittäterschaft angeklagt.«

Eleanor hatte nicht das Geringste damit zu tun, dachte er; nicht das Geringste. Natürlich konnte er ihr jetzt nicht mehr helfen, aber sie tat ihm aufrichtig leid. Sie hatte es ihm leicht gemacht, die ersten Kunden zu gewinnen. Das FBI und die Börsenaufsicht mussten sie ausführlich verhört haben. Mit einigem Glück könnte sie sich einem Lügendetektortest unterziehen, was ihr, falls sie ihn bestand, beim Prozess helfen würde.

In den dreizehn Jahren, in denen sie für ihn gearbeitet hatte, war es nur zu einem Vorfall gekommen, durch den er sich hätte verraten können – damals, als ihm die Karten aus der Brieftasche gefallen waren. Darunter hatte sich auch ein britischer Führerschein auf den Namen »George Hawkins« befunden. Er ging nicht davon aus, dass Eleanor den Namen gesehen oder ihn sich gar gemerkt hatte. Aber falls sie sich an den Namen erinnern sollte und noch dazu wusste, dass es sich nicht um einen US-Führerschein gehandelt hatte, könnte das den Ermittlern einen entscheidenden Hinweis liefern.

Und wenn Sylvie in einem Ausmaß wie jetzt weiterhin sein Geld unter die Leute brachte, würde das unweigerlich das FBI auf den Plan rufen. Es hatte sich mittlerweile sicherlich herumgesprochen, dass er und Sylvie eine Liebesaffäre miteinander gehabt hatten.

»Liebe, von wegen!«, höhnte er bitter. Dämlicherweise hatte er die Quittung für das Schlauchboot und den Außenbordmotor, die er für seine Flucht vom Segelboot angeschafft hatte, in seiner Brieftasche aufbewahrt. Darauf waren der Name George Hawkins, seine Adresse auf St. Thomas und die dazugehörige Telefonnummer verzeichnet. In der letzten Nacht, die sie zusammen verbracht hatten, musste sie seine Brieftasche durchwühlt haben. Er war kaum ein paar Tage auf St. Thomas, als sie ihn auf seinem Handy auch schon anrief und ihn mit dem hübschen Satz begrüßte: »Habe ich das Vergnügen, mit Mr. George Hawkins zu sprechen?«

So hatte es angefangen, dass sie ihn erpresste.

Da sie seine neue Identität und seinen Aufenthaltsort kannte, konnte er sich ihr und ihren unentwegten Geldforderungen schlecht verweigern. Dabei musste er äußerst vorsichtig vorgehen und den jeweiligen Geldtransfer verschleiern, um nicht die Spur auf sich zu lenken, falls sich das FBI dafür interessieren sollte.

Er hatte dazu seinen Schweizer Bankberater angerufen, der ihm schon vorher bei einigen heiklen Angelegenheiten zu Diensten gewesen war. Wie immer hatte Adolph eine Lösung parat.

Adolph hatte eine Holdinggesellschaft auf den Namen

Eduardo de la Marco gegründet, Sylvies verstorbenen Ehemann. Wenn sie von ihm Geld verlangte, transferierte Adolph den Betrag zunächst auf das Konto der Holdinggesellschaft, die es dann an die Gräfin de la Marco auszahlte. Sollten die Zahlungen von den Behörden entdeckt werden, hoffte er, dass die Ermittler die Summen als Teil der Ehevereinbarung ansahen.

Mit einigem Zögern wandte er sich der *Post* zu. Eleanors Anklage würde aller Wahrscheinlichkeit nach dort für einige Schlagzeilen sorgen. Es war sogar noch schlimmer als erwartet. Auf der Titelseite prangten Fotos von ihm und ihr, Seite an Seite. Die Schlagzeile lautete: »Gegen Parker Bennetts Sekretärin Anklage erhoben.«

Das Foto von Eleanor war aufgenommen worden, nachdem sie die Kaution für sich hinterlegt hatte. Sie war in Tränen aufgelöst und klammerte sich an die Hand ihres Mannes Frank, als fürchtete sie, jeden Augenblick zu stürzen.

Sie sieht schrecklich aus, dachte sich Parker mit einigem Mitgefühl. Dann betrachtete er sein eigenes Bild.

Es stammte von einer Wohltätigkeitsveranstaltung. Man hatte es vergrößert, und je eingehender Parker es betrachtete, desto klarer wurde ihm, wie unzulänglich seine Verkleidung in Wirklichkeit war. Besorgt trat er vor den Spiegel über dem Kamin im Wohnzimmer und hielt die Zeitung neben sein Gesicht. Er trug die braune Perücke. Natürlich veränderte sie sein Aussehen, trotzdem – und trotz des Nasenplastilins – würde man ihn erkennen können, wenn man ihn nur eingehend betrachtete. Gut, es fehlte die Sonnenbrille, die er im Freien so gut wie immer aufhatte, aber dennoch könnte jemand seine wahre Identität wahrscheinlich herausfinden. Er kehrte an den Schreibtisch zurück. Die Tasse Kaffee war mittlerweile kalt geworden, aber das bemerkte er kaum.

Das Meer war aufgewühlt, und der Wetterbericht im Radio hatte vor einem Sturm am Spätnachmittag gewarnt. Ein guter Tag zum Golfen. Der Shallow-Reef-Platz war zu seinem Lieblingsgolfplatz geworden. Wahrscheinlich, weil ich dort immer am wenigstens Schläge brauche, dachte er. Dorthin also, beschloss er. Der Gedanke, den ganzen Tag im Haus zu verbringen und sich Sorgen zu machen, gefiel ihm ganz und gar nicht.

Um elf Uhr traf er dort ein und musste feststellen, dass auch Len Stacey da war, der Bekannte, der ihm wegen seiner aufdringlichen Fragen zu Arbeitskollegen in England so auf die Nerven gegangen war.

Und zu seinem Entsetzen begrüßte Stacey ihn, als wären sie alte Kumpel. »George, das trifft sich ja wunderbar. Wir brauchen Sie, um eine Viererrunde komplett zu machen. Sie und ich und die beiden, mit denen wir das letzte Mal gespielt haben.«

Vier Stunden, in denen er mich mit Fragen löchern kann, dachte Parker. »Oh, ich will heute bloß ein paar Übungsbälle schlagen«, sagte er und hoffte, aufrichtig enttäuscht zu klingen.

»Ach, wie schade«, kam es von Stacey. »Wie wäre es denn, wenn wir was für die zweite Wochenhälfte ausmachen?«

Parker saß in der Falle. Er konnte unmöglich ablehnen, ohne schlichtweg unhöflich zu klingen und damit erst recht die Aufmerksamkeit auf sich zu lenken.

»Freitag wäre toll.« Ich muss dem Typen noch sagen, dass ich abreisen werde, aber wie viele Fragen werde ich mir dann erst anhören müssen? Dann entdeckte er eine Ausgabe der New Yorker *Post,* die auf dem Tresen neben Stacey lag. Stacey winkte ihm freundlich hinterher, drehte sich weg, nahm die Zeitung zur Hand und überflog die Titelseite. Und dann sah er auf, und sein Blick ging erneut zu Parker.

22

Ohne große Lust brach Lane am Mittwochmorgen zu Anne Bennetts Haus in New Jersey auf. Es war ein trüber Tag, wolkenbedeckt, aber trocken. In der Luft lag eine kühle Frische.

Sie war rechtzeitig losgefahren, um noch vor den für elf Uhr angekündigten Handwerkern einzutreffen. Überrascht musste sie feststellen, dass Anne Bennett noch im Pyjama war, als diese an die Tür kam und ihr öffnete.

»Oh, Mrs. Bennett, kommt es Ihnen ungelegen, wenn heute die Accessoires für Ihr Schlafzimmer geliefert werden?«

»Nein, natürlich nicht. Kommen Sie ruhig rein, Lane.«

Lane trat in den Flur, und schnell schloss Anne die Tür hinter sich.

»Mir wird so schnell kalt«, murmelte sie. »Ich gehe kurz nach oben und zieh mir etwas an, bevor die Handwerker kommen. Kaffee ist aufgesetzt, schenken Sie sich ruhig eine Tasse ein, wenn Sie wollen.«

Noch bevor Lane etwas erwidern konnte, hatte sich Mrs. Bennett schon umgedreht und ging die Treppe hinauf.

Die arme Frau, dachte Lane, sie ist ja so zerstreut. Ob das an der Anklage gegen die Sekretärin liegt? Obwohl ... Eric hat das noch nicht einmal erwähnt, als wir das letzte Mal beim Essen waren. Aber durch die Anklage sorgt der Fall wieder für Schlagzeilen. Es muss sehr schmerzhaft sein, wenn man den eigenen Ehemann auf den Titelseiten der Zeitungen sieht und er immer nur als Betrüger bezeichnet wird.

Zehn Minuten später erschien Alan Greene mit zwei seiner Gehilfen. Alan war Inhaber des Betriebs, der die Tagesdecke, die Toilettentischverkleidung und die Vorhänge gefertigt sowie die Chaiselongue und das Kopfbrett neu bezogen hatte. Normalerweise überließ er Aufträge wie diese seinen Mitarbeitern, aber war Glady die Auftraggeberin, überwachte er höchstpersönlich die Ausführung der Arbeiten.

Lane begrüßte er mit ungezwungener Vertraulichkeit. »Hallo, Lane. Na, wie geht's unserer kaiserlichen Majestät?«

»Sehr gut, Alan.«

»Freut mich zu hören. Das ist der eiligste Auftrag, den ich je von ihr bekommen habe. Sie sind für die Abnahme zuständig?«

»Ja. Dann sorgen Sie besser dafür, dass alles perfekt ist.«

Sie mussten beide lachen.

Unweigerlich dachte Lane an die paar Mal, an denen Glady ihren Zorn an Alan ausgelassen hatte. »Das sind nie und nimmer die Quasten, die ich für die Kissen bestellt habe. Kriegen Sie denn überhaupt nichts mehr auf die Reihe, Alan?«

»Glady«, hatte Alan darauf nur sehr geduldig erwidert, »es standen zwei zur Auswahl, und Sie haben sich letztlich für diese hier entschieden. Sehen Sie, hier Ihre Unterschrift, damit haben Sie die Bestellung bestätigt.«

Alan schlug Glady mit ihren eigenen Waffen, und das gefiel Lane an ihm. Er ließ sich alles, was sie bestellte, von ihr abzeichnen und heftete sogar noch eine Materialprobe mit an den Bestellschein.

Er wollte mit seinen Mitarbeitern schon nach oben in den ersten Stock, aber Lane hielt ihn auf.

»Lassen Sie mich erst nachsehen, ob Mrs. Bennett schon angezogen ist.«

Die Schlafzimmertür stand offen. Besorgt sah Lane, dass

Anne Bennett mit geschlossenen Augen auf dem ungemachten Bett lag.

»Mrs. Bennett, fühlen Sie sich nicht wohl?«, fragte sie und erschrak richtiggehend beim Anblick der todblassen Frau.

Mrs. Bennett schlug die Augen auf. »Oh, es geht mir schon wieder besser. Ich lege mich in eins der anderen Zimmer und ruhe mich nur ein wenig aus. Können Sie alles für mich erledigen? Ich meine, falls ich irgendwas abzeichnen muss, können Sie das für mich übernehmen?«

»Natürlich.«

Mühsam kam die alte Frau auf die Beine. Lane bot ihr den Arm an, und scheinbar ohne von ihr Notiz zu nehmen, hakte sich Anne Bennett bei ihr unter. »Ich ziehe mich später an«, murmelte sie bloß und schlurfte mit Lane langsam durch den Flur.

»Natürlich«, beruhigte Lane sie. »Wie ich gesehen habe, haben Sie Ihren Kaffee gar nicht getrunken. Soll ich Ihnen eine frische Tasse bringen?«

»Nein, nein, jetzt nicht. Danke.« Im Gästezimmer legte sie sich hin und seufzte. »Schließen Sie bitte die Tür, Lane.« Sie klang unendlich ermattet.

»Versuchen Sie sich zu entspannen.« Leise verließ Lane das Zimmer. Sie sieht wirklich nicht gut aus, dachte sie sich. Vielleicht sollte ich Eric Bescheid geben. Aber das wollte sie später entscheiden. Sie konnte Alan und seine Leute nicht länger warten lassen.

Eine Stunde später war das Schlafzimmer wie verwandelt. Die dunkelblauen Wände, akzentuiert von der weißen Täfelung, bildeten den wunderbaren Hintergrund für die weiße Tagesdecke und die blaue, im gleichen Farbton wie die Wände gehaltene Betthusse. Und die Vorhänge und Blenden, die Toilettentischverkleidung und die Chaiselongue nahmen mit ihren bunten Blumenmustern das blau-weiße Thema wieder auf.

Jetzt war das Schlafzimmer ein einladender und überaus charmanter Raum.

»Großartig«, begeisterte sich Lane.

Alan lächelte. »Aber richten Sie Glady aus, sie soll uns nicht ständig mit Aufträgen kommen, die alle schon ›gestern‹ hätten fertig sein müssen.«

»Mach ich.«

»Andererseits ... sagen Sie ihr das lieber nicht. Ich hab gehört, sie hat Gräfin Sylvie de la Marco als neue Kundin gewonnen. Da würde ich gern mitmachen. Also, sagen Sie Glady, dass es mir immer wieder eine Freude ist, unter Hochdruck zu arbeiten, solange ich nur für sie tätig sein kann.«

»Dabei bleibt es?«

»Ja. Vielleicht werfen Sie ja noch ein, dass sie die beste Innenausstatterin ist, die ich kenne, und ich über alle Maßen stolz bin, für sie arbeiten zu dürfen.« Er überlegte. »Das sollte reichen, was?«

Es war fast Mittag, als Alan und seine Leute fuhren. Lane wusste nicht recht, was sie tun sollte. Wenn Anne Bennett schlief, wollte sie sie nicht stören. Sollte sie aber wirklich gesundheitlich so angegriffen sein, wie es der äußere Anschein vermuten ließ, war es nicht in Ordnung, sie allein zu lassen.

Sie musste nachsehen. Mit einem letzten bewundernden Blick in das verwandelte Zimmer ging sie in den Flur und klopfte an die Tür zum Gästezimmer.

Sie hörte ein schwaches »herein« und öffnete die Tür. Mrs. Bennett war angekleidet. Offensichtlich hatte sie auch etwas Make-up aufgetragen, denn ihre geisterhafte Blässe war zum Teil überdeckt. Nur ihre eingefallenen Augen wirkten müde und leer.

»Ich sollte mal lieber wieder nach unten«, sagte Anne Bennett. »Wenn Eric von seiner Konferenz früher wegkann, kommt er nämlich zum Mittagessen.« Sie klang ein wenig lebendiger.

»Wie schön«, antwortete Lane und freute sich für die Frau. Eines war ihr aber auch klar: Sie wollte jetzt auf keinen Fall Eric Bennett begegnen. »Aber ich muss los. Glady erwartet mich um ein Uhr im Büro.«

»Sie können sich doch sicherlich noch eine halbe Stunde Zeit nehmen, um eine Kleinigkeit zu essen«, protestierte Anne.

In diesem Augenblick klingelte es an der Haustür, gleich darauf ging auch schon die Tür auf.

Wie befürchtet, war es Eric. Er trug einen Trenchcoat mit hochgestelltem Mantelkragen, seine Haare waren vom Wind zerzaust. Auf dem Arm hatte er eine große Tüte mit Lebensmitteln. Als er sie sah, lächelte er. »Hallo, Lane. Hat Katie meinen Brief bekommen?«

»Ja. Das war sehr nett von Ihnen.«

»Weiß sie, wie man Hafermehlkekse backt?«

»Sie weiß es jetzt. Aber ich muss wirklich los.«

»Auf keinen Fall. Ich habe für uns drei etwas zu essen mitgebracht. In einer Dreiviertelstunde sind Sie von hier wieder fort, versprochen. Dann muss ich nämlich ebenfalls aufbrechen.«

Anne Bennett sah sie erwartungsvoll an. »Bitte bleiben Sie noch, Lane. Ich habe mich so auf Ihren Besuch gefreut.«

Lane musste an Gladys Warnung denken, wischte sie aber zur Seite. »Ich bleibe gern. Kann ich irgendwie helfen?«

»Nein«, kam es sofort von Eric. »Sie und meine Mutter, ihr könnt euch ja unterhalten, solange ich alles vorbereite. Ich habe Hühnchen-Nudelsuppe besorgt und dazu eine kleine Auswahl an Sandwiches«, verkündete Eric, während sie sich in die Essecke begaben. »Na, wie klingt das, Mom?«

»Das klingt wunderbar, mein Lieber.«

Anne Bennett war seit Erics Kommen unverkennbar aufgeblüht.

»Wie geht es Glady Harper?«, war Annes erste Frage, als sie und Lane am Tisch Platz genommen hatten.

»Glady ist Glady. Sie ist eine Perfektionistin, das wissen Sie, dazu ist sie sehr klug und trotz ihres einschüchternden Wesens ein sehr netter Mensch.«

»Ich weiß es jedenfalls zu schätzen, was sie für mich tut«, sagte Anne leise. »Ich kenne sonst keinen Innenausstatter, der nicht nur die Möbel auswählen, sondern auch gleich noch das Schlafzimmer neu gestalten würde.« Sie sah zu Eric, der eine Suppenschüssel auf den Tisch stellte. »Du stimmst mir doch zu, Eric, oder?«

»In gewisser Weise ja, Mutter. Andererseits hat sie mit dem Auftrag vor zehn Jahren so viel Geld verdient, dass man ihr deswegen jetzt kaum übertriebene Dankbarkeit schulden müsste.«

Lane fand seine Worte ziemlich harsch, trotz seines freundlichen Tons und der Zuneigung in seinem Blick, die er seiner Mutter entgegenbrachte.

Die Suppe war köstlich und erinnerte sie daran, dass heute Morgen, nachdem sie länger als üblich geschlafen hatte, für ein Frühstück keine Zeit mehr geblieben war. Sie hatte gerade noch Katie das Frühstück machen können, und als Bettina kam, um Katie in den Kindergarten zu bringen, war sie weder geschminkt noch ordentlich frisiert. Wegen des Auftrags hatte sie den Wagen nehmen müssen, und in dem hatte sie dann an einer roten Ampel etwas Rouge aufgetragen, hatte sich die Haare zurückgebunden und mit einem Kamm befestigt. Klar, man konnte sich sorgfältiger zurechtmachen, aber es musste reichen.

Eric setzte noch Kaffee auf. »Ich fürchte, ich kann höchstens einen Schluck nehmen, ich muss unbedingt los«, entschuldigte sich Lane.

»Es hat mich so sehr gefreut, Sie wiedergesehen zu haben«, sagte Anne. »Und Eric hat mir so viel von Ihrer wunderbaren kleinen Tochter erzählt.«

»Ja, sie ist etwas Besonderes, das muss ich zugeben. Aber ich komme wieder, keine Sorge«, sagte Lane und wechselte das Thema. »Ich würde gern die kleinen Kissen auf der Couch und den Stühlen im Wohnzimmer mitnehmen, sie sehen etwas abgenutzt aus, und für uns ist es keine große Sache, sie zu ersetzen.«

Und was wird Glady dazu sagen?, fragte sie sich im Stillen und erhob sich.

»Glady erwartet mich. Ich muss wirklich los. Ich hole noch die Kissen, dann bin ich auch schon fort.«

»Ich bringe sie Ihnen raus zum Wagen«, sagte Eric.

Lane hätte sich ohrfeigen können. Sie wollte mit ihm nicht allein sein, noch nicht einmal für einen kurzen Augenblick. Denn seine Nähe rief ihr wieder nur ins Gedächtnis, wie sehr sie sich erhoffte, von ihm erneut zum Essen eingeladen zu werden.

Er warf die Kissen auf den Rücksitz ihres Wagens, sie murmelte ein eiliges »danke, Eric« und war schon dabei, den Zündschlüssel umzudrehen.

»Lane«, unterbrach er sie mit eindringlichem Blick. »Sie müssen gemerkt haben, wie sehr ich das Essen mit Ihnen genossen habe.«

»Ja, es war sehr schön«, wich sie aus. »Aber ich muss wirklich los.«

»Lane, es war mehr als schön. Es war etwas Besonderes, und ich glaube, Sie haben das ebenfalls gespürt. Ich kann Ihnen gar nicht sagen, wie oft ich in letzter Zeit kurz davor gewesen bin, Sie anzurufen, und es dann doch nicht getan habe.«

»Warum nicht?«, fragte sie, obwohl sie die Antwort insgeheim kannte.

»Ich habe Sie nicht angerufen, weil ich Eric Bennett bin, der Sohn von Parker Bennett, dem großen Betrüger. Die Schlagzeilen der letzten Woche können Ihnen kaum entgangen sein. Gegen die Sekretärin meines Vaters ist Anklage erhoben worden. Damit wird der Fall neu aufgerollt. Die arme Eleanor, sie ist genauso wenig ein Dieb wie ich. Es muss Ihnen aufgefallen sein, wie blass meine Mutter heute war. Sie hat alles gelesen, was die Klatschblätter über die Affären meines Vaters geschrieben haben, vor allem über die Affäre mit der Gräfin de la Marco. Es bricht ihr das Herz.«

Er hielt kurz inne. »Lane, ich bin ganz ehrlich. Die Paparazzi haben mich im Visier. Wenn Sie mit mir ausgehen, finden Sie sich möglicherweise ebenfalls in der Klatschpresse wieder. Sie sind die Stieftochter eines bekannten Kolumnisten, der mich schon seit Längerem auf dem Kieker hat.«

»Und ich bin die Tochter eines Kongressabgeordneten, der jede Form von Vorverurteilung zutiefst verabscheute«, erwiderte Lane knapp. »Eric, ich glaube aus Ihren Worten herauszuhören, dass Sie mit mir zum Essen gehen wollen. Wie wäre es mit Samstagabend um acht Uhr?«

Als Antwort beugte sich Eric in den Wagen und gab ihr einen Kuss auf die Stirn. »Samstag um acht«, sagte er. »Sie sagten, Katie backt jetzt Hafermehlkekse? Bestellen Sie zwei für mich.«

»Werde ich tun.«

Als sie rückwärts aus der Anfahrt stieß, sah sie im Rückspiegel Tony Russo, der gerade darauf wartete, mit seinem Wagen in der Anfahrt einzubiegen. Sie winkte ihm zu.

Was Jon, der ihr Winken erwiderte, in diesem Moment durch den Kopf ging, konnte sie natürlich nicht wissen: Wie kann sie sich bloß auf einen so zwielichtigen Typen wie ihn einlassen? Ist sie von allen guten Geistern verlassen?

23

Am Mittwochnachmittag fuhr Sean Cunningham auf dem West Side Highway nach Yonkers, um Eleanor Becker zu besuchen. Es war keine allzu lange Strecke, die bei wenig Verkehr in etwa vierzig Minuten, bei normalem Verkehr in eineinviertel Stunden zurückzulegen war.

Er fuhr gern Auto und machte sich unterwegs Gedanken, wie er Eleanor am besten helfen konnte. Insgeheim zweifelte er kaum daran, dass die Geschworenen sie der Mittäterschaft bei Parker Bennetts Betrug für schuldig befinden würden. Das hieß, sie könnte zu fünf, aber auch zu fünfzehn Jahren oder noch länger verurteilt werden.

Parker Bennett konnte unmöglich allein und ohne weitere Hilfe in der Lage gewesen sein, die gewaltige Summe zu unterschlagen. Und sie war die Hauptverdächtige. Natürlich, dachte Sean, wäre es auch möglich gewesen, dass sein Sohn ihm geholfen hatte, aber gegen ihn lagen nicht die geringsten Beweise vor.

Von der Yonkers-Ausfahrt auf dem Sam Mill River Parkway war es nur eine Viertelstunde zum Haus der Beckers. Die Straße war gesäumt von zumeist älteren, aber gut erhaltenen Häusern. Bei seinem letzten Besuch hatte das dichte Laub der Bäume noch gut die Tatsache kaschiert, dass Eleanors und Franks Haus dringend einen neuen Anstrich nötig gehabt hätte. Jetzt aber war der Rasen vom Laub bedeckt, und auch die Dachrinnen waren damit verstopft.

Kopfschüttelnd drückte er auf die Klingel. Sofort wurde ihm geöffnet. Eleanor hätte er fast nicht wiedererkannt. Pullover und Hose hingen ihr am ausgemergelten Leib, ihre Haare waren schlohweiß und wurden mit Haarklemmen zurückgehalten. Sie war nur noch ein Schatten der Frau, die er ein halbes Jahr zuvor gesehen hatte.

»Kommen Sie rein, Sean«, sagte sie. »Kommen Sie rein.« Tränen traten ihr in die Augen. »Es ist so nett von Ihnen, dass Sie kommen. Die meisten meiden mich nämlich mittlerweile. In der Bibel, Sie erinnern sich, müssen die Aussätzigen ›unrein, unrein‹ rufen, wenn ihnen jemand zu nahe kommt.«

»Ja, ich erinnere mich. Aber, Eleanor, Sie sind nicht unrein, und das wissen Sie auch.«

»Ich weiß es, aber was hilft es mir?«

Sie führte ihn in ein kleines Wohnzimmer, wo Frank in einem Entspannungssessel saß. »Hallo, Doktor, schön, Sie zu sehen.«

Er klang munter und aufgeräumt, aber Sean war überzeugt, dass er seine Fröhlichkeit Eleanor zuliebe nur vortäuschte. Wie konnte es anders sein?, fragte er sich.

Er kam sofort zur Sache. »Ich habe überlegt, wie ich Ihnen helfen kann.«

»Mir kann niemand helfen«, erwiderte Eleanor und betupfte sich die Augen.

»Eleanor, ich bitte Sie, denken Sie gründlich nach. Es steht außer Frage, dass der Betrug von Anfang an, seit dem Bestehen des Fonds, geplant war. Ist Ihnen in diesem langen Zeitraum irgendetwas aufgefallen, was Ihnen seltsam erschienen ist? Können Sie sich an irgendetwas erinnern? Ich weiß, das ist viel verlangt, aber es erscheint mir einfach unwahrscheinlich, dass in diesen dreizehn Jahren Parker nicht irgendwann einmal etwas herausgerutscht ist, durch das er sich möglicherweise verraten hat.«

Eleanor schüttelte den Kopf. »Ich glaube nicht. Wirklich nicht.«

Sean blieb insgesamt eine Stunde und trank mit ihnen Tee. Es war den beiden sichtlich ein großer Trost, dass er wirklich an Eleanors Unschuld glaubte.

Aber damit war ihnen noch nicht geholfen, dachte er, während er an diesem wolkenverhangenen, düsteren Nachmittag, der seinen eigenen Gemütszustand widerspiegelte, nach Hause fuhr.

24

Rudy Schell starrte in seinem Büro im Dienstgebäude an der Federal Plaza 26 frustriert auf die Zeitungen, die verstreut auf seinem Schreibtisch lagen. Neben den New Yorker Blättern waren es die *Washington Post,* die *Chicago Tribune,* die *Los Angeles Times* und der *San Francisco Examiner*.

Von jeder Titelseite blickte ihm das Bild von Parker Bennett und Eleanor Becker entgegen.

Schell hatte Becker ein halbes Dutzend Mal befragt und alles getan, um sie in Widersprüche zu verwickeln.

Sein Gefühl sagte ihm, dass sie mit dem Betrugsfall nichts zu schaffen hatte. Das hatte er auch gegenüber dem Staatsanwalt erwähnt, aber der wollte ihm nicht zustimmen und hatte sich an die Anklagejury gewandt, um eine Anklageerhebung zu bekommen. Sie mag ja ein wenig dumm sein, dachte Schell jetzt, aber sie ist keine Betrügerin.

Er korrigierte sich. Sie ist nicht dumm, nur ziemlich naiv, wenn sie kein einziges Mal die hohe Rendite infrage stellte, die Bennett seinen Anlegern versprochen hatte.

Die beiden Personen, die jetzt noch Kontakt zu Parker Bennett haben konnten, falls er am Leben sein sollte, waren sein Sohn Eric und seine ehemalige Geliebte Sally Chico alias Gräfin Sylvie de la Marco.

Beide waren von sämtlichen Ermittlungsbehörden eingehend unter die Lupe genommen worden, aber man hatte nichts Belastendes gefunden. Natürlich war es möglich, dass sie unregistrierte Prepaid-Handys benutzten, die man nicht nachverfolgen konnte. Am Tag zuvor hatte er in einer der Gesellschaftskolumnen gelesen, dass die bekannte Innenausstatterin Glady Harper die Maisonettewohnung der Gräfin neu gestaltete.

Das hieß, sie würde sich häufig in deren Wohnung aufhalten. Wäre es möglich, Harper zu bitten, Augen und Ohren offen zu halten? Würde sie mit ihnen zusammenarbeiten, oder würde die Loyalität gegenüber ihrer Kundin sie dazu veranlassen, der Gräfin von den vom FBI geforderten Spitzeldiensten zu berichten? Eine schwierige Entscheidung.

Dann galt es noch zu überlegen, wer Eric Bennett observieren konnte.

Das würde schwieriger werden. Seitdem der Betrugsskandal öffentlich geworden war, hatte er etwas von einem einsamen Wolf an sich. Schwer zu sagen, ob er sich aus freien Stücken aus dem University Club und dem Tennisclub zurückgezogen hatte oder der Austritt ihm nahegelegt worden war. Mittlerweile hatten sie einen richterlichen Beschluss, das neue Haus seiner Mutter abzuhören, in der Hoffnung, dass eine Äußerung von ihr oder von Eric sie zum Aufenthaltsort von Parker Bennett führen könnte.

Rudy Schell hatte natürlich auch Glady Harper gegoogelt und war auf zahlreiche Einträge gestoßen. Sie hatte unter anderem den ersten Stock des Weißen Hauses, wo die Präsidentenfamilie wohnte, neu gestaltet und war vor allem für ihre unverblümte Art bekannt. So hatte sie über das Gemälde von Dolley Madisons Schwester im Queen's Bedroom gesagt: »Die Frau war ja so dermaßen reizlos, dass jede Königin, die was auf sich hält, ihr Porträt nachts an die Wand dreht.«

Schell erfuhr, dass sie auch das Blair House eingerichtet hatte, in dem Monarchen bei ihren Staatsbesuchen abstiegen, und für ihre Arbeiten mit unzähligen Preisen ausgezeichnet worden war.

Zehn Jahre zuvor hatte sie Parker Bennetts Herrenhaus in Greenwich renoviert. Jetzt richtete sie die Wohnung der Gräfin Sylvie de la Marco in Manhattan ein. Es war ein offenes Geheimnis, dass die Gräfin eine langjährige Affäre mit Parker Bennett gehabt hatte.

Schell fragte sich bloß: Hatte sie immer noch Kontakt zu ihm?

25

Gräfin Sylvie de la Marco war mit einem Überlebensinstinkt auf die Welt gekommen, der all denen zu eigen ist, die in schwierige Verhältnisse hineingeboren wurden. Und damit hatte sie es von der Sally Chico aus Staten Island zur Besitzerin einer Luxus-Maisonettewohnung in der Fifth Avenue gebracht. Jetzt warnte sie ihr Instinkt, und zwar in Bezug auf Parker.

Natürlich war jahrelang von einer Affäre zwischen ihr und Parker gemunkelt worden, obwohl sie immer sehr diskret vorgegangen waren. In der Öffentlichkeit hatte sie sich mit ihm immer nur in größerer Gesellschaft blicken lassen. Von Zeit zu Zeit aber gefielen sich gewisse Blätter in mehr oder minder direkten Andeutungen: »Welcher Bankier hat mit welcher Dame aus den höheren Kreisen unter dem Tisch im Le Cirque Händchen gehalten?«

Immer hatte sie darauf geachtet, sich bei gesellschaftlichen Anlässen in Begleitung anderer geschiedener männlicher Prominenter blicken zu lassen, um die Aufmerksamkeit von Parker wegzulenken.

Jetzt aber, nach der Anklageerhebung gegen Parkers Sekretärin, wurde nicht nur auf den Gesellschaftsseiten, sondern auch im Nachrichtenteil ganz offen behauptet, dass sie und Parker angeblich mehrere Jahre lang ein Verhältnis gehabt hatten.

Sylvie wusste, dass sie seit Parkers Verschwinden unter verschärfter Beobachtung stand. Zugute kam ihr, dass die Familie de la Marco als äußerst vermögend galt, und da der Ehevertrag unter Verschluss gehalten wurde, wusste niemand, wie viel sie wirklich von Eduardos Vermögen geerbt hatte. Und sie selbst hatte nie etwas darüber verlauten lassen.

Nur einigen engen Freunden hatte sie einmal, als sie ein paar Scotch zu viel intus hatte, gebeichtet, sie könne sich in den Hintern treten, dass sie sich auf einen Ehevertrag eingelassen habe, der ihr lediglich ein lebenslanges Wohnrecht zugesprochen hatte sowie die Kosten des Unterhalts der Wohnung samt einer monatlichen Zuwendung.

Klar, damals hatte sie gar nicht mehr gewollt. Sie war überzeugt gewesen, Eduardo im Lauf der Zeit schon noch dazu bringen zu können, dass er den Ehevertrag zerriss. Leider war das nie geschehen.

Ein weiterer Streitpunkt war immer die Neugestaltung der Wohnung gewesen. Eduardo hatte sich in ihrer vierjährigen Ehe mit Händen und Füßen dagegen gesperrt. Und die Inneneinrichterin, die sie nach seinem Tod schließlich engagiert hatte, war mit keinerlei eigenen Vorschlägen an sie herangetreten, sondern hatte lediglich ihre Anweisungen ausgeführt. Alles war völlig falsch geraten, sie musste es selbst zugeben. Deshalb mokierten sich die Kolumnisten auch und faselten was von einem goldenen Käfig. Für die Inneneinrichterin hatte nur gesprochen, dass sie billig gewesen war.

War es jetzt unklug, mit Renovierungsarbeiten im Wert von fünf Millionen Dollar zu beginnen? Parker hatte sich immer als sehr großzügig erwiesen, aber wie war er hochgegangen, als ihm klar geworden war, dass sie seine Brieftasche durchsucht und die auf den Namen George Hawkins ausgestellten Quittungen für ein Schlauchboot und einen Außenbordmotor gefunden hatte, dazu eine Adresse und eine Telefonnummer auf St. Thomas. Sie hatte sich alles notiert. Es war nur so ein Gefühl gewesen, aber das hatte sich, Junge, Junge, richtig ausgezahlt!

Am nächsten Tag war Parker verschwunden. Gleich eine Woche später hatte sie die Telefonnummer ausprobiert und ihn doch glatt erreicht.

Sie fand es höchst amüsant, dass er fast tot umgekippt wäre, als er sie in der Leitung hatte.

Fünf Milliarden Dollar – mit dem Betrag hatte er sich aus dem Staub gemacht. Verglichen mit dem, war das, was sie von ihm gefordert hatte und forderte, doch bloß ein Klacks. Warum also war er so wütend gewesen, als sie ihn diese Woche angerufen und mehr von ihm verlangt hatte?

Er hatte sich doch sonst nie lumpen lassen. Den gesamten Schmuck, den sie trug, hatte er ihr geschenkt. In ihrem Ehevertrag war sogar ausdrücklich geregelt, dass jedes Schmuckstück, das sie von Eduardo bekam, nach seinem Tod an die Familie zurückfallen würde.

War die Neugestaltung der Wohnung erst mal vorbei, würde sie es mit Parker ruhiger angehen lassen.

Diese Entscheidung traf sie, während sie in ihrem Satinmorgenmantel in der Bibliothek saß und am Frühstück knabberte, das Robert ihr gebracht hatte.

Sie hatte den gekühlten, frisch gepressten Orangensaft getrunken und ein paar Bissen Obst zu sich genommen. Was sie aber vor allem brauchte, war der Kaffee. Robert hatte ihr die erste Tasse eingeschenkt. Sie hätte ihn mit der Klingel aufscheuchen und ihn, egal, wo er sich gerade aufhielt, antanzen lassen können, stattdessen griff sie jetzt selbst zur silbernen Kaffeekanne und schenkte sich die zweite Tasse ein.

Es war ganz angenehm, rund um die Uhr dienstbares Personal um sich zu haben. Robert fungierte auch als Chauffeur in ihrem Mercedes S500. Sosehr sie sich einen Rolls gewünscht hatte, in dieser Hinsicht jedenfalls hatte sie auf Parker gehört: »Sylvie, du solltest dich da etwas mehr bedeckt halten.«

Mrs. Carson, die Haushälterin, war noch ganz alte Schule, wie Parker immer gesagt hatte. »Ja, Ma'am. Nein, Ma'am.« Sie war ruhig und fleißig, ihr Alter lag »irgendwo zwischen sechzig und hundert«, so Parkers Worte. Aber natürlich hatte Mrs. Carson ihn nur zu Gesicht bekommen, wenn sie eine Dinnerparty für sechs oder mehr Gäste gegeben hatte.

Der Privateingang von der Straße und der private Aufzug ermöglichten es, dass niemand Parkers Besuche mitbekam. Weder Mrs. Carson noch Carla, das Hausmädchen, noch Robert blieben über Nacht. Wenn Parker zum Essen kam und bei ihr übernachtete, erschien er erst, wenn sie schon fort waren, und er ging am Morgen, bevor die Ersten eintrafen. Chez Francis, das Fünf-Sterne-Restaurant im Erdgeschoss, schickte ihnen das Essen hoch und ließ später das Geschirr abholen.

Parker wartete dann in der geschlossenen Bibliothek, solange der Restaurantservice zugange war. Die Angestellten wussten daher nie, für wen das zweite Essen bestimmt war. Trotzdem war ihre Affäre jetzt öffentlich geworden – und wenn die Polizei bislang nichts davon gewusst hatte, dann wusste sie es jetzt.

Sie würde sehr vorsichtig sein müssen. Alle Fragen zu ihrer Beziehung mit Parker würde sie entrüstet als belanglosen Tratsch zurückweisen. Sie würde ihn erst wieder um Geld bitten, wenn sie Glady Harper bezahlen musste.

Aber sie sollte sich nicht so viele Sorgen machen. Parker musste die Zeitungen ebenfalls gesehen haben. Und sicherlich wusste er auch, dass sie ihn an die Behörden verraten könnte, wenn man ihr dafür im Gegenzug Straffreiheit zusicherte und ihr die nicht unbeträchtliche Belohnung zugestand für sämtliche Hinweise, die zu seiner Ergreifung führten. Vielleicht sollte sie ihn daran mal erinnern.

Ein leises Klopfen an der Bibliothekstür, die gleich darauf von Robert geöffnet wurde.

»Ms. Harper ist eingetroffen, Gräfin«, verkündete er. »Soll ich sie reinschicken?«

»Das ist nicht nötig. Lassen Sie sie ihre Arbeit machen. Und wenn sie konkrete Fragen an mich hat, werde ich sie empfangen, wenn ich angekleidet bin.«

Das wird sie auf ihren Platz verweisen, dachte Sylvie zufrieden. Sie mag ja eine ganz gute Innenausstatterin sein, aber ich bin es, die hier die Rechnungen bezahlt, also muss ich mir ihre gehässigen und abscheulichen Kommentare auch nicht anhören.

26

Am Samstagabend, pünktlich um zwanzig Uhr, klingelte es. Bevor Lane ihre Tochter aufhalten konnte, rannte Katie schon kreischend an die Tür und riss sie auf.

»Katie, bist du das offizielle Empfangskomitee?«, fragte Eric Bennett sie mit einem breiten Lächeln.

»Ich hab Ihnen zwei Hafermehlkekse gebacken. Einen mit Rosinen drin und einen mit Nüssen. Ich hab nicht gewusst, was Sie lieber mögen«, sagte Katie ganz aufgekratzt.

»Ich mag beide.«

Lane stand noch halb im Wohnzimmer. »Bitte kommen Sie rein, Eric. Und darf ich sagen, dass Sie ein großer Diplomat sind?« Sie lächelte, sah dann aber besorgt zu Katie, die über das ganze Gesicht strahlte.

Vor Kurzem hatte Katie beim Essen ihr nämlich erzählt: »Grace hat mir gesagt, ich hab was ganz Schlimmes angestellt, weil mein Vater nicht mehr kommt und mich nicht mehr sehen will.«

»Katie, du weißt doch, dein Daddy und ich hatten einen ganz, ganz schlimmen Unfall, und dabei ist er so schwer verletzt worden, dass er gestorben ist. Und jetzt ist er mit meinem Daddy im Himmel.«

Das war die Geschichte, die sie Katie in solchen Fällen immer erzählte. An jenem Abend aber war es anders gewesen. Katie hatte angefangen zu weinen.

»Ich will nicht, dass mein Daddy im Himmel ist. Ich will, dass er hier bei mir ist, genau wie bei den anderen Kindern.«

Die Psychologin, mit der sie sich gelegentlich unterhielt, hatte sie gewarnt, dass genau das passieren könnte. Die Warnung wäre aber gar nicht nötig gewesen. Sie selbst hatte sich immer nach einem Vater gesehnt, den sie bewundern konnte. Katie hingegen hatte nie die Umarmung eines Vaters kennengelernt.

So versuchte Katie also jetzt diese Lücke zu füllen, weil Eric Bennett so nett zu ihr war.

Ich muss aufpassen, sagte sich Lane. Katie hat ganz genau gespürt, wie glücklich ich war, als ich ihr erzählt habe, dass Eric kommen würde. Und jetzt ahmt sie mich nach.

»Hallo, Eric«, sagte Lane und war bemüht, freundlich, aber nicht zu freundlich zu klingen.

Ein amüsierter Blick lag in seinen Augen, als könnte er ihre Gedanken lesen. »Wie schön, die Gegenwart von zwei so reizenden Damen genießen zu dürfen«, sagte er und entdeckte in diesem Moment Wilma Potters, die es sich auf der Couch im Wohnzimmer bequem gemacht hatte. »Von drei reizenden Damen«, korrigierte er sich schnell.

Katie zerrte schon an seiner Hand. »Ich zeig Ihnen die Kekse, aber Mommy hat gesagt, Sie dürfen erst nach dem Dinner einen essen.«

»Dann werde ich das so machen.«

Fünf Minuten später waren Lane und Eric unten auf dem Bürgersteig, und er winkte ein Taxi heran. »Es gibt da ein tolles neues Steakhaus im Village. Lust darauf?«, fragte er sie, als der Wagen anhielt.

Lane zögerte. War das nicht eines der angesagten Lokale, in denen ihnen Paparazzi auflauern könnten? Eric hatte sie gewarnt, dass sie ihn im Visier hatten. Aber wenn sie ihn jetzt darauf ansprach, würde das so klingen, als wollte sie nicht mit ihm zusammen fotografiert werden.

»Hört sich toll an«, antwortete sie.

Zu ihrer Erleichterung lungerten vor dem Restaurant keine Fotografen herum. Drinnen führte der Oberkellner sie an einen ruhigen Tisch, und Lane entspannte sich ein wenig.

Beim Cocktail blieb das Gespräch auf sicherem Terrain. Eric erzählte ihr, wie sehr seine Mutter ihre, Lanes, Gesellschaft genoss und wie sehr sie von ihrem Schlafzimmer angetan war.

»Wissen Sie, ich glaube, sie wird in ihrem neuen Heim richtig glücklich werden. In Greenwich, in dem riesigen Haus, hat sie sich nie wohlgefühlt. Für meinen Vater war es genau das Richtige, aber sie wirkte dort immer irgendwie unsicher und fremd.«

Lane hatte gehofft, Eric würde nicht auf seinen Vater zu sprechen kommen, aber wahrscheinlich war das nicht zu vermeiden. Plötzlich versteifte er sich, und sie war überzeugt, dass ihm das Gleiche durch den Kopf gegangen war.

Er klang fast wehmütig, als er sagte: »Alle Wege führen nach Rom, so kommt es mir vor. Entschuldigen Sie, dass ich wieder meinen Vater erwähnt habe. Nur eines möchte ich noch sagen, bevor ich es dabei bewenden lasse. Vergangenen Freitag habe ich Patrick Adams aufgesucht. Er leitet eine Firma, so ähnlich wie die von Ex-Bürgermeister Giuliani. Ein Sicherheitsunternehmen, das im Ruf steht, über so gut wie jeden die Wahrheit herauszufinden, egal, worum es geht.«

»Warum haben Sie das getan?«

»Weil es für mich die einzige Möglichkeit ist, meinen Namen reinzuwaschen. Er hat mich gewarnt. Sollte er zu dem Schluss kommen, dass ich am Betrug beteiligt war, würde er mich dem FBI übergeben. Ganz offen gesagt, das alles wird mich jeden Cent kosten, den ich nicht unbedingt zum Lebensunterhalt brauche. Aber das ist es mir wert.«

Eric zögerte, dann fasste er über den Tisch und legte seine

Hand auf ihre. »Lane, ich will wieder eine Zukunft haben. Ich möchte in den Augen der anderen von diesem schrecklichen Vorwurf entlastet werden, soweit das überhaupt möglich ist. Und wenn mein Vater noch am Leben sein sollte, dann hoffe ich, ganz ehrlich, dass er geschnappt wird. In dem Fall – davon bin ich überzeugt – wird er beteuern, dass ich nichts mit dem Verschwinden des Geldes zu tun hatte.«

Seine Hand lag noch immer auf ihrer. Lane genoss die Berührung. Auch Ken hatte sie immer so angefasst, wenn sie sich zugeprostet hatten – ein Ritual, das sie nicht nur im Restaurant, sondern auch zu Hause durchgeführt hatten.

Ken, dachte sie sehnsüchtig.

Aber es war nicht Ken, der sie jetzt so liebevoll anblickte.

Was geschieht hier mit mir? Bin ich wie Katie, kann ich es auch nicht erwarten, die Lücke in meinem Leben wieder zu füllen? Sehne ich mich so sehr danach, dass ich jede Zurückhaltung über Bord werfe, sobald mich ein attraktiver Mann auch nur anspricht?

Sei vorsichtig, ermahnte sie sich und entzog widerstrebend ihre Hand seinem festen Griff.

27

Am Sonntagmorgen um zehn Uhr besuchte Anne Bennett die Messe in der Kirche der Unbefleckten Empfängnis und besorgte sich anschließend in einem Drugstore eine Packung Paracetamol. Nur als Vorsichtsmaßnahme. Im Moment litt sie nicht mehr unter den stechenden Migränekopfschmerzen, die sie regelmäßig außer Gefecht gesetzt hatten.

Außerdem versuchte sie die Antidepressiva abzusetzen, die ihr der Arzt verschrieben hatte.

Die letzten Tage waren schrecklich gewesen, keine Frage. Eric hatte ihr gesagt, sie solle keine Zeitungen lesen, aber wie sollte sie das alles ignorieren, wenn doch überall von der Anklageerhebung gegen Eleanor Becker berichtet wurde?

Die arme Frau, dachte Anne zum bestimmt hundertsten Mal, als sie die Tabletten bezahlte und das Geschäft verließ. Soll ich sie anrufen? Will sie überhaupt irgendetwas von mir hören oder sehen? Ich weiß es nicht. Auf dem Heimweg fuhr sie aus reiner Neugier an dem Restaurant vorbei, das ihr Nachbar Tony Russo eröffnen wollte. Ein großes Lokal, dachte sie. Er musste eine Menge Geld hineingesteckt haben.

Geld. Ein Wort, bei dem sie unweigerlich an Parker denken musste. Als sie weiterfuhr, sah sie sich genötigt, wegen der grellen Helligkeit die Sonnenblende herunterzuklappen, und dabei fiel ihr Blick in den Rückspiegel.

Täuschte sie sich, oder hatte dieser alte schwarze Ford nicht auch schon vor dem Drugstore hinter ihr geparkt?

Nicht schon wieder, dachte sie bedrückt. Noch lange nach Parkers Verschwinden war sie nicht nur von den Ermittlungsbehörden verfolgt worden, sondern auch von irgendwelchen Wichtigtuern, die es nur darauf angelegt hatten, Aufmerksamkeit auf sich zu ziehen und ihr Foto im Internet zu veröffentlichen.

Fing das jetzt alles wieder von vorn an?

Probehalber bog sie ab und nahm nicht den direkten Weg nach Hause. Kurz darauf sah sie, dass der schwarze Wagen ihr nach wie vor folgte.

Plötzlich war sie nervös, sie beschleunigte und war erleichtert, als sie endlich in ihre Anfahrt einbiegen konnte. Dort musste sie abrupt abbremsen, weil Tony Russo im Weg stand. Sie wollte ihn an sich vorbeilassen, aber er beugte sich zu ihr herab und klopfte an die Seitenscheibe. Sie ließ sie nach unten. Mit einem Mal war sie froh um seine Anwesenheit.

»Ich wollte Ihnen nur einen guten Morgen wünschen«, sagte Russo und beäugte sie plötzlich eindringlicher. »Alles in Ordnung, Mrs. Bennett? Sie waren ja so schnell dran – ist irgendwas?«

Anne mochte ihren neuen Nachbarn. Eric hatte sie gewarnt, sie solle nicht zu viel von sich preisgeben, aber jetzt war sie froh, mit jemandem reden zu können. »Ich bin etwas durcheinander. Ich glaube, jemand verfolgt mich.«

Tony war sofort hellwach. »Ihnen folgt jemand? Wer?«

Er hatte sich schon zur Straße gewandt. »Ein schwarzer Wagen«, sagte sie.

In diesem Moment fuhr der altersschwache schwarze Ford am Haus vorbei.

Anne beschloss, ganz offen mit ihm zu sein. »Tony, wenn Sie es noch nicht wissen sollten, Parker Bennett ist mein Mann, und seit seinem Verschwinden ist es immer wieder vorgekommen, dass mir jemand gefolgt ist. Ich hatte gehofft, damit wäre es jetzt vorbei, aber anscheinend ist dem nicht so.« Ohne auf seine Erwiderung zu warten, schloss sie das Autofenster und fuhr in die Garage.

Tony kehrte geradewegs in sein Haus zurück, wo er sofort zum Telefon griff. »Steht Anne Bennett auf eurer Observierungsliste?«

Wie erwartet lautete die Antwort Nein.

Er beendete das Gespräch und wählte gleich danach eine weitere Nummer.

28

Am Freitagmorgen kam Parker Bennett zu dem Schluss, dass er Len Staceys geistloses Geplapper auf dem Golfplatz heute nicht ertragen konnte.

Es war perfektes Segelwetter, sonnig, mit leichtem Wind, ein Tag, wie geschaffen, um mit dem Boot hinauszufahren. Noch dazu, nachdem es in den vergangenen drei Tagen geregnet hatte.

Mit heiserer Stimme, um eine Erkältung vorzutäuschen, rief er seinen unliebsamen Golfpartner an. »Len, ich muss Sie leider versetzen – und dabei hab ich mich so gefreut, Sie heute mal gehörig auszunehmen. Aber ich fühle mich so lausig, dass ich mich gleich wieder ins Bett lege. Ich habe schon die ganze Nacht kein Auge zugetan. Ich werde auch das Handy ausschalten.«

»Ach, George, kommen Sie, ich hab mich so sehr auf meine Revanche gefreut«, erwiderte Len.

Sein schallendes Lachen ließ Parker zusammenzucken. Bevor er irgendetwas sagen konnte, fuhr Len schon fort: »Und wissen Sie, was? Ich hatte für heute eigentlich einen kleinen Test vorgesehen. Ich wollte nämlich die Jungs mal fragen, wer von uns vieren wie Parker Bennett aussieht. Und ich wette, mindestens einer unter uns hätte auf Sie getippt.«

»Wie *wer* aussieht?«, fragte Parker und spürte, wie seine Finger taub wurden.

»Mensch, das wissen Sie doch. Parker Bennett, der Typ, der

diesen Riesenbetrug abgezogen hat. Letzte Woche waren die Zeitungen voll mit ihm.«

»Ach der, ja, von dem hab ich gehört«, antwortete Bennett. »Sie meinen wirklich, ich sehe *dem* ähnlich?« Erst jetzt bemerkte er, dass er seine vorgetäuschte Heiserkeit völlig verloren hatte.

»Hey, nehmen Sie's nicht übel. Sollte bloß ein Scherz sein. Vergessen Sie's, war eine blöde Idee.«

»Ja.« Bennett hustete. »Wenn Sie sagen würden, ich sehe wie Donald Trump aus, dann wäre das okay.« Er rang sich ein halbherziges Lachen ab. »Also gut, wie gesagt, es tut mir leid, dass ich Sie versetzen muss. Viel Spaß noch beim Spiel.«

Bennett beendete das Gespräch. Seine Finger waren so feucht, dass ihm fast das Telefon aus der Hand rutschte. Er hatte sich also nicht getäuscht. Der Idiot hatte ihn tatsächlich mit dem Foto auf der Titelseite der *Post* verglichen.

Ganz ruhig. Nicht in Panik geraten! Das schadet dir nur. Man kennt dich hier seit fünfzehn Jahren. Du hast einen makellosen britischen Akzent. Selbst wenn er irgendeine Ähnlichkeit sehen sollte, käme er doch nie im Traum darauf, dass ich wirklich Parker Bennett bin. Mit diesem Gedanken tröstete er sich, ging hinunter zur Anlegestelle und stieg auf sein Boot. Fünf Minuten später waren die Segel gesetzt, und er fuhr aufs Meer hinaus.

In den vergangenen zwei Jahren hatte er sich natürlich hin und wieder die Frage gestellt, was passieren würde, wenn man ihn schnappte. Die Antwort lag auf der Hand: Er würde den Rest seines Lebens hinter Gittern verbringen. Mittlerweile war er zweiundsiebzig Jahre alt, aber in seiner Familie waren sie alle sehr alt geworden. Gut, sein Vater hatte sich schon in jungen Jahren zu Tode geraucht, aber sein Großvater und seine Onkel waren alle über neunzig geworden. Das hieß, mindestens zwanzig Jahre im Gefängnis.

Aber das musste nicht passieren. Sobald er die Schweizer Kontonummer hatte, wäre er frei. Er hatte ein Gebot für die Villa bei Genf abgegeben, die genau die richtige Größe hatte und noch dazu frisch renoviert war.

Außerdem vermisste er Anne. Komisch, in den letzten zwei Jahren hatte er kaum an sie gedacht. Aber zwei Tage zuvor hatte er von ihr geträumt. Es war ein lebhafter Traum gewesen. Sie hatte die Spieldose in der Hand gehabt und dazu getanzt. Irgendwie war sie schon immer auf diese Spieldose fixiert gewesen – dabei war sie das billigste Geschenk, das er ihr jemals gemacht hatte. Gut, im Moment war sie fünf Milliarden Dollar wert, minus fünfzehn Millionen, mehr oder weniger.

In solche Gedanken versunken, hatte er gar nicht bemerkt, dass der Wind aufgefrischt hatte und einen der plötzlich aufziehenden karibischen Stürme ankündigte. Er wendete das Boot. Nur wenige Minuten später war das Meer aufgewühlt, Regen prasselte herab, gelegentlich krängte das Boot so stark, dass er mit der Hand die Wasseroberfläche berühren konnte. Und hätte er nicht das Hauptsegel gerefft, wäre er in Gefahr geraten zu kentern. Aber als erfahrener Segler schaffte er es schließlich sicher an die Küste, und als er schwer keuchend durch den Regen nach Hause stapfte, war ihm nur allzu bewusst, wie viel Glück er gehabt hatte.

Kaum war er im Haus, klingelte das Handy. Das Display zeigte an, dass es sich um die alte Nervensäge Len handelte. Parker war froh, dass er zu Hause war und rangehen konnte. Er vergaß auch nicht, wieder seine schwere Erkältung vorzutäuschen, und meldete sich mit rauer, heiserer Stimme.

»Hallo, George, alter Kumpel«, kam es von Len. »Wollte bloß mal nachfragen, wie's so geht.«

»Oh, wie nett von Ihnen.« Parker zwang sich zu einem

freundlicheren Ton. »Das Schlimmste scheint überstanden zu sein.«

»Freut mich zu hören. Ich wollte mich entschuldigen. Ich hätte Sie nicht mit Parker Bennett vergleichen dürfen. Keiner der beiden wollte mir zustimmen.«

»Ach, dann haben Sie Ihr kleines Ratespielchen doch abgezogen?«

»Na ja, doch nur zwischen uns. Aber keiner wollte meine Ansicht teilen. Steve meinte, Sie würden eher wie der New Yorker Bürgermeister de Blasio aussehen.« Erneut dröhnte ihm Lens schallendes Gelächter entgegen. Parker glaubte regelrecht zu spüren, wie sich das Netz um ihn immer enger zog. Es schien so schnell über ihn gekommen zu sein wie der Sturm, der sich so urplötzlich zusammengebraut hatte.

Was sollte er bloß machen?

29

Ranger fuhr an Anne Bennetts Haus vorbei. Er musste vorsichtig sein, beschloss er. Er wollte auf keinen Fall auffallen. Aber natürlich würde er auffallen. Der Wagen hatte mittlerweile gut und gern zwölf Jahre auf dem Buckel. Judy und er hatten ihn schon gebraucht gekauft, und vor einigen Monaten hatte ihnen jemand noch dazu auf dem Supermarktparkplatz eine Beule in die vordere Stoßstange gefahren. Natürlich erinnerte man sich an so eine alte Kiste, wenn man sie sah.

Es war das zweite Mal, dass er an dem Haus vorbeifuhr, in dem Parker Bennetts Frau jetzt wohnte. Sehr hübsch, dachte er. Viel schöner als alle Häuser, in denen er und Judy jemals gewohnt hatten. Ah, aber vielleicht war das Haus für Bennetts Frau ja gar nicht gut genug. Sie war doch ihr feudales Herrenhaus in Connecticut gewohnt. Er kannte Fotos davon.

Vor zwei Tagen war er zum ersten Mal vor Anne Bennetts Haus in New Jersey gewesen. Er hatte weiter unten an der Straße geparkt. Bennetts Sohn Eric hatte in der Einfahrt gestanden. Dazu eine gut aussehende junge Frau so um die Anfang dreißig. Eric hatte etwas in ihr Auto geworfen und sich dann zu ihr hineingebeugt. Ranger war überzeugt, dass er die Frau geküsst hatte.

Heute war er Anne Bennett zur Kirche gefolgt. Er hatte sich in die letzte Reihe gesetzt, wo er kaum aufgefallen war. Seine Jeans waren nicht abgetragen, seine Jacke hatte Judy vor zwei Jahren in einem Secondhand-Laden gekauft, kurz bevor Bennett untergetaucht war. Sie hatte sie zufällig im Schaufenster gesehen, und wie sehr hatte sie gelacht, als sie ihm erzählte, wofür die Buchstaben »TP« auf der Brusttasche standen. »Ach, Ranger, ich hab den Verkäufer gefragt, ob das für ›Testpilot‹ steht, aber er hat mich nur so von oben herab angesehen und gesagt, das steht für ›Trinity-Pawling‹. Das ist ein sehr exklusives Internat für Jungen.«

Wir fahren ein altes Auto. Ich trage zum Teil Secondhand-Kleidung, damit wir uns das Haus in Florida kaufen konnten – in bar, dachte er. Wahrscheinlich weiß hier jeder in der Kirche, dass die Jacke von jemandem ist, der ein erstklassiges Internat besucht hat.

Er war Anne Bennett sogar in den Drugstore gefolgt und hatte gesehen, wie sie sich Paracetamol besorgt hatte. Hoffentlich hat sie Kopfschmerzen. Hoffentlich haben sie und ihr Sohn und die Freundin ihres Sohnes die schlimmsten Kopfschmerzen, die man sich nur vorstellen kann.

Es war nicht viel Verkehr, und ehe er sichs versah, war er fast an der Einfahrt zum Lincoln-Tunnel. In einer halben Stunde hätte er zu Hause sein können. Aber was sollte er da? Zu Hause, das war die Dreizimmerwohnung, die Judy immer so hübsch hergerichtet hatte. Sie hatte es nie wärmer als zwanzig Grad haben wollen, aber bevor er nach Hause kam, hatte sie das Thermostat immer etwas hochgedreht. Sie wusste, wenn man den ganzen Tag draußen in der Kälte gewesen war, tat es gut, in ein warmes Zuhause zu kommen.

Und sie wusste, dass er dann Hunger hatte, also war auch das Essen fertig. Die Wärme, der Duft von der Küche – Ranger erinnerte sich so lebhaft daran, dass er das alles jetzt auch wieder wahrzunehmen glaubte, als er in den Lincoln-Tunnel einfuhr.

Parkers Frau wohnte in einem hübschen Haus in einer hübschen Gegend. Eric Bennett küsste seine hübsche Freundin. Und er ... er kehrte in eine leere Wohnung zurück. Ranger umfasste das Fläschchen mit Judys Asche, das er um den Hals trug.

»Judy«, sagte er laut vor sich hin. »Ich weiß, du würdest das nicht wollen, aber ich muss es tun. Bitte versteh mich.« Er sah, wie er bei der Einfahrt in den Tunnel von der elektronischen Mautstelle registriert wurde.

Viele glauben, dass dieser Verbrecher Parker Bennett gar nicht tot ist. Er soll sein Segelboot sich selbst überlassen haben – das wurde dann an den Strand gespült und sollte beweisen, dass er Selbstmord begangen hat.

Aber vielleicht hat er das gar nicht getan. Und wie wäre es für Bennett, wenn er erfahren würde, dass seine Frau und sein Sohn umgebracht wurden?

Ranger dachte an die schöne Frau, die Eric Bennett geküsst hatte. Wenn sie auch da sein sollte, wenn es so weit war, umso besser.

Wahrscheinlich gibt er unser Geld auch für sie aus. Wenn sie zufällig da ist, wenn ich Anne Bennett und ihren Sohn erschieße, dann hat sie eben Pech gehabt.

Er musste sich eine Waffe besorgen. Es sollte nicht schwer sein, sich eine zu beschaffen. Ständig las man in den Zeitungen von einem bestimmten Abschnitt in der Bronx, wo Gang-Mitglieder welche verkauften.

Aber er hatte keine Eile. Allein schon die Planung tat gut und fühlte sich fast so an wie die Rückkehr in eine warme Wohnung, wo bereits ein wunderbarer Duft aus der Küche heranzog.

Was hatte Judy immer gesagt? »Ranger, wie freue ich mich auf den Umzug nach Florida. Die Vorfreude soll ja bekanntlich die allerschönste Freude sein. Meinst du wirklich, dass das so ist?«

Das werde ich herausfinden, dachte Ranger, als er in seine Straße einbog und sich wie üblich auf die Suche nach einem Parkplatz machte.

30

Patrick Adams stand einem Team aus vier Ermittlern vor, Männern, die, wie er immer sagte, noch die kleinste Nadel im Heuhaufen fanden. Am Montagmorgen trommelte er sie zu einem Treffen in seinem Büro zusammen.

»Ich kann ja verstehen, dass Eric Bennett bemüht ist, sich selbst zu entlasten«, sagte er. »In der *Post* ist ein Foto von ihm abgedruckt, darauf ist er händchenhaltend mit einer Lane Harmon zu sehen. Das ist die Tochter des verstorbenen Kongressabgeordneten Gregory Harmon und die Witwe von Kenneth Kurner, dem Designer. Außerdem ist ihr Stiefvater Dwight Crowley, der Kolumnist, der ganz zufällig der Meinung ist, dass Eric Bennett am Betrug seines Vaters beteiligt war, und das in jeder zweiten Kolumne auch kundtut.«

»Das wird an Thanksgiving dann bestimmt ein nettes Familientreffen«, sagte Joel Weber. Weber, der Neuzugang unter den Ermittlern, war ein ehemaliger leitender FBI-Agent, der sich im Ruhestand zu langweilen begonnen und sich daraufhin bei Adams vorgestellt hatte. Er war genau wie Pat Adams fünfundsechzig Jahre alt und bildete eine wertvolle Verstärkung des Teams. Besonders gefiel Pat, dass Joel niemals auf seinem früheren Rang herumritt und es nicht nötig hatte, sich im Büro wichtigzumachen.

Pat Adams saß hinter seinem Schreibtisch, die vier Mitarbeiter saßen in einem Halbkreis um ihn herum. Pat sah zu Joel Weber. Dessen trockene Kommentare waren oft Ausgangspunkt für interessante Überlegungen, in welche Richtungen sie die Ermittlungen vorantreiben sollten.

»Was denkst du dir, Joel?«, fragte er.

»Na, ich frage mich gerade, ob Dwight Crowley vielleicht irgendetwas weiß, was ihm zwar sauer aufstößt, worüber er aber nicht schreiben mag. Da würde ich gern mal nachhaken. Ich meine, der Typ schiebt einen scheinbar durch nichts zu rechtfertigenden Groll auf Eric Bennett. FBI und Staatsanwaltschaft haben bislang nichts gefunden, was den Sohn in irgendeiner Weise belasten könnte, trotzdem behauptet Crowley in seinen Kolumnen, dass das Wörtchen ›angeblich‹ auf Eric Bennett nicht zutrifft. Bennett könnte ihn deswegen verklagen. Zugegeben, vielleicht macht er das nicht, weil er nicht noch mehr Aufmerksamkeit auf sich lenken möchte. Aber vielleicht hat Crowley auch etwas gegen ihn in der Hand, was er bislang – aus welchen Gründen auch immer – unter Verschluss hält.«

Pat Adams wollte ihn schon auffordern, den Gedanken weiter auszuführen, aber Joel Weber kam ihm zuvor. »Und noch etwas«, sagte er, nahm seine Hornbrille ab, hauchte die runden Brillengläser an, wischte sie trocken und setzte sie wieder auf. »Neulich, als Eric Bennett hier war, hab ich ein paar Worte mit ihm gewechselt. Und wisst ihr, was ich mir dabei gedacht habe?«

Eine rein rhetorische Frage, wie Pat Adams und die drei anderen Ermittler wussten.

»Beim Fischkauf auf dem Markt war meine Mutter immer übertrieben vorsichtig«, plauderte Weber weiter. »Egal, wie schön der Fisch aussah, sie hielt ihn sich immer unter die Nase und schnupperte daran. Und sofort konnte sie sagen, ob er bald schlecht sein würde.«

Eine kleine Pause, um die Spannung zu steigern. »So, diesen

Geruchssinn habe ich von ihr geerbt. Als Eric Bennett hier war, habe ich an ihm geschnuppert … und er ist durchgefallen. Ich würde gern herausfinden, warum Dwight Crowley so gar nicht von ihm lassen will. Ich würde gern mal tiefer in seiner Vergangenheit graben, vielleicht findet sich ja etwas, was bislang keiner auf dem Radar hatte.«

31

Wer sich mit den Hunden schlafen legt, wacht mit Flöhen auf«, wurde Lane am Montagmorgen von Glady in deren gewohnt schroffen Art begrüßt.

»Glady, wovon in Gottes Namen redest du?«, fragte Lane völlig perplex.

Ihre Chefin griff sich die Zeitung auf dem Schreibtisch und schob sie ihr hin. »Ich rede von dir und deinem Geturtel mit Eric Bennett. Ich weiß, du liest jeden Tag die *Post,* es wundert mich daher, dass du das noch nicht gesehen hast.«

»Ja, aber bestimmt nicht am Morgen, wenn ich mich und Katie fertig machen muss«, erwiderte Lane und griff zur Zeitung. Die Seite mit dem Vermischten war aufgeschlagen. Mit einiger Bestürzung sah sie ein nicht gerade kleines Foto von sich mit Eric Bennett. Der Fotograf hatte genau in dem Augenblick abgedrückt, als Eric seine Hand auf ihre gelegt hatte und sie beide sich anlächelten.

Lane lief knallrot an und legte das Blatt zurück auf den Schreibtisch. »Das war der einzige Moment, in dem Eric mich zufällig an der Hand berührt hat«, antwortete sie etwas kleinlaut.

»Ich glaube dir ja«, entgegnete Glady. »Es würde mich aber nicht überraschen, wenn Bennett jemanden dafür bezahlt hat, dieses Foto zu machen. Vielleicht will er damit deinem Stiefvater eins auswischen.«

»Glady, verstehst du nicht, genau darunter hat Eric doch

seit zwei Jahren zu leiden. Keiner kann irgendwas Belastendes gegen ihn finden, aber jeder meint zu wissen, dass er mit seinem Vater unter einer Decke steckt. Siehst du nicht, wie unfair das ist? Und was Dwight Crowley denkt, interessiert mich nicht. Er ist der Mann meiner Mutter, nicht mein Vater. Als meine Mutter ihn geheiratet hat, habe ich gerade mit dem Studium begonnen. Ich versuche ihm aus dem Weg zu gehen. Wenn ich meine Mutter besuche, achte ich meistens darauf, dass er gerade unterwegs ist und irgendwo eine seiner Reden hält, in denen er der ganzen Welt erklärt, wie sie am besten zu regieren ist.«

Noch während das alles aus ihr heraussprudelte, wusste sie, dass Glady etwas angesprochen hatte, was sie sich selbst nur ungern eingestand. Es war ja nicht nur so, dass sie sich in Dwights Gegenwart nicht besonders wohlfühlte, sie konnte ihn einfach nicht ausstehen. Er war der Grund, warum sie so selten nach Washington fuhr und warum die Beziehung zu ihrer Mutter so angespannt war.

»Lane, es geht mich wirklich nichts an, wenn du dich mit Eric Bennett triffst. Aber ich denke, du machst einen großen Fehler, wenn du dich auf ihn einlässt. So, jetzt genug davon. Aber eins sag ich dir, es würde mir ganz und gar nicht gefallen, falls das Honorar, das die Gräfin mir zahlt, von dem Geld stammen sollte, das Parker Bennett unterschlagen hat. Du hast es ja selbst miterlebt – als ich ihr die voraussichtlichen Kosten genannt habe, musste sie sofort ein wichtiges Telefonat führen.«

Lane antwortete darauf nicht, sondern ging nur in ihr Büro, setzte sich an den Schreibtisch und presste die Finger gegen die Schläfen. In meinem Kopf geht alles durcheinander, dachte sie. Aber ich habe das Essen mit ihm sehr genossen. Als wir um halb elf zurückgekommen sind, war Katie noch hellwach und kam sofort angelaufen, nachdem sie unsere Stimmen gehört hat. Sie musste sich unbedingt vergewissern, dass Eric ihre Kekse nicht vergaß.

Sie will eben so sein wie die anderen Kinder. Sie will einen Vater haben. Gut, bei vielen Kindern sind die Eltern geschieden, trotzdem ist es ein Unterschied, ob man seinen Daddy einmal in der Woche trifft oder ihn sich nur auf Fotos ansehen kann und nur aus Erzählungen kennt.

Wie lang wird es dauern, bis Dwight und meine Mutter das Foto von mir und Eric Bennett entdecken? Dwight sieht jeden Tag einen ganzen Stapel überregionaler Zeitungen durch. Ihm wird das Foto kaum entgehen, und falls doch, wird jemand anderes ihn darauf hinweisen.

Was soll ich machen? Entweder glaube ich an Erics Unschuld, oder ich glaube nicht daran.

Und ich glaube, dass er unschuldig ist.

Aber wie schütze ich Katie, wenn ich von Zeit zu Zeit mit Eric zum Essen gehe? Lane musste an Eric denken, als er seine Hand auf ihre gelegt hatte, an seinen flüchtigen Gutenachtkuss auf ihren Lippen, den sie immer noch zu spüren glaubte. Sei ehrlich, dachte sie, wenn sich dieser Funke zwischen uns entzündet, wenn er sich wirklich entzündet, will ich dann, dass mein und Katies Leben unter dem Ruf, den er in der Öffentlichkeit hat, zu leiden haben?

Aber wenn ich an Erics Unschuld glaube, mit ganzem Herzen daran glaube, bin ich dann nicht ein Feigling, wenn ich mich von solchen Gedanken von ihm abbringen lasse?

Vielleicht weiß ich ja bald eine Antwort darauf, dachte sie, im Moment jedenfalls habe ich keine. Nun, eine Sache hatte sie noch zu erledigen. Sie wählte die Nummer ihrer Mutter im Antiquitätenladen.

Deren verhaltenes »hallo, Lane« machte ihr gleich deutlich,

dass Dwight das Foto schon zu Gesicht bekommen hatte. »Hör zu, Mom«, begann Lane, wurde von ihrer Mutter aber sofort unterbrochen.

»Lane, du musst mich von nichts überzeugen. Ich hoffe, dass du von deinem Vater oder von mir eins gelernt hast – dass nämlich jeder als unschuldig zu gelten hat, bis seine Schuld bewiesen ist. Wenn Eric Bennett mit dem Verbrechen seines Vaters nichts zu tun hat, dann ist er ebenso unschuldig wie die armen Leute, die dadurch so viel Geld verloren haben.«

»Danke, Mom. Ich war mir nicht sicher, wie du darauf reagieren würdest. Also, was ist mit Dwight, wenn ich fragen darf?«

»Lane, mein Mann hat nie versucht, mir seine Überzeugungen hinsichtlich Eric Bennett aufzudrängen.«

»Was hat er zu dem Foto gesagt?«

»Er hat gesagt, er weiß, dass du ihm sehr reserviert gegenüberstehst, und das macht ihn traurig. Aber dann hat er noch hinzugefügt, und ich zitiere ihn wörtlich: ›Lanes Vater würde sich im Grab umdrehen, wenn er wüsste, dass seine Tochter mit einem so abscheulichen Mistkerl ausgeht.‹«

32

Eleanor Becker wollte Sean Cunninghams Ratschlag beherzigen und war geradezu verzweifelt bemüht, sich an Vorfälle in Parker Bennetts Büro zu erinnern, die ihr ungewöhnlich erschienen waren.

Nichts, dachte sie, absolut nichts. Dabei wusste sie, dass sie doch eigentlich ein recht gutes Gedächtnis hatte. Sie bat Frank, ihr auf die Sprünge zu helfen und Dinge zur Sprache zu bringen, über die sie sich im Lauf der Jahre unterhalten hatten. Natürlich hatte sie mit ihm über diesen oder jenen Mitarbeiter und Kunden geplaudert. Vielleicht fiel ihr ja dabei etwas ein.

Und richtig, vor langer Zeit, da war doch was gewesen, was ihr damals nicht ganz geheuer vorgekommen war ... Was genau, das konnte sie aber nicht mehr so recht sagen.

Mit Franks Diabetes wurde es immer schlimmer. Sein Zuckerspiegel erreichte manchmal alarmierende Werte. Die ganzen Sorgen bringen ihn noch um, dachte Sie. Aber was kann ich dagegen bloß tun?

Es war jetzt fünfzehn Jahre her, dass Parker Bennett, einer der obersten Fondsmanager in dem Unternehmen, in dem sie als Sekretärin beschäftigt war, sie zur Seite genommen und ihr eröffnet hatte, dass er mit ihr zum Mittagessen gehen wolle. »Nicht in eines der üblichen Lokale«, hatte er gesagt und dabei verschwörerisch genickt. »Ich habe Ihnen einen geschäftlichen Vorschlag zu unterbreiten.«

Sie hatte sofort gewusst, worum es ging. Es gab bereits Gerüchte, dass sich Bennett möglicherweise selbstständig machte. Viele Top-Investmentmanager wagten diesen Schritt. Einige von ihnen verdienten daraufhin viel Geld, einige legten einen eigenen Hedgefonds auf, setzten auf die falschen Werte und verloren schließlich das letzte Hemd.

Sie erinnerte sich an einen, der erst ein gewaltiges Vermögen angehäuft hatte, bevor er durch eine Fehlspekulation auf Öl das meiste davon wieder verlor. In der Branche erzählte man sich augenzwinkernd, dass seine Frau außer sich vor Wut gewesen sei. Er hatte ihr versprochen, hundert Millionen Dollar zur Seite zu schaffen, als Sicherheit und Puffer gegen unvorhersehbare Marktkapriolen. Genau das aber hatte er nicht getan, sodass ihnen darauf nur noch ihr Zehn-Millionen-Dollar-Haus geblieben war.

Hundert Millionen Dollar als Reserve. Aus irgendeinem Grund wollte ihr diese Geschichte nicht aus dem Kopf.

Sie hatte sich damals mit Parker Bennett im Neary's in der Fifty-Seventh Street zum Essen getroffen. Sie kannte das Lokal und war bereits öfter dort gewesen. Man wusste nie, wen man dort am Abend zu sehen bekam – hochrangige Kirchenvertreter, Kongressabgeordnete, Wirtschaftsbosse. Mittags ging es aber meistens ruhiger zu.

Dort hatte Parker ihr also sein Angebot unterbreitet. »Eleanor, ich werde das Unternehmen verlassen und mich selbstständig machen. Und ich will, dass Sie mit mir kommen und für mich arbeiten.«

Das von ihm vorgeschlagene Gehalt war mehr als großzügig. »Und über die Weihnachtsgratifikation werden Sie sich auch nicht beklagen können«, hatte er versprochen.

Sie wäre vor Freude am liebsten aufgesprungen und hätte gleich zugesagt, und als er ihr die Investmentfirma beschrieb, die er gründen wollte, war sie überzeugt, dass er nicht nur ein wunderbarer Geschäftsmann war, sondern auch ein großer Menschenfreund.

»Eleanor«, hatte er damals gesagt, »wir wissen alle, dass Leute mit richtig viel Geld sich bei der Finanzplanung auskennen und immer Aktien und Anleihen in ihrem Portfolio haben.«

Wie distinguiert Parker Bennett dabei ausgesehen hatte, erinnerte sich Eleanor, und wie unverwandt er ihr in die Augen geschaut hatte, als er an seinem Glas Chardonnay genippt hatte.

»Eleanor, ich komme von ganz unten. Mein Vater war Briefträger, meine Mutter Verkäuferin bei Abraham & Straus. Seit Jahren trage ich mich mit dem Gedanken, Leuten wie ihnen zu helfen, Leuten, die aus der Mittelschicht oder unteren Mittelschicht stammen, die Monat für Monat das bisschen Geld zur Seite legen, das ihnen bleibt, damit sie auch einmal die Chance auf eine anständige Rendite haben, ohne ein allzu hohes Risiko einzugehen.«

Dann skizzierte er seinen Plan. Er wolle eine gemütliche Wohnzimmeratmosphäre schaffen, weil, wie er sagte, »die einfachen Leute sich leicht einschüchtern lassen; erreichen werden wir sie, indem wir die Tageszeitungen durchkämmen und uns Leute heraussuchen, die in irgendeiner Form öffentlich geehrt werden oder einen Jahrestag begehen.«

Sie nannten mich die »Tee- und Kuchendame«, erinnerte sich Eleanor und wurde rot vor Scham. Ich bin voll und ganz auf ihn hereingefallen und habe zu Parker Bennett aufgesehen, als wäre er der Erlöser der Menschheit.

Und jetzt muss ich für meine Blödheit vielleicht ins Gefängnis.

Aber irgendwas war da doch, irgendwas war da ...

Eine Woche später, nach weiteren sieben schlaflosen Nächten, in denen sie angestrengt nachgedacht hatte, spürte Eleanor plötzlich – gerade fiel das erste Morgenlicht ins Schlafzimmer –, dass die Erinnerung zurückkehrte.

Abrupt fasste sie sich an die Stirn. Ja, das ist es, dachte sie. Wir sind mit den Köpfen zusammengerauscht. Er hat etwas fallen lassen, und ich habe ihm beim Aufsammeln geholfen. Aber was war es? Der Vorfall hat sich bald nach der Gründung des Unternehmens ereignet.

Schließlich schlief sie wieder ein und fiel in einen unruhigen Traum – Erinnerungsfetzen tauchten auf, kamen und gingen. Wieder war sie im Büro. Wir sind mit den Köpfen zusammengestoßen. Und er war nervös.

Damit schwand die Erinnerung allerdings auch schon wieder. Irgendwo hatte sie gehört, dass man sich besser an Träume erinnern konnte, wenn man sie aufschrieb. Und wenn man dann die einzelnen Punkte durchging, fand man vielleicht, wonach man suchte.

Leise stand sie auf, um Frank nicht zu wecken, schlüpfte in ihren Morgenmantel und ging in die Küche.

Sie nahm sich den Block, auf dem sie immer ihre Einkäufe notierte, und zog den Stift aus der Schublade.

Dann begann sie zu schreiben: »Mr. Bennett und ich sind mit den Köpfen zusammengestoßen ... das war, kurz nachdem ich für ihn als Sekretärin angefangen habe.« Sie zögerte. »Er ist ins Büro gekommen und hat etwas fallen lassen. Draußen war es sehr kalt, und seine Finger waren ganz steif. Und er war fürchterlich nervös.«

An mehr konnte sie sich im Moment nicht erinnern.

33

Sylvie de la Marcos Laune verschlechterte sich zunehmend. Bald würde sie Parker um noch mehr Geld angehen müssen. Noch einmal zwei Millionen wurden fällig, und das nur für die Deko!

Sie hatte schon im vergangenen Jahr viel Geld ausgegeben, verdammt viel Geld. Viel für Kleidung, die sie wegen der zahlreichen gesellschaftlichen Anlässe dringend brauchte.

Außerdem war sie in Brasilien gewesen. Die Schönheitschirurgen dort waren sagenhaft und wirkten Wunder, weshalb sie jetzt kaum älter als dreißig aussah – genau richtig, wenn man tatsächlich schon sechsundvierzig war.

Was war mit Parker bloß los? Er hatte fünf Milliarden abgeräumt, warum war er mit einem Mal so knausrig?

Und was passierte, wenn er wirklich eines Tages geschnappt würde? Würde ihm ähnlich sehen, wenn er sie dann auch noch mit reinritt.

Diese sorgenvollen Gedanken gingen Sylvie durch den Kopf, kurz bevor sie ausgehen wollte. Sie trug ihr neues Chanelkostüm, den russischen Zobel hatte sie sich über den Arm drapiert. Sie wollte sich mit Pamela Winslow, einer ihrer engsten Freundinnen, im Le Cirque zum Mittagessen treffen.

Wie sie stammte Pamela aus einer Einwandererfamilie; ihre Eltern waren strebsame, fleißige Bürger, allerdings nicht wie bei Sylvie von italienischer, sondern von polnischer Herkunft. Zu Hause war sie Pansy genannt worden, weil ihre

Mutter *Vom Winde verweht* geliebt und dort gelesen hatte, dass Scarlett ursprünglich Pansy heißen sollte. Kichernd hatten Sylvie und Pamela gemeinsam davon geträumt, die soziale Leiter hochzuklettern und sich einen reichen Ehemann zu angeln. Sie waren beide mit gutem Aussehen gesegnet. Von ihren polnischen Vorfahren hatte Pamela die blonden Haare und blauen Augen geerbt, Sylvie half bei ihren Haaren mit Bleichen nach. Zu ihren braunen Augen, dachte sie, sieht das immer gut aus. Und wie sie war auch Pamela zweimal geschieden.

Pansy hat dann aber einen reichen Typen an Land gezogen, sogar im gleichen Jahr, als ich Eduardo geheiratet habe, dachte Sylvie. Jetzt hat sie einen Haufen Geld, während ich mich mühsam durchschlagen und mir alles von Parker zusammenbetteln muss. Aber wenigstens hab ich einen Titel, der die Leute doch sehr beeindruckt, meistens jedenfalls.

Zeit, sich mal umzusehen, dachte sie.

Auf dem Weg zur Tür fing Robert sie ab und teilte ihr mit, dass Ms. Harper im Salon sei – allerdings habe sie nicht ausdrücklich darum gebeten, die Gräfin zu sprechen.

Sie kennt mich gut genug, um mir nicht auf die Nerven zu fallen, dachte Sylvie und beschloss trotzdem kurzerhand, mal einen Blick darauf zu werfen, was Harper so trieb.

Glady hatte die schweren Vorhänge und fast alle Möbel entfernen lassen. »Ich kenne einen erstklassigen Laden für gebrauchte Möbel und sonstigen Krimskrams, da bekommt man ganz anständige Preise für so was«, hatte sie zu Sylvie gesagt.

Jetzt war der Salon leer, die Wände waren mittlerweile in einem weichen Vanille-Ton gestrichen und nicht mehr in dem früheren grellen Gold. Glady Harper stand hinter dem Maler, der im Begriff war, die Täfelung zu bearbeiten.

»Ms. Harper«, sprach Sylvie die Innenausstatterin an.

Glady drehte sich um. »Ah, guten Morgen, Gräfin, oder muss man schon guten Tag sagen?« Sie sah auf die Uhr. »Na, geht ja vielleicht beides, es ist gerade kurz vor zwölf.«

Wie immer war sich Sylvie nicht sicher, ob in Harpers freundlichen Worten unterschwellig nicht auch etwas Verächtliches mitschwang. Sie beschloss, darauf nicht weiter einzugehen. Im Lauf der vergangenen Wochen jedenfalls hatte sie bemerkt, wie sich das Flair der gesamten Wohnung Stück für Stück verändert hatte. Elegant, aber einladend, so würde alles werden – genau wie Harper es versprochen hatte.

»Ach, Gräfin, bevor Sie gehen, würde ich gern noch kurz mit Ihnen reden.«

Sie will mehr Geld, ging Sylvie in einem Anflug leichter Panik durch den Kopf. »Natürlich, Ms. Harper.«

Glady trat näher. »Vielleicht sollten wir dazu lieber nach draußen gehen.«

Wahrscheinlich glaubt sie, der Maler kann die Flöhe husten hören, dachte Sylvie, als sie in den Gang hinaustraten.

Glady kam sofort zur Sache. »Die zweite Rate ist nächste Woche fällig.«

»Nächste Woche schon?«

»Natürlich, Gräfin. Die Gemälde von Sotheby's, die Möbel für den Salon, der Tisch im Speisezimmer, die Stühle dazu, das Sideboard, der Kerzenleuchter und die antiquarischen Teppiche in der ganzen Wohnung sowie der Stoff für die Fensterbehänge, dem Sie allem zugestimmt haben, das alles wird in den nächsten zwei Wochen geliefert.«

»Natürlich.« Sylvie versuchte zuversichtlich zu klingen. »Ich kann mich nicht erinnern, von Ihnen einen genauen Zeitplan für die jeweiligen Ratenzahlungen bekommen zu haben.«

»Ich denke, in unserem Vertrag ist genau festgelegt, in welchen Abständen die einzelnen Raten fällig werden.«

»Ach ja. Sie werden den Scheck nächste Woche erhalten, Ms. Harper.«

Mit erhobenem Kopf verließ sie die Wohnung. Robert wartete unten schon mit dem Wagen, um sie ins Le Cirque zu fahren. Es kam überhaupt nicht infrage, dass sie dort vor dem Türsteher aus einem Taxi kletterte.

Pamela war schon da. Das gehörte zu ihren kleinen Tricks. Bei ihren Verabredungen erschien sie immer zu früh, um den anderen das Gefühl zu geben, als hätten sie sie warten lassen.

Sie waren für halb eins verabredet, jetzt aber war es gerade mal 12.20 Uhr. »Hallo, Pansy«, begrüßte Sylvie sie gerade laut genug, damit der Oberkellner sie hörte.

»Hallo, Sally.«

Sie lachten beide.

Bei einem Gin-Martini tauschten sie zunächst Klatsch aus. Sylvie wusste, dass Pamela annahm, sie würde noch Kontakt zu Parker haben, was sie ihr gegenüber natürlich nie zugegeben hatte.

»Wie geht es Malcolm?«, fragte sie.

»Er ist so reich wie immer«, antwortete Pamela. »Und genauso langweilig.«

Malcolm Winslow, ein Börsenmakler, war sechsundzwanzig Jahre älter als Pamela. Sie war seine zweite Frau. Seine cleveren Börsengeschäfte hatten ihn zu einer Wall-Street-Legende gemacht, aber seine tief sitzende Abneigung gegen gesellschaftliche Anlässe jedweder Art war für Pamela, die nur allzu gern ihr Foto in den Zeitungen sah, ein großes Problem.

Mit einem Seufzen fragte sie jetzt: »Also, Sylvie, was gibt's bei dir Neues?«

»Ich lasse gerade meine Wohnung umgestalten. Von Glady Harper. Sie ist ein Miststück, aber sie ist gut.«

Pamela zog die Augenbrauen hoch. »Und teuer. Sehr, sehr teuer. Und du hast eine große Wohnung. Zwölf Zimmer, oder?«

Pamela gehörte zu den wenigen, die wussten, dass für Sylvie relativ wenig aus dem De-la-Marco-Vermögen abgefallen war.

»Ach, ich lasse alles gleich auf einmal machen, dann hab ich es hinter mir. Wahrscheinlich muss ich mich jetzt nach einem reichen Mann umsehen.«

»Dann mal zu. Aber dann müsstest du deinen Titel drangeben.«

»Niemals. Wenn ich einen finde, werde ich auf keinen Fall seinen Namen annehmen.«

Beim Salat und dem zweiten Gin-Martini wurde Pamela aber ernst. »Sylvie, eigentlich wollte ich es dir gar nicht erzählen, schließlich will ich dich nicht beunruhigen, aber seit gegen Parker Bennetts Sekretärin Anklage erhoben wurde, befragt das FBI wieder alle möglichen Leute, die ihm früher nahegestanden haben. Und sie ködern sie mit zwei Millionen Dollar Belohnung. So viel ist auf Informationen ausgesetzt, die zu seiner Ergreifung führen.«

»Hat sich das FBI bei dir auch schon gemeldet?« Sylvie schluckte nervös.

»Ja.«

»Und was hast du ihnen erzählt?«

»Was erwartest du denn? Ich hab ihnen gesagt, dass wir eng miteinander befreundet sind. Und dass ich nicht glaube, dass du etwas mit Parker zu tun hattest. Dass man dich allein mit Parker beim Essen sah, heißt doch noch gar nichts. Und ich habe ihnen gesagt, dass du eine gute Geschäftsfrau bist und der Graf an Demenz litt und du eine beträchtliche Summe in Parkers Fonds investiert hattest.«

Sie stockte kurz. »Na, wie ist das für eine gute Freundin? Aber im Ernst, Sylvie, ich denke, die Umgestaltung der Wohnung zum jetzigen Zeitpunkt ist ein großer Fehler.« Pamela nahm den letzten Schluck von ihrem Martini. »Hier also Folgendes. Du weißt, dass Barclay Cameron immer noch ein Auge auf dich geworfen hat. Das hat er mir erst letzte Woche wieder im La Grenouille erzählt. Er meint, er habe dich ein-, zweimal angerufen, aber du hattest nie Zeit für ihn.«

»Barclay Cameron! Der ist ja noch älter als Eduardo.«

»Nein, ist er nicht. Er ist zweiundachtzig, er ist gesund, einsam und Witwer. Sylvie, ich fürchte, die Polizei befasst sich gerade sehr gründlich mit deinen Finanzen. Und wenn sie beweisen kann, dass du große Beträge von Parker Bennett erhältst, musst du mit bis zu zwanzig Jahren Kittchen rechnen. Das hat das FBI angedeutet. Ich habe so das Gefühl, als wollten die Beamten, dass ich dir das mitteile.«

Als die Rechnung kam, teilten sie sich penibel den fälligen Betrag.

34

Eine Woche vor Thanksgiving trafen die Zierkissen für Anne Bennetts Wohnzimmer ein.

In den zwei Wochen davor hatte Lane von Eric nichts mehr gehört. Ich verstehe ja, warum er nicht anruft, redete sie sich ein. Er muss sich fürchterlich über das Foto von uns beiden in der Zeitung geärgert haben.

Das jedenfalls war das Erste, was ihr Anne Bennett bei ihrer Ankunft in Montclair erzählte.

»Ach, Lane. Eric hat sich so über dieses Foto aufgeregt«, sagte sie ihr, nachdem sie sie begrüßt hatte.

»Das ist doch nicht nötig«, wiegelte Lane ab und trug die großen Plastiktüten mit den Kissen ins Haus.

Sie zog ihren Mantel aus, legte ihn über einen Stuhl im Flur und ging ohne Umschweife ins Wohnzimmer. Sie nahm die Kissen heraus und platzierte sie auf der Couch und den Sesseln, trat zurück und betrachtete sich alles. »Genau so hab ich mir das vorgestellt«, sagte sie zu Anne. »Das Zimmer bekommt damit genau das gewisse Extra.«

Wieder einmal musste Lane an Gladys unerwartete Großzügigkeit denken. Im letzten Moment hatte Glady verfügt, dass die Ausstattung des Zimmers Anne nicht daran erinnern sollte, dass alles ursprünglich für das Dienstpersonal gedacht gewesen war. »Das ist jetzt alles ja ganz hübsch«, hatte sie zu Lane gesagt, »aber das heißt nicht, dass es mit etwas anderen Farben nicht noch hübscher werden könnte.«

So war die Couch jetzt in einem sandfarbenen Ton gehalten, und die Sessel hatten ein kleinteiliges Blumenmuster vor sandfarbenem Hintergrund.

Aus einem der Gästezimmer hatte Glady dann noch einen Perserteppich mit geometrischem Muster ausgesucht, der nicht nur ein Blickfang war, sondern dem Raum auch Wärme und Farbe verlieh. »Kein Wunder, dass der Auktionator den nicht mitgenommen hat«, hatte sie zu Lane gesagt. »Die Bennetts haben, ohne es mit mir abzusprechen, irgendeinen Idioten damit beauftragt, die ursprünglichen Fransen abzuschneiden und sie durch einen schreienden weißen Saum zu ersetzen.« Glady hatte an seiner Stelle einen besser passenden Besatz anbringen lassen.

Begeistert betrachtete Anne nun den Raum. »Oh, Lane, Sie wissen gar nicht, wie sehr ich dieses Haus mag. Im alten hatte ich immer das Gefühl, als müsste ich auf Zehenspitzen herumschleichen, damit ich ja nichts zerbreche.«

Es war elf Uhr. »Lane, Sie müssen mit mir noch eine Tasse Kaffee trinken«, kam es ganz entschieden von Anne.

Ausgeschlossen, dass Eric schon so früh zum Mittagessen auftauchte, dachte Lane. »Sehr gern«, erwiderte sie daher und meinte es auch so.

Vor ein paar Wochen hatte sie einmal hier zu Mittag gegessen, aber warum hatte sie jetzt das Gefühl, als wäre sie seitdem viele, viele Male hier gewesen? Und warum lauschte sie ständig auf die Tür, obwohl sie doch überzeugt war, dass sie nicht aufgehen und Eric nicht kommen würde?

Anne Bennett jedenfalls sah sehr viel besser und lebhafter aus, als sie ihr jetzt eine Tasse Kaffee hinstellte und sich selbst ebenfalls eine Tasse einschenkte.

Sie nahm Lane gegenüber Platz und lächelte sie an. »Ich muss Ihnen sagen, wie hübsch Sie sind. Eric hat mir das bestimmt schon an die hundertmal gesagt, seitdem er Sie kennengelernt hat. Lane, ich bin bald siebenundsechzig und war immer ein eher zurückhaltender Mensch. Parker stammte zwar aus bescheidenen Verhältnissen, aber er passte immer gut in die Kreise der Reichen. Ich habe mich in deren Gegenwart nie recht wohlgefühlt. Für mich war das immer eine Welt, in die ich nicht hineingehöre. Aber in dieses Haus hier, in das gehöre ich, und durch die Kirchengemeinde werde ich mir auch einen neuen Freundeskreis aufbauen.«

Kurz wandte sie den Blick ab. Als sie wieder zu Lane sah, glänzten ihre Augen unter einem zarten Tränenschleier. »Ich muss Ihnen sagen, ich mache mir große Sorgen um meinen Sohn. Die letzten zwei Jahre waren für ihn die Hölle. Er hat viele Kunden verloren. Egal, wo er ist, immer zeigt man mit dem Finger auf ihn. Er kann noch nicht mal mit Ihnen zum Essen gehen, ohne heimlich fotografiert zu werden.«

Sie nahm einen weiteren Schluck vom Kaffee, als wollte sie sich damit beruhigen. Aber dann füllten sich ihre Augen wieder mit Tränen. »Lane, Eric ist sehr in Sie verliebt. Er hat mir erzählt, er hat dieses Foto aus der Zeitung ausgeschnitten und es gerahmt in seiner Wohnung aufgestellt.«

Lane wusste nicht, was sie darauf sagen sollte.

Anne seufzte. »Sie erinnern sich an John Alden? Der wird in dem Gedicht von seinem Freund Captain Standish vorgeschickt, damit er an dessen Stelle um Priscillas Hand anhält. Und wissen Sie noch, was Priscilla darauf antwortet?«

»›Warum sprechen Sie nicht für sich selbst, John?‹ So in der Art, wenn ich mich recht erinnere.«

»Richtig. Trotz Priscillas Zurechtweisung möchte ich mich bei Ihnen für meinen Sohn einsetzen. Sicherlich sind Ihnen die Folgen klar, wenn man Sie regelmäßig mit ihm in der Öffentlichkeit sieht. Aber meinen Sie, es könnte Ihnen möglich sein, trotz allem mit diesem Problem zurechtzukommen? Eric wird Sie bestimmt niemals darum bitten, aber ich kann es. Denken Sie darüber nach.«

Anne stellte ihre Tasse ab. »Lane, Sie müssen nicht sofort antworten.« Dann griff sie in ihre Tasche, zog einen zusammengefalteten Zettel heraus und reichte ihn Lane. »Wahrscheinlich haben Sie sie schon, aber hier, zur Sicherheit, ist Erics Handynummer. Wenn er von Ihnen nichts hört, weiß er, was es zu bedeuten hat, dann wird er Sie auch nicht mehr belästigen. Sie sind mit der Arbeit hier fertig, nicht wahr?«

»Ja«, antwortete Lane leise.

»Gut, dann ist das hier vielleicht unser Abschied, auch wenn ich darum bete, dass dem nicht so sein möge.«

Fünf Minuten später war Lane auf dem Rückweg nach New York.

Ich weiß nicht, was ich machen soll, dachte sie.

Ich weiß es einfach nicht.

35

Nichts war Joel Weber mehr zuwider als Täter, die Kindern körperliches oder seelisches Leid zufügten. In seiner langen Laufbahn hatte er mit einigen solchen Fällen zu tun gehabt, und es war ihm immer eine Genugtuung gewesen, zur Aufklärung dieser Verbrechen beitragen zu können.

Fast ebenso zuwider waren ihm aber Snobs, die es auf das Geld von anständigen, hart arbeitenden Menschen abgesehen hatten, die gewissenhaft für ihre Rente oder für die Ausbildung ihrer Enkel sparten.

Das waren die kleinen Leute, die von Gaunern wie Bennett übers Ohr gehauen wurden und denen dann, wenn sie Glück hatten, nichts weiter blieb als ein Dach über dem Kopf. Und manchmal nicht einmal das. Einige von Bennetts Opfern hatten auf seinen Rat hin sogar noch Hypotheken auf ihre Immobilien aufgenommen. »Schaffen Sie Ihrem Geld doch an, Geld für Sie anzuschaffen« – so hatte Parker Bennetts Devise gelautet.

Es war schlichtweg unmöglich, dass Parker den nötigen Papier- und Verwaltungskram allein bewältigt hatte. Er hätte dazu mindestens einen, wenn nicht sogar zwei eingeweihte Mitarbeiter gebraucht.

Joel Weber hatte Bennetts Frau Anne als mögliche Mittäterin in Betracht gezogen. Sie und Bennett hatten schon zusammengearbeitet, bevor er sich selbstständig gemacht hatte. Aber nach ihrer Heirat vor fünfundvierzig Jahren hatte sie ihre Berufstätigkeit aufgegeben. Als der Betrug aufflog, hatte man sie gründlich durchleuchtet, aber nichts gefunden. Sie hatte bis zu ihrer Heirat immer nur als Sekretärin gearbeitet, hatte Diktate abgetippt, Briefe verfasst und sich um die Telefonate gekümmert.

In den Jahren vor dem Zusammenbruch des Bennett-Fonds hatte sie noch nicht einmal einen Computer besessen. Sämtliches Dienstpersonal in Greenwich hatte das bestätigt.

Ihr Sohn war natürlich ein ganz anderes Kaliber. Mit zweiundzwanzig Jahren hatte er seine Karriere bei Morgan Stanley begonnen, wo er eine technische Ausbildung und Zugang zur unternehmensweiten Datenbank mit sämtlichen Kontoauszügen und Bilanzzahlen erhalten hatte. Daten, die er leicht an seinen Vater hätte weiterleiten können. Parker hätte dann nur noch die entsprechenden Namen und Beträge abändern müssen, bevor er die Berichte an seine Investoren weiterleiten konnte.

Weber hatte eine Liste mit allen Schulen und Universitäten erstellt, die Eric Bennett besucht hatte. Es waren exakt diejenigen, die man für ein Kind, das aus wohlhabendem Haus stammte und zudem nicht auf den Kopf gefallen war, erwarten durfte: bis zur achten Klasse die Greenwich Country Day School, dann die Andover Prep in Westfield, Connecticut, und das Magna Carta College in Montpelier.

Während des ersten Semesters im zweiten Jahr am Magna Carta hatte Eric überraschend das College verlassen und war ans Trinity College in Dublin gewechselt, wo er schließlich sein Studium abschloss.

Es ist verständlich, dass er ein Jahr im Ausland verbringen möchte, dachte Weber, aber warum wechselt man dazu mitten im Semester? War da irgendetwas passiert? Hatte er Schwierigkeiten gehabt? Gab es irgendeinen Grund, warum er ins Ausland gegangen war?

Vielleicht ist das ein Anhaltspunkt, mal sehen, was sich daraus ergibt, beschloss er.

Am nächsten Tag fuhr er nach Montpelier, Vermont, und suchte dort die Verwaltungsstelle des College auf. Dort teilte man ihm in aller Höflichkeit mit, dass Eric Bennett aus eigenem Wunsch abgegangen sei, mehr könne man ihm leider nicht sagen.

Enttäuscht ging Weber hinüber zur Bibliothek, und einem Impuls folgend sah er dort nach, wer alles zu den großen Wohltätern des College gehörte.

Er fand, wonach er gesucht hatte. Exakt im gleichen Monat, in dem Eric Bennett so plötzlich ausgeschieden war, hatte sein Vater Parker Bennett dem Förderfonds des College zehn Millionen Dollar gespendet.

36

Parker Bennett traf die letzten Vorbereitungen, um St. Thomas zu verlassen. Zwei Jahre zuvor war er mit nichts weiter als den Kleidern, die er am Leib trug, aus seinem Leben als Parker Bennett geschieden.

Manchmal fragte er sich, was mit all seinen maßgefertigten Anzügen und Hemden und Krawatten und Schuhen in den Schränken in Greenwich geschehen war. Waren sie verkauft oder als Spende weggegeben worden? Er hoffte, Anne war nicht so sentimental, um sie im Schrank vermodern zu lassen. Das hatte seine Mutter nach dem Tod seines Vaters getan. Großer Gott, dachte Parker. Wir hatten in der tristen Wohnung ganze zwei Kleiderschränke, und einer davon war ein Schrein für meinen Vater. Er hatte seine Postrunde noch beendet, dann war er mit einem Herzinfarkt tot umgefallen. Mit nur siebenundvierzig Jahren, aber er war eben ein Raucher. Es gab kein einziges Foto von ihm, das ihn nicht mit einer Zigarette zeigte.

Diesmal achtete Parker darauf, Kleidung zu kaufen, die so unauffällig wie möglich war. Winterjacke mit Reißverschluss, Mütze mit Ohrenschützer, schwere Schuhe.

Er wusste immer noch nicht, ob er sich mit Sylvie treffen sollte. Er war sich nicht sicher, ob er ihr trauen konnte. Es war ein Fehler gewesen, seinem Ärger Luft zu machen, als sie ihn vergangene Woche um zwei Millionen Dollar angegangen war. Sie sollte auf keinen Fall denken, dass er knapp bei Kasse wäre.

Beim nächsten Mal, wenn sie anrief, wollte er sich viel entgegenkommender geben: »Natürlich, meine Liebe, mach ich gern, wird sofort erledigt.«

Aber da war noch etwas. Im Wirtschaftsteil des *Wall Street Journal* hatte er gelesen, dass das FBI zwei Millionen Dollar für Informationen ausgesetzt hatte, die zu seiner Ergreifung führten.

Das änderte die Lage grundlegend. Solche Belohnungen wurden in Fällen wie diesen nur selten öffentlich gemacht. War es möglich, dass Sylvie irgendetwas herausgerutscht war? Vielleicht im Beisein einer Freundin, nachdem sie ein paar Gin-Martinis zu viel getrunken hatte? Insgeheim hatte er so etwas immer befürchtet, jetzt, nach der ausgelobten Belohnung, stellte diese Möglichkeit eine nicht zu unterschätzende Bedrohung für ihn dar.

Er hatte überall auf der Insel verkündet, dass er wegen eines Auftrags für die britische Regierung im Lauf der nächsten sechs Wochen abreisen müsse. Er wollte doch nicht den Eindruck erwecken, dass er es in irgendeiner Weise eilig hätte.

Es würde also kaum auffallen, wenn er jetzt überall erzählte, dass der Termin vorgezogen worden sei und er schon am Monatsende fortmüsse.

Er war an diesem Nachmittag mit Len zum Golf verabredet. Dem jedenfalls konnte er jetzt nicht mehr absagen. Aber sollte Len wieder auf seiner Ähnlichkeit mit Parker Bennett herumreiten, hatte er sich vorgenommen, ihn an den Typen zu erinnern, der damals Lyndon B. Johnson so ähnlich gesehen hatte, dass er für Whiskey Werbung gemacht und sogar einen Auftritt in der Johnny-Carson-Show gehabt hatte, wo er, ohne ein Wort zu sagen, hinter Carson durchs Bild gelaufen war. Das war alles zu der Zeit gewesen, als Lyndon B. Johnson im Weißen Haus gesessen hatte.

Das würde hoffentlich reichen, dachte Parker und spürte, wie sein Selbstvertrauen zurückkehrte und er sich gewappnet sah, diesen selbst ernannten Witzbold in die Schranken zu weisen.

Und außerdem wollte er ihm heute eröffnen, dass er zu seinem großen Bedauern bald nach England zurückmüsse.

37

FBI-Agent Jonathan Pierce alias Tony Russo hatte in Anne Bennetts Eigenheim ein Abhörsystem angebracht, das kaum aufzuspüren war.

Er hatte die Geräte am zweiten Sonntag installiert, nachdem Anne zur Messe aufgebrochen war; an jenem Tag, als er auch den alten schwarzen Wagen am Haus hatte vorbeifahren sehen. Es war nicht schwer gewesen, unbemerkt ins Haus zu gelangen. Der Sensor für die Alarmanlage befand sich an der Tür von der Garage ins Aufenthaltszimmer. Natürlich gab es einen weiteren Sensor am Eingang, und natürlich ging er nicht das Risiko ein, sich dort blicken zu lassen.

Die Arbeiten hatten nicht lange gedauert. Als Anne Bennett zurückkehrte, hatte sie keine Ahnung, dass von nun an jedes Wort, das im Wohnzimmer, in der Küche, im Esszimmer, in den Schlafzimmern und im Aufenthaltsraum gesprochen wurde, aufgezeichnet würde.

An diesem Sonntag hatte er nichts zu hören bekommen, was von irgendwelchem Nutzen gewesen wäre. Anne Bennett war keine von diesen Leuten, die mit sich selbst redeten. Nur einmal telefonierte sie mit einer Freundin, äußerte dabei aber nichts von Belang.

Seine Aufgabe war es herauszufinden, ob sie oder ihr Sohn noch Kontakt zu Parker Bennett hatten.

Jon wusste, dass auch Eric Bennetts New Yorker Wohnung verwanzt war, aber Eric war schlau genug, nichts zu äußern, weder zu Hause noch am Telefon oder Handy, was ihn möglicherweise hätte belasten können. Allerdings besuchte er jeden zweiten Tag seine Mutter, um mit ihr zu Abend zu essen. Auch an diesem Sonntag traf er bei ihr ein.

Irgendwann kam dabei Anne auf ihren Mann zu sprechen. »Eric, ich weiß, du hältst mich für verrückt, aber ich habe das komische Gefühl, dass dein Vater noch am Leben ist.«

»Schlag dir das aus dem Kopf, Mom«, antwortete Eric. »Angenommen, er wäre wirklich noch am Leben – kannst du dir vorstellen, wie schlimm es dann für ihn wäre, wenn er den Rest seines Lebens im Gefängnis verbringen müsste? Denn damit muss er rechnen, wenn er gefasst würde.«

»Gut, Eric«, erwiderte Anne, »aber nehmen wir mal an, dein Vater lebt noch und hat immer noch einen Großteil der unterschlagenen Gelder. Würde man ihm da nicht einiges nachsehen können? Ich meine, könnte er sich dann nicht herausreden, wenn er sagt, er hätte eine Art psychischen Zusammenbruch erlitten?«

»Mom, niemand wird ihm irgendetwas nachsehen, und niemanden interessiert es, ob er einen psychischen Zusammenbruch hatte. Es sind zwei Millionen Dollar Belohnung ausgesetzt. Jeder, der weiß, wo er sich aufhält, wird sich jetzt fieberhaft überlegen, wie er am schnellsten an die Belohnung kommt.«

Annes nächste Frage aber schreckte Jonathan Pierce auf. »Wie steht es mit seiner Geliebten, dieser Gräfin? Wenn dein Vater noch lebt, möchte ich wetten, dass sie mit ihm noch Kontakt hat.«

»Mom, Dad hat immer geglaubt, du würdest von ihr nichts wissen.«

Jonathan Pierce musste erkennen, dass Anne Bennett durchaus über einen sehr handfesten Sinn für die Realität verfügte und ihrem Sohn jetzt auf den Zahn fühlte.

»Eric«, sagte sie, »ich bin überzeugt, dass du mit den Machenschaften deines Vaters nichts zu tun hast. Ich bin mir nur nicht sicher, ob du nicht doch mit ihm irgendwie in Verbindung stehst – falls er noch lebt. Ich bin weder taub noch blind noch dumm. Mir war immer, von Anfang an, klar, dass Parker ein Mann ist, auf dessen Treue ich mich nie würde verlassen können.«

Sie verstummte. Pierce lauschte angestrengt, damit ihm kein Wort entging.

»Eric«, fuhr Anne Bennett schließlich fort, »ich weiß von jeder einzelnen Affäre deines Vaters. Aber ich habe unsere Ehe immer als eine Verbindung gesehen, in der die Frau glücklich mit ihrem Mann zusammenleben kann, weil sie weiß, auf wen sie sich einlässt. Aus diesen Grund vermochte ich ihm seine Untreue immer nachzusehen. Dein Vater hatte ungefähr acht Jahre lang eine Beziehung mit der Gräfin und mit vielen anderen Frauen davor. Aber wenn er am Leben sein sollte und sie davon weiß, dann habe ich Angst um ihn. Ich schätze sie als eine Frau ein, die ihn ohne die geringsten Skrupel verraten würde, wenn sie von der ausgesetzten Belohnung erfährt.«

Bald darauf verabschiedete sich Eric, und Jonathan Pierce saß lange nur da und ließ sich das Gehörte noch einmal durch den Kopf gehen.

Anne Bennett hatte Eric gewarnt, dass die Gräfin Sylvie de la Marco für seinen Vater eine Bedrohung darstellen könnte. Unterschwellig schien damit die Aufforderung verbunden, die Botschaft an seinen Vater weiterzuleiten – immer vorausgesetzt, dieser war tatsächlich noch am Leben.

Im weiteren Verlauf der Woche hörte er noch, wie Anne

Bennett Lane mit tränenerstickter Stimme erklärte, wie sehr Eric in sie verliebt sei.

Und das von einer Frau, die vermutet, dass ihr Mann noch am Leben war und sein Sohn Kontakt mit ihm hatte!

Lane, lass dich nicht in diese schmutzige Sache hineinziehen. Lass dich nicht mit hineinziehen.

38

Etwas befangen, aber auch aufgeregt wählte Eleanor Becker die Nummer von Sean Cunningham. Der Arzt saß an seinem Schreibtisch. Mit der Arbeit am Buch ging es gerade gut voran, und da er sich nicht stören lassen wollte, beschloss er, den Anruf dem Anrufbeantworter zu überlassen. Aber dann fiel sein Blick aufs Display, und er sah, dass es sich um Eleanor Becker handelte. Also hob er ab.

»Eleanor, wie geht es Ihnen, und wie geht es Frank?«

»Wie es mir geht? Wie nicht anders zu erwarten. Und Frank, na ja, Sie wissen doch, die viele Anspannung tut ihm nicht gut.«

»Nein.«

»Sean, Sie haben mir gesagt, ich soll versuchen, mich an Dinge zu erinnern, die mir seltsam vorgekommen sind. Sie wissen schon, über Parker Bennett.«

»Ja.« Hoffentlich ist ihr etwas eingefallen, flehte er im Stillen, etwas, was uns weiterhelfen kann.

Eleanor beschrieb, wie sie und Parker Bennett mit den Köpfen zusammengestoßen waren. »Ich meine, es war nicht nur ein kleiner Rums. Und jetzt ist mir wieder eingefallen, dass ihm einige Karten aus der Brieftasche gerutscht sind, und als ich eine davon aufheben wollte, hat er sie mir regelrecht aus der Hand gerissen. Ich glaube, er wollte nicht, dass ich sie sehe.«

»Wann war das?«

»Kurz nach dem Umzug ins neue Büro.«

Vermutlich hatte er da den Betrug schon längst geplant, dachte sich Sean. »Wissen Sie, um was für eine Karte es sich gehandelt hat?«

»Ja, es ist mir wieder eingefallen. Es war ein Führerschein, aber kein amerikanischer. Mehr weiß ich leider nicht mehr – obwohl ich ihn klar und deutlich vor Augen hatte.«

»Eleanor, das kann außerordentlich wichtig sein. Könnten Sie sich vorstellen, sich hypnotisieren zu lassen, damit wir so vielleicht mehr über diesen Führerschein in Erfahrung bringen können?«

»Das ist mir aber unheimlich. Tut das weh?«

»Nein, Eleanor. Eine Hypnose ist absolut schmerzlos.«

»Ich meine, ich scheue die Schmerzen nicht, nur ... es ist für mich eine sehr ungewohnte Vorstellung. Wenn es aber dazu beitragen kann, Mr. Bennett oder das Geld zu finden, dann bin ich gern dazu bereit.«

»Eleanor, es kann gut sein, dass dabei auch gar nichts herauskommt, aber einen Versuch ist es wert. Ich werde einen Termin bei einem Psychiater vereinbaren, der auch ein sehr guter Hypnotiseur ist, und melde mich dann wieder bei Ihnen.«

Sean verabschiedete sich von Eleanor, legte das Telefon aber gar nicht aus der Hand, sondern wählte die Nummer von Rudy Schell und erzählte ihm davon.

»Rudy, ich habe mal gehört, dass das FBI in manchen Fällen Hypnose einsetzt – wenn jemand dazu gebracht werden soll, sich an bestimmte Ereignisse zu erinnern.«

»Ja, Sean, das tun wir. Warum fragst du?«

»Weil es möglich ist, dass Eleanor Becker Unterstützung braucht, damit sie sich an etwas erinnert, was sich möglicherweise ganz am Anfang von Parker Bennetts Betrug zugetragen hat. Sie glaubt, einen Führerschein gesehen zu haben, es war aber definitiv kein amerikanischer Führerschein, und Bennett hat ihn ihr damals mehr oder weniger aus der Hand gerissen.«

Rudy Schell hatte gehofft, die Auslobung der zwei Millionen Dollar Belohnung könnte für alle, die irgendetwas über Parker Bennett wussten, ein Anreiz sein. Aber bislang hatte Sal Caparo, der FBI-Agent, der alle Personen abklapperte, die früher regelmäßig mit Bennett zu tun gehabt hatten, nichts aufgetan.

Seine größte Hoffnung ruhte auf Pamela Winslow, einer engen Freundin der Gräfin Sylvie de la Marco. Die beiden kannten sich seit ihrer Jugend auf Staten Island und waren seitdem befreundet – deswegen hoffte Rudy auch, dass die Gräfin ihr möglicherweise etwas über Parker anvertraut hatte.

Nur, für die Ehefrau eines Milliardärs waren zwei Millionen Dollar Belohnung natürlich nur ein Taschengeld. Pamela hatte ihre Freundin entschieden verteidigt und behauptet, Sylvie de la Marco habe sich mit Parker Bennett immer nur rein geschäftlich getroffen.

Vielleicht konnte also jetzt Eleanor Becker unter Hypnose ein paar Dinge beisteuern, die zur Verhaftung von Parker Bennett führen würden.

39

Ranger fand heraus, wo man sich illegal Waffen besorgen konnte, hatte aber nicht die geringste Ahnung, welche er kaufen sollte. Er steuerte mit seinem Wagen eines jener Viertel in der Bronx an, die als Brennpunkt der Kriminalität galten.

In der heruntergekommenen, trostlosen Gegend mit den eingeschlagenen Fensterscheiben und dem Müll auf den Straßen fiel sein eigener Wagen kaum auf.

Er fuhr vorsichtig und beäugte aufmerksam die jungen Männer, die zu dritt oder viert an den Straßenecken herumlungerten. Er wusste nicht recht, was er tun sollte. Einfach einen von denen ansprechen? Was, wenn die überhaupt keine Waffen verkauften? Was, wenn das alles ganz normale Jugendliche waren und ihn an die Polizei verpfiffen?

Nervös fuhr er sich über die Lippen, während er langsam durch das Viertel kurvte. Dann hielt er an einer Ampel, und ein Typ, der nicht älter als sechzehn sein konnte, schlenderte zu ihm herüber und klopfte an die Seitenscheibe.

»Hey, Alter, was suchst du? Pot, H, Koks?«

Ranger schluckte. Im ersten Moment war er völlig sprachlos, dann flüsterte er mit heiserer Stimme: »Es gibt da einen, der mir ans Leder will. Ich brauch eine Waffe.«

»Klar, was für eine?«

»Weiß nicht – was Einfaches. Ich meine, nur um mich zu schützen.«

»Klar. Schon mal eine abgefeuert?«

»Nein.«

»Gut. Dann machen wir's dir einfach. Du brauchst eine Smith & Wesson .38er Special. Fahr an den Straßenrand.«

Ranger stellte den Wagen ab, und der Junge verschwand in der dunklen Gasse zwischen zwei Wohnblocks. Fünf Minuten später war er zurück, die rechte Hand hatte er in der Hosentasche verborgen. Er blickte erst die Straße auf und ab, dann zog er die Hand aus der Tasche. »Die Beste«, sagte er stolz. »Wie versprochen, eine .38er Special Smith & Wesson, Zwei-Zoll-Lauf. Geladen. Du hast fünf Schuss, bevor du nachladen musst.« Er reichte sie Ranger.

Behutsam nahm Ranger sie entgegen und glaubte, dass sie ihm gut in der Hand lag. »Fünf Schuss, sagst du?«

»Fünf. Die Bullen hatten eine Zeit lang das gleiche Modell. Genauso einfach zu benutzen wie eine Wasserpistole.« Der Junge lachte. »Aber wenn du aus der Nähe von so einer getroffen wirst, hast du nicht das Gefühl, dass es eine Wasserpistole ist. Höchstwahrscheinlich bist du dann nämlich tot.«

Nervös legte Ranger sie ins Handschuhfach.

»Wie viel?«, fragte er.

»Zweihundert Mücken.«

Ranger wollte nichts wie weg, raus aus der Gegend, in der die Polizei doch mitbekommen musste, was hier vor sich ging. Er zückte die Brieftasche und gab dem Jungen das Geld. Dessen freundliches »bis zum nächsten Mal, Alter« hörte Ranger schon nicht mehr, nachdem er sofort das Fenster schloss und den Motor anließ.

Und ebenso wenig bemerkte er, wie der Junge in schallendes Gelächter ausbrach, als er das Geld zählte. Zweihundert Mücken für die Schrottknarre, dachte er, und dann war der Alte auch noch so nervös, dass er mir glatt zwanzig extra draufgelegt hat. Besser kann der Tag gar nicht laufen!

40

Am Montag nach Lanes Besuch bei Anne Bennett fanden sich Lane und Glady in der gräflichen Wohnung ein. Sie erwarteten dort die Anlieferung von zwei antiken Beschir-Teppichen für den Salon.

»Weißt du noch, was Ms. Etepetete gesagt hat, als ich ihr die Fotos von den Teppichen gezeigt habe?«, fragte Glady Lane.

»Natürlich. Sie würden ihr etwas matt erscheinen. Kräftigere Farben würden ihr besser gefallen.«

Die Teppiche waren in weichen Creme-, Beige- und Terrakotta-Tönen gehalten und verliehen dem eher modernen Ambiente eine gediegene Eleganz. Auch die Decke und die Täfelung im Salon waren mittlerweile creme-beige gestaltet. Kronleuchter aus österreichischem Kristall hingen über den beiden Sitzgruppen.

»Hoffentlich hat sie so viel Grips, dass sie das alles überhaupt wertzuschätzen weiß«, entfuhr es Glady schnippisch.

Dann änderte sie wie so oft abrupt das Thema. »Lane, was ist los mit dir? Du siehst aus, als hättest du deine beste Freundin verloren. Es macht mich ganz depressiv, wenn du so ein langes Gesicht ziehst. Was ist?«

Lane wusste nicht recht, ob sie sich Glady anvertrauen sollte, rang sich dann aber doch dazu durch. »Als ich Anne Bennett die Kissen gebracht habe …«

»Die ich ihr kostenlos überlassen habe!«

»Ja, Glady. Als ich ihr jedenfalls diese Kissen gebracht habe, hat sie mir erzählt, dass Eric in mich verliebt ist und mich nicht anzurufen wagt, weil er fürchtet, ich könnte mich über die Fotos von uns in der *Post* ärgern.«

»Ja, da tut er auch gut daran«, antwortete Glady in scharfem Ton.

»Glady, ich glaube, Eric ist unschuldig.«

»Ich glaube das nicht.«

»Ich weiß, aber lass mich ausreden. Ich bin keineswegs bereit für eine ernsthafte Beziehung mit Eric, aber ich mag ihn, und ich will nicht zu den Leuten gehören, die ihn wegen seines Vaters verurteilen. Ich werde ihn also anrufen. Und auch Katie hat einen Narren an ihm gefressen.«

»Lane, wenn du dich mit ihm treffen willst, dann pass auf. Du triffst dich mit ihm keinesfalls in deiner Wohnung, sonst begegnet ihm wieder Katie. Und wenn möglich, gehst du mit ihm auch nicht in ein Restaurant in Manhattan. Die Paparazzi sind vielleicht an euch gar nicht so interessiert, aber es gibt unzählige andere, die es kaum erwarten können, den Klatschkolumnisten neuen Stoff zu liefern.«

Sie hielt inne. »Es hat geklingelt. Wahrscheinlich kommen jetzt die Teppiche.«

Als die beiden stämmigen Lieferanten die Teppiche ausrollten, kam Glady wieder auf das Thema zu sprechen. »Lane, ein letztes Wort noch. Wenn du schon meinst, dass du dich unbedingt mit ihm treffen musst, dann in einem Restaurant in New Jersey. Geh mit ihm essen, aber nachher fährst du sofort nach Hause. Es sind zwei Millionen Dollar für Informationen über seinen Vater ausgesetzt, das ist vor Kurzem bekannt geworden. Würde mich nicht überraschen, wenn jemand wie unsere Königliche Nichtigkeit sich plötzlich berufen fühlt, gewisse Dinge auszuplaudern. Und wenn Bennett gefasst wird und alles gesteht, dann wette ich jeden Cent, den ich in meinem

Leben verdient habe, dass Eric in die gleiche Keksdose gegriffen hat wie sein Vater.«

An diesem Abend, nachdem Katie im Bett war, rief Lane Eric an. Er meldete sich beim ersten Klingeln. »Lane, wie geht es Ihnen?«

»Gut.« Sie zögerte. »Sie wissen sicherlich, dass Ihre Mutter mir von Ihnen erzählt hat.«

»Ja. Bekomme ich jetzt einen Korb von Ihnen?«

»Nein, Eric. Ich bin gern mit Ihnen zusammen, und ich würde Sie gern wiedersehen, aber vorerst möchte ich es dabei belassen, dass wir uns nur einmal in der Woche zum Essen treffen, zumindest für die nächste Zeit.«

»Mehr kann ich mir nicht wünschen, Lane. Ich hoffe bloß, dass mein Vater, falls er wirklich noch am Leben sein sollte, bald gefasst wird. Das ist die einzige Möglichkeit, um mich von allen Anschuldigungen reinzuwaschen. Wann können wir uns treffen?«

»Ich werde an Thanksgiving mit Katie zu meiner Mutter nach Washington fahren. Am Sonntag sind wir zurück.« Sie wusste nicht, wie Eric darauf reagieren würde, aber sicherlich war ihm bekannt, was ihr Stiefvater Dwight Crowley über ihn geschrieben hatte und immer noch schrieb.

Sein Ton aber hatte sich nicht im Geringsten verändert, als er antwortete: »Wenn Sie am Sonntag wieder hier sind, rufe ich Sie am Abend an. Ansonsten wünsche ich Ihnen und Katie ein schönes Thanksgiving.«

Bevor sie etwas erwidern konnte, hatte er schon aufgelegt.

41

Am Tag vor Thanksgiving traf eine höchst nervöse Eleanor Becker in der Praxis des Psychiaters und Hypnotiseurs Dr. Steven Papetti ein. Sean Cunningham war ebenfalls anwesend.

Sean hatte Eleanor gefragt, ob sie etwas dagegen habe, wenn Rudy Schell bei der Sitzung dabei wäre. »Eleanor, ich weiß, er steht Ihnen wohlwollend gegenüber und hofft inständig, dass Sie sich unter Hypnose an irgendetwas erinnern können, was zur Festnahme von Parker Bennett führt. Das kann Ihnen und Ihrem Gerichtsverfahren nur zugutekommen. Reden Sie mit Ihrem Anwalt und erkundigen Sie sich, ob er einverstanden ist.«

»Ich werde ihm nur Bescheid geben, dass ich es mache«, antwortete Eleanor entschieden. »Es ist mir egal, was er dazu sagt. Ich zahle ihn doch nicht dafür, dass er dort mit herumsitzt und sich alles ansieht. Und Sie haben recht, Sean. Ich spüre auch, dass Rudy Schell an meine Unschuld glaubt.«

Als Rudy Schell sie jetzt in der Praxis sah, sprang er von seinem Stuhl auf, eilte ihr entgegen und umfasste aufrichtig besorgt ihre beiden Hände.

»Mrs. Becker«, begann er, »ich kann nachvollziehen, wenn Sie mir gegenüber Vorbehalte haben. Aber bitte glauben Sie mir: Es gehört nun mal zu meinen Aufgaben als FBI-Beamter, Indizien und Beweise gegen Verbrecher zu sammeln. Aber es ist auch unsere heilige Pflicht, Unschuldige vor ungerechtfertigter Strafe zu schützen. Sie haben immer beteuert, an Parker Bennetts Betrug nicht beteiligt gewesen zu sein.«

»Ich hatte damit nie etwas zu schaffen«, erwiderte Eleanor mit brüchiger Stimme. »Mir tun sie alle leid, diese armen Menschen, die ihr Geld verloren haben. Vielleicht bin ich dumm, schrecklich, schrecklich dumm, weil ich ihn nicht nur für einen Geschäftsmann, sondern auch für einen Menschenfreund gehalten habe.«

Frank legte den Arm um seine Frau. »Schon gut, meine Liebe, schon gut.« Er sah zu Rudy Schell. »Sind Sie überhaupt in der Lage, Eleanors Anteil an dieser fürchterlichen Sache wirklich unvoreingenommen zu beurteilen?«

»Ja, das kann ich«, kam Schells prompte Antwort.

Sean hatte sich bislang zurückgehalten. »Eleanor«, begrüßte er sie jetzt, »Sie machen das alles ganz wunderbar. Sie haben sich an diesen Vorfall erinnert, der Ihnen so seltsam erschienen ist, und mit Dr. Papettis Hilfe werden Sie sich jetzt auch alles andere oder fast alles wieder ins Gedächtnis rufen. Können Sie sich noch an die Werbung für die Ivory-Seife erinnern?«

»Die zu neunundneunzig und vierundvierzig Hundertstel Prozent rein ist?«, antwortete Eleanor mit einem Lächeln. »Aber ich habe immer Camay benutzt. ›Die Seife für die schöne Frau.‹ Ich dachte mir, wenn ich sie benutze, werde ich auch schön.«

»Sie sind eine Camay-Schönheit, und mit ein bisschen Glück wird auch Ihre Erinnerung so rein sein wie die Ivory-Seife.«

Sie mussten beide lachen. Rudy Schell fiel dabei auf, wie gebrechlich sowohl Eleanor als auch Frank Becker geworden waren.

Beide hatten sie in den vergangenen zwei Jahren nicht nur abgenommen, auch ihre Mienen hatten sich einander angeglichen – sie wirkten jetzt mutlos und vorsichtig, als erwarteten sie jeden Moment den nächsten Schicksalsschlag. Eleanors überraschendes Lachen allerdings machte ihm mit einem Mal auch wieder klar, was mit Menschen geschah, die in die Mühlen der Justiz gerieten. Jeder, der am Anfang ihrer Ermittlungen zu Eleanor Becker befragt worden war, hatte sie als einen fröhlichen Menschen beschrieben. Das nun war das erste Mal, dass er an ihr etwas wahrnahm, was diese Aussage zumindest entfernt bestätigen konnte.

Kaum hatten sie ihre Mäntel abgelegt und aufgehängt, als die Frau am Empfang sie in das Behandlungszimmer des Arztes führte.

Dr. Steven Papetti war etwa Mitte fünfzig, ein attraktiver Mann mit dichtem grauem Haar. Er erhob sich von seinem Schreibtisch und begrüßte sie mit einem freundlichen Lächeln. Eleanor, die sich an Franks Hand festhielt, nickte ihm schüchtern zu.

Der Raum war groß. Vor dem Fenster stand ein lederner Liegesessel, ihm gegenüber ein Schreibtischstuhl, dazu drei Klappstühle, die zwischen dem Sessel und dem Schreibtisch aufgestellt waren.

Dr. Papetti bat Eleanor, im Sessel Platz zu nehmen und es sich bequem zu machen.

»Sie wissen nicht, was Sie erwartet?«, fragte er.

»Nein, eigentlich nicht.«

»Gut, dann reden wir doch erst einmal darüber, warum Sie hier sind.«

»Na, ich gehe davon aus, dass Sie das wissen. Ich bin hier, um mich an etwas zu erinnern, was der Polizei möglicherweise helfen kann, Parker Bennett zu finden.«

»Genau, Eleanor. Dr. Cunningham hat Ihnen wahrscheinlich schon das eine oder andere über die Hypnose erzählt. Nun, wir werden versuchen, ganz weit in Ihrer Erinnerung zurückzugehen, weil wir Informationen finden wollen, die dort bislang verschüttet waren. Das ist ungefähr so, als wenn Sie etwas suchen, was Sie verlegt haben, einen Schlüssel zum Beispiel oder Ihr Handy.«

Eleanor lächelte. »Oh, da kenne ich mich aus. Es vergeht kaum ein Tag, an dem ich nicht meine Brille suchen muss, und es ist immer eine große Erleichterung, wenn man sie dann wiederfindet.«

Eleanor entspannte sich zusehends unter Dr. Papettis behutsamem Zuspruch.

»Eleanor, Ihnen ist bewusst, dass Dr. Cunningham und FBI-Agent Rudy Schell während unserer Sitzung anwesend sein werden?«

»Und Frank«, fügte sie schnell hinzu. Kurz blitzte die alte Angst wieder auf. »Frank bleibt doch auch hier, oder?«

»Natürlich bleibt er, Eleanor. Lehnen Sie sich bitte zurück und legen Sie die Beine hoch. Sie müssen den Sessel nicht ganz nach hinten kippen, eine leichte Neigung reicht völlig aus, damit Sie ganz entspannt und bequem sitzen können. Und jetzt möchte ich, dass Sie die Augen schließen und alles hier in diesem Raum vergessen.«

»Ich werde es versuchen.«

Sean Cunningham, Rudy Schell und Frank lauschten aufmerksam, während Dr. Papetti mit leiser, sanfter Stimme Eleanor dazu aufforderte, sich vorzustellen, in einen Aufzug zu steigen. Und dieser Aufzug solle in dem imaginären Gebäude bis ganz nach oben fahren und auf jedem einzelnen der insgesamt elf Stockwerke anhalten, und sie würde die Fahrt sehr genießen.

»Können Sie sich damit anfreunden?«, fragte Dr. Papetti.

»Ich glaube schon, ja.« Fragend sah sie zu Frank. Als er den Daumen nach oben reckte, lehnte sie sich wieder zurück.

»Eleanor«, sagte Dr. Papetti, »schließen Sie die Augen und stellen Sie sich vor, wie Sie in den Aufzug steigen.« Langsam, ganz langsam führte er sie anschließend nach oben, ließ sie auf jeder Etage des elfstöckigen Gebäudes anhalten, und dann sagte er: »So, Eleanor, und jetzt fahren wir wieder hinunter. Sie sinken mit dem Aufzug immer tiefer, es geht immer weiter nach unten. Gefällt Ihnen diese Fahrt?«

»Ja.« Eleanors Stimme hatte jetzt etwas Monotones.

»Und nun sind wir im zehnten Stock, und nun im neunten, nun im achten Stock.« Wieder fragte Dr. Papetti, ob sie wisse, dass sie nach unten fuhr.

Schließlich, als der eingebildete Aufzug das Erdgeschoss erreicht hatte, sagte Dr. Papetti: »Eleanor, es ist jetzt an der Zeit, dass Sie in Parker Bennetts Büro gehen. Sie haben vor nicht allzu langer Zeit für ihn zu arbeiten begonnen. Beschreiben Sie mir sein Büro.«

Mit stockender Stimme begann Eleanor: »Es ist ein so schönes Büro.«

»Wie groß ist es, Eleanor?«

»Es hat einen Empfangsbereich, und Mr. Bennett hat außerdem ein großes Büro für sich allein.«

»Wie ist es eingerichtet?«

»Er hat alles neu machen lassen, es ist also sehr bequem. Dazu gibt es eine kleine Küche. Da mache ich Tee oder Kaffee für die Kunden, die zu Mr. Bennett kommen.«

»Haben Sie Ihr eigenes Arbeitszimmer, Eleanor?«

»O ja. Es liegt am Ende des Gangs. Da habe ich meine Unterlagen, die Kopien der Briefe und der Einladungen, die ich an die Leute verschicke. Aber meistens sitze ich an der Rezeption und nehme Telefonanrufe entgegen und empfange die Gäste.«

»Arbeitet sonst noch jemand hier, Eleanor?«

»Nein, nicht im Büro. Die Kundenkonten und alles, was mit ihnen zu tun hat, werden woanders verwaltet.«

»Mögen Sie Mr. Bennett, Eleanor?«

»Oh, einen netteren Mann werden Sie nicht finden«, sagte sie mit ausdrucksloser Stimme. »Aber eines Tages, da war er plötzlich verschwunden, und mit ihm auch das ganze Geld, und die anderen haben auch mir die Schuld daran gegeben.«

»Eleanor, erinnern Sie sich an den Tag, an dem Sie und Parker Bennett mit den Köpfen zusammengestoßen sind?«

»Ja, daran erinnere ich mich.«

»Erzählen Sie davon.«

»Na ja, das war ganz am Anfang, da habe ich noch nicht lange für ihn gearbeitet. An dem Tag war es draußen sehr kalt. Als er ins Büro gekommen ist, hat er seine Handschuhe ausgezogen und mir gesagt, dass er vor einem Restaurant auf ein Taxi warten musste und seine Finger ganz steif sind. Er hat seinen Mantel abgelegt. Sein Portemonnaie war in der Gesäßtasche und hat unter dem Jackett herausgeragt.« Sie zögerte lange, bevor sie fortfuhr: »Ich habe ihm gesagt: ›Mr. Bennett, Ihnen fällt gleich das Portemonnaie aus der Tasche. Hoffentlich haben Sie nichts verloren.‹ Er hat darauf nichts geantwortet, sondern sich nur das Portemonnaie gegriffen und gesehen, dass die Schnalle, die die Kreditkarten an Ort und Stelle hält, offen war und einige Karten schon herausstanden.« Wieder zögerte sie.

»Eleanor, was haben Sie dann gesehen?«

»Ich weiß es nicht.«

»Eleanor, vergegenwärtigen Sie sich, wie schön es ist, mit dem Aufzug nach unten zu fahren, wie warm sich das anfühlt.«

Gespannt warteten die drei Männer. Lange schwieg Eleanor, bis sie endlich sagte:

»Seine Finger waren steif. Alle Karten sind herausgefallen und auf dem Boden gelandet. Er war nervös. Seine Hände haben gezittert. Wir haben uns beide nach unten gebeugt, um sie einzusammeln, aber er hat gesagt, ich soll mir keine Mühe machen. Aber ich war schon in der Bewegung, und so sind wir mit den Köpfen zusammengerumst.«

»Welche Karten haben Sie gesehen, Eleanor?«

»Seinen Führerschein, seine Kreditkarten ... und dann habe ich eine Karte aufgehoben.«

»Welche Karte, Eleanor?«

»Einen Führerschein. Er war irgendwie rosa, und sein Bild war drauf.«

»Sein Bild war drauf?«, fragte Dr. Papetti leise.

»O ja. Aber es war der Führerschein seines Cousins ... aus England.«

»Sie haben das Bild seines Cousins gesehen, Eleanor?«

»Er hat wie er ausgesehen. Er hat gesagt, es sei sein Cousin.«

»Eleanor, haben Sie den Namen auf dem Führerschein erkannt?«

Wieder eine lange Pause.

»Ich weiß es nicht. Ich kann mich nicht erinnern.«

Erneut eine Pause.

»George. Ja, George. Ganz bestimmt.«

Mehr kam von Eleanor an diesem Tag nicht mehr. Sie erwachte wieder. Die Sitzung war beendet.

Als sie wieder ganz bei sich war, bekräftigte sie ihre Aussage: »Der Vorname hat George gelautet.«

»Das ist richtig, Eleanor«, antwortete Dr. Papetti.

»Aber sein Nachname fällt mir nicht ein.«

»Aber Sie haben ihn auf dem Führerschein gesehen?«, fragte Dr. Papetti.

»Ja.«

Eleanor wollte sich erheben. Frank eilte zu ihr und half ihr auf. Sean Cunningham und Rudy Schell sahen sich nachdenklich an.

»Also«, sagte Schell schließlich, »jetzt wissen wir, was wir die ganze Zeit vermutet haben. Er hat sich anscheinend von Anfang an eine zweite Identität aufgebaut. Eleanor sagt, es sei der Führerschein seines englischen Cousins gewesen. Aber ich vermute, es war ein Bild von Bennett selbst, vielleicht äußerlich leicht verändert. Und der Führerschein war ein britischer, das schränkt die Suche auf Großbritannien ein, vielleicht noch auf andere Teile des Commonwealth.«

Eleanor trat zu ihnen. Wieder entschuldigte sie sich bei allen, und wieder kamen ihr die Tränen.

»Wenn Mr. Bennett nicht gefunden wird, muss ich vielleicht ins Gefängnis«, schluchzte sie.

»Eleanor, Ihr Gedächtnis arbeitet für Sie«, besänftigte Dr. Papetti sie. »Kommen Sie nächste Woche noch mal. Und Sie sind sich wirklich sicher, den Nachnamen auf dem Führerschein gesehen zu haben?«

»Ja. Ich bin mir ganz sicher.«

»Dann werden Sie ihn das nächste Mal vielleicht in Ihrem Gedächtnis abrufen können.« Er berührte sie leicht an der Schulter. »Ich kann Ihnen natürlich nichts versprechen, aber ich habe es sehr oft erlebt. Haben Sie Vertrauen.«

42

Nach dem Essen mit Pamela musste Sylvie de la Marco über einiges nachdenken. Ihr Gefühl sagte ihr, dass Parker sein Geld irgendwie verloren hatte oder aus irgendeinem Grund gerade nicht drankam. Der zurückhaltende Ton in seiner Stimme ließ kaum einen anderen Schluss zu. Andererseits war er vielleicht auch nur deshalb so nervös, weil er glaubte, dass ihm das FBI dicht auf den Fersen war.

Angenommen, er würde wirklich festgenommen. Würde er dann nicht sofort auch von ihr erzählen? Seit zwei Jahren hatte sie regelmäßig Forderungen an ihn gestellt.

Sylvie lächelte. *Exorbitante* Forderungen. Manchmal hatte sie Werbeanzeigen aus der *Times* ausgeschnitten. Tiffany schaltete dort auf Seite zwei fast immer eine Anzeige für Schmuck. Sie beschrieb das jeweilige Stück und nannte ihm den Preis. Auf der gegenüberliegenden Seite warb Chanel für die tollsten Handtaschen, und auch diese beschrieb sie ihm. Sie war Kundin bei fast allen Haute-Couture-Schneidern und bezahlte die Rechnungen mit seinem Geld.

Dazu erhielt sie natürlich noch einen festen monatlichen Betrag sowohl aus dem De-la-Marco-Nachlass als auch von Parker.

Ihr früherer Liebhaber hatte sich bislang als sehr großzügig erwiesen, daran bestand kein Zweifel. Aber er erinnerte sie auch jedes Mal daran, dass sie, falls sie ihn wirklich auffliegen lassen wollte, wegen Beihilfe und Begünstigung selbst mit bis zu zwanzig Jahren Gefängnis rechnen musste.

Aber bislang war immer alles gut gegangen, dachte sie jetzt, während sie ihre tägliche Inspektionsrunde durch sämtliche Räume ihrer Wohnung antrat. Gladys Änderungen verliehen den Zimmern ein völlig anderes Ambiente. Die Freunde und Bekannten, die sie in letzter Zeit besucht hatten, waren alle ganz hin und weg. Einer von ihnen hatte sogar *Architectural Digest* gesteckt, wie schön das alles hier sei, worauf sich die Zeitschrift bei ihr gemeldet und um einen Termin gebeten hatte, damit sie, wenn alles fertig war, eine Fotostrecke über die Wohnung bringen konnten.

Bei dem Gedanken daran musste Sylvie lächeln. Ihre Mutter hatte im Sommer immer geblümte Schonbezüge über das Wohnzimmermobiliar gelegt und den Baumwollläufer durch eine Bastmatte ersetzt. Mir haben die großen Blumenmuster auf der Couch und den Stühlen immer gefallen. Die waren so schön und so bunt, da war nichts von dezenter Eleganz. Klar, die Hälfte der jetzigen Kosten ging für den Erwerb der Gemälde und Skulpturen drauf.

»Dafür bekommen Sie Werke von jungen und aufregenden Malern und Bildhauern«, hatte Glady ihr klipp und klar gesagt. »In zehn Jahren wird jedes Werk locker das Dreifache wert sein. Vergegenwärtigen Sie sich bloß, was mal ein Picasso gekostet hat, als er noch ein relativ unbekannter Maler war.«

Schön und gut, dachte Sylvie, aber wenn Parker verhaftet wird und mich hinhängt, lande ich im Gefängnis, und was habe ich dann davon? Es gibt allerdings einen Ausweg. Ich werde Derek Landry engagieren. Er gilt als der beste Anwalt für jemanden in meiner Situation. Ihm werde ich erzählen, dass Parker mich bedroht hätte. Hätte ich seine Geschenke nicht angenommen oder mich seinem Geld verweigert, hätte er einen Auftragskiller auf mich angesetzt, und ich wäre innerhalb eines Tages mausetot gewesen. Ich lasse mir von der Polizei vollständige Anonymität zusichern, sonst würde ich mich nicht mehr sicher fühlen können.

Und in der Zwischenzeit dürfte sich Barclay Cameron bei mir melden, ganz bestimmt. Pamela sollte ihm ausrichten, dass sie liebend gern von ihm wieder hören würde. Um sich bei einem eventuellen Treffen mit ihm von der besten Seite zeigen zu können, hatte sie den gesamten Vormittag im Salon Henri verbracht. Die Haare waren frisch blondiert, die Haut sah wieder frisch und straff aus. Außerdem hatte sie sich maniküren und pediküren und die Augenbrauen zupfen lassen. Am Vortag hatte sie ein neues Chanelkostüm in einem winterweißen Farbton gekauft.

Mit anderen Worten: Sie war bereit für Barclays Anruf.

Punkt fünfzehn Uhr klingelte das Telefon. Natürlich hob Robert ab und beeilte sich, ihr zu melden, dass Mr. Barclay Cameron in der Leitung sei. Sylvie musste sich zügeln, um ihm das Telefon nicht aus der Hand zu reißen, und mit der kultiviertesten Stimme, die sie zustande brachte, meldete sie sich: »Barclay, guten Tag.«

»Sylvie, ist es eventuell möglich, dass du mit mir zum Essen ausgehen willst?«

Ein vibrierendes Timbre verlieh seiner weltläufigen Stimme etwas sehr Erregendes. Sylvie musste sich erst wieder in Erinnerung rufen, dass Barclay zweiundachtzig Jahre alt war. Vor Jahren hatte sie eine kurze Affäre mit ihm gehabt, aber dann war Parker auf der Bildfläche erschienen, und das war es dann mit Barclay gewesen.

Parker – sie hatte ihn geliebt und es sehr genossen, sich mit ihm während der letzten sechs Lebensjahre von Eduardo heimlich zu treffen. Aber dann war Eduardo gestorben, und Parker war verschwunden, und was hätte sie dann tun sollen?

»Ja, Barclay, ich würde sehr gern mit dir zum Essen gehen. Wie schön, mal wieder deine Stimme zu hören.«

»Das Vergügen ist ganz auf meiner Seite. Aber noch lieber würde ich dich sehen und deine Gegenwart nicht nur genießen, sondern auch begießen.«

Sylvie hatte ganz vergessen, dass sich Barclay immer sehr viel auf seine kleinen und, wie er glaubte, witzigen Wortspielchen zugute gehalten hatte.

»Genauso geht es mir«, antwortete sie mit einem Lächeln in der Stimme. Als sie sich damals kennengelernt hatten, war er gerade Witwer geworden. Er hatte keine Kinder. Sie war dumm gewesen, ihn wieder von der Leine zu lassen. Aber er hatte nie mehr geheiratet.

»Hast du Anfang nächster Woche Zeit, Sylvie? Sagen wir am Dienstag? Zum Abendessen?«

»Wunderbar. Und davor einen Cocktail?«

»Das würde mir sehr gefallen. Bis dann.«

Sylvie legte auf. Es war definitiv an der Zeit, mit der Polizei einen Deal auszuhandeln, bevor es endgültig zu spät war.

Sie kannte Derek Landry von einigen großen Partys. Sie schlug seine Telefonnummer nach, ging in die Bibliothek und schloss hinter sich die Tür. Sie wollte von ihren Angestellten keinesfalls belauscht werden.

Kurz darauf sprach sie mit dem berühmten Anwalt.

»Derek, ich habe da ein kleines Problem«, begann sie.

43

Am Tag vor Thanksgiving fuhren Lane und Katie mit dem Zug nach Washington.

Katie war ganz aufgeregt, ihre Großmutter wiederzusehen. Meistens legte Lane ihre Besuche so, dass Dwight nicht da war – was zur Folge hatte, dass sie ihre Mutter leider viel zu selten zu sehen bekam.

Das letzte Mal war sie im August in Washington gewesen, und wie üblich hatte sich Dwight zu der Zeit woanders aufgehalten.

Diesmal aber konnte sie die Einladung ihrer Mutter schwer ausschlagen. »Lane, eines möchte ich klarstellen«, hatte sie zu ihr gesagt. »Ich will keine Ausreden hören, warum du zu Thanksgiving angeblich wieder nicht kommen kannst. Falls du Angst hast, Dwight könnte sich zu Eric Bennett äußern, darf ich dir versichern, dass er keinen Ton sagen wird, solange du hier bist. Er weiß, wie hart es für mich ist, dass du ihn nicht magst. Es wird Zeit, dass du das endlich anerkennst. Ich habe deinen Vater aus ganzem Herzen geliebt und zehn Jahre um ihn getrauert, bevor ich wieder geheiratet habe. Ich bin mit Dwight sehr glücklich, aber es macht mich sehr traurig, dass du ihm aus dem Weg gehst.«

Über all das dachte Lane während der dreistündigen Fahrt von der Penn Station nach Washington nach. Katie hatte sich einige ihrer Bilderbücher angesehen und war dann mit dem Kopf auf Lanes Schoß eingeschlafen. Wie würde es sich denn für mich anfühlen, wenn sie in dreizehn Jahren – wenn sie siebzehn ist – aus irgendeinem Grund von mir nichts mehr wissen will?

Eric – Eric – Eric. Sie wusste, sie sollte es langsam angehen mit ihm. Dreimal war sie mit ihm bislang ausgegangen, trotzdem konnte sie es kaum erwarten, ihn wiederzusehen.

Anne Bennett hatte sich sehr darüber gefreut, dass sie und Eric sich auch weiterhin treffen würden, und sie und Katie zum Thanksgiving-Essen bei sich zu Hause eingeladen.

»Ich lasse alles anliefern«, hatte sie gesagt. »Wissen Sie, an Feiertagen gehe ich nur ungern aus. Und außerdem würde ich rasend gern Ihre Katie kennenlernen.«

Ihr zu erklären, dass sie ihre Mutter in Washington besuchen werde, war ihr natürlich sehr viel leichter gefallen, als ihr rundweg abzusagen.

Der Zug verlangsamte sein Tempo. Nur mit Mühe hatte sie ihrer Mutter klarmachen können, dass es doch einfacher sei, wenn sie sich ein Taxi nahm und ihr damit die leidige Parkplatzsuche am Bahnhof ersparen konnte.

Aber es gab noch einen anderen Grund. Sie wollte zuerst am Haus in Georgetown vorbei, in dem sie die ersten siebzehn Jahre ihres Lebens verbracht hatte. Von dieser Zeit, besonders von den ersten sieben Jahren, träumte sie seit Kurzem häufig.

Immer ging es dabei um ihren Vater, der in ihren Träumen auftauchte. Erinnerungen kamen dazu: wie sie auf seinem Schoß gesessen und sie zusammen gelesen hatten ... wie sie zusammen in der Smithsonian-Institution gewesen waren, wo er ihr die Exponate erklärt hatte ... wie sie zusammen zum Schlittschuhlaufen gegangen waren, er, der hervorragende Läufer, und sie, die sich auf den Kufen ganz passabel hielt. Dann die Erinnerung an den Vorfall, als sie als Vierjährige ihm voraus auf die Straße gelaufen war; er hatte sie gerade noch am Pullover packen und zurückziehen können, sonst wäre sie von einem Auto angefahren worden. Daraufhin hatte er sie hochgehoben und so fest umarmt, dass sie kaum noch Luft bekam, während er ihr in aller Schärfe einbläute, so etwas nie, nie wieder zu tun.

Vor der Union Station fanden sie schnell ein Taxi. Lane nannte dem Fahrer die Adresse ihres alten Hauses. Zwanzig Minuten später, als sie in die Straße einbogen, die nur drei Blocks von Dwights Haus entfernt lag, hatte sie Tränen in den Augen. »Fahren Sie bitte etwas langsamer an dem Haus da vorn vorbei«, wies sie den Fahrer an.

»Wohnt da jemand, den Sie kennen?«, fragte er.

Lane wollte nicht, dass Katie ihrer Großmutter davon erzählte. »Nur eine Freundin, aber das ist schon lange her.« Es sieht immer noch so aus wie damals, dachte sie. Es kommt mir so vor, als könnte ich einfach die Tür öffnen und hineingehen.

Um siebzehn Uhr hielt das Taxi vor Dwights Haus, einem beeindruckenden und sehr viel größeren Gebäude als das, in dem sie aufgewachsen war.

Ihre Mutter, die anscheinend schon nach ihnen Ausschau gehalten hatte, riss bereits die Wagentür auf und hob Katie hoch, noch bevor Lane den Fahrer bezahlt hatte. Wieder wurde Lane daran erinnert, dass Katie etwas fehlte, wenn sie ihre Großmutter nur so selten zu Gesicht bekam.

Alice setzte Katie ab und wandte sich Lane zu, zögerlich, bedächtig, als fürchtete sie, von ihr zurückgewiesen zu werden. Schließlich umarmte sie ihre Tochter, und Lane gab ihr einen Kuss auf die Wange. »Hallo, Mom. Es ist schön, wieder hier zu sein.«

Und das war es wirklich.

»Dwight macht uns schon mal etwas zu trinken. Ich hab

ihm gesagt, dass du Chardonnay magst. Das ist doch richtig, oder?«

»Ja, ich kann wirklich einen Schluck vertragen«, sagte Lane und hoffte inständig, dass sie nicht zu spitz klang.

Sie hängten ihre Mäntel in den Garderobenschrank im Flur, und Katie lief schon voraus. »Poppa, Poppa!«, rief sie – diesen Namen hatte sie sich für Dwight ausgesucht.

Die Bibliothek lag gleich rechts vom Flur, das Wohnzimmer geradeaus. Dwight stand an der Bar und stellte die Gläser bereit. Lane sah, wie er Katie hochnahm, ihr einen Kuss auf die Wange drückte und sie auf einen Barhocker setzte. »Zu Ihren Diensten, Ma'am. Einen Shirley Temple, Limonade oder Sprite?«

»Einen Shirley Temple«, rief Katie wie aus der Pistole geschossen.

»›Einen Shirley Temple, *bitte*‹«, korrigierte Lane.

Während Katie gehorsam ihre Bitte wiederholte, diesmal mit dem Höflichkeitswörtchen, musterten sich Lane und Dwight. In Harvard war Dwight Herausgeber der Uni-Zeitung gewesen, des *Crimson*, und hatte sich in den Debattierzirkeln hervorgetan, wie Lane wusste. Seitdem hatte er sich durch seine bissigen Leitartikel in der *Washington Post* leidenschaftliche Freunde und ebenso leidenschaftliche Feinde gemacht. Dwight, musste sie sich eingestehen, war ein attraktiver Mann. Er wirkte durchtrainiert, war eins achtzig groß und hatte graublonde Haare und dunkelbraune Augen.

Doch im Grunde kannte sie ihn gar nicht. Sie hatte seine Nähe immer gemieden, und seine ätzenden Kommentare über Eric machten es jetzt nicht unbedingt besser.

Ihre Begrüßung fiel reserviert aus, sein Lächeln aber wirkte ehrlich. »Lane, es freut mich wirklich, dass du dieses Jahr kommen konntest. Und vielleicht darf ich noch anfügen, dass du so hübsch bist wie deine Tochter.«

Katie, die an ihrem Shirley Temple nippte, erwiderte darauf nur in sachlichem Ton: »Mom sagt mir immer, dass ich hübsch bin.«

Ihr gemeinsames Lachen entspannte die Atmosphäre. Lane bemerkte die Erleichterung ihrer Mutter und hatte deswegen gleich wieder ein schlechtes Gewissen.

Das Wochenende aber verlief ganz gut. Dwights Schwester Helen und ihr Mann Gavin kamen ebenfalls zum Essen. Beide arbeiteten für den Kongress, und sie schienen Katie richtig ins Herz geschlossen zu haben. Lane hatte sie in den vergangenen Jahren nur selten gesehen und erfuhr aufs Neue, was für interessante Menschen beide doch waren.

Helen rauschte während des Essens mit ihrem Bruder mehrmals über politische Fragen zusammen. »Dwight«, sagte sie, »komm von deinem hohen Ross herunter und tu nicht immer so, als hättest du die Weisheit für dich allein gepachtet, dann wäre das für alle entschieden besser. Und vielleicht wärst du dann auch in der Lage, zur Abwechslung mal die Standpunkte von anderen zu verstehen.«

Lachend wandte sie sich an Lane. »Im Grunde ist er aber ein ganz netter Kerl. Es fällt ihm bloß schwer, das auch zu zeigen.«

Am Samstag schlug Dwight vor, in die Smithsonian zu gehen und Katie durch die Ausstellung zu führen.

Wieder ein Déjà-vu, dachte Lane und musste an die Nachmittage denken, die sie mit ihrem Vater dort verbracht hatte.

Während des gesamten Wochenendes erwähnte Dwight kein einziges Mal den Namen Eric Bennett. Gut ein Dutzend Mal lag Lane die Frage auf der Zunge, warum er, wenn es um Eric ging, immer so verbissen war, unterließ es aber, weil sie die Auseinandersetzung mit ihm scheute.

Auf der Heimreise im Zug musste sie lange darüber nachdenken, dass sich Katie beim Abschied nur schwer von »Nana«

und »Poppa« hatte lösen können. Auch hier machten sich Gewissensbisse bemerkbar; wenn sie ihre Tochter von Dwight fernhielt, hielt sie sie gleichzeitig von ihrer Mutter fern.

»Mommy, du siehst so traurig aus«, sprach Katie sie unvermittelt an.

»Ich bin nicht traurig«, beruhigte Lane sie. »Ich denke bloß nach.«

Und dass ihre Mutter und Dwight zusammen einen so glücklichen und zufriedenen Eindruck machten, erinnerte sie nur an ihre eigene, schreckliche Einsamkeit seit Kens Tod. Natürlich hatte sie sich hin und wieder mit einem Mann getroffen, nur hatte keiner sie bislang wirklich interessiert.

Bis jetzt. Anne Bennett hatte ihr erzählt, dass Eric in sie verliebt sei. Konnte sie es sich erlauben, sich ebenfalls in ihn zu verlieben?

Ich weiß es nicht, dachte sie. Ich weiß es einfach nicht.

44

Was steht als Nächstes an?, dachte Joel Weber, nachdem er herausgefunden hatte, dass Parker Bennett dem Magna Carta College eine Spende über zehn Millionen Dollar hatte zukommen lassen, während sein Sohn Eric etwa zur selben Zeit überraschend zum Trinity College in Irland gewechselt war. Er ging die Studenten des Jahrgangs durch, zu denen auch Eric gehört hätte, wenn er auf dem Magna Carta geblieben wäre. Er notierte sich die Namen derjenigen, die aus der näheren Umgegend stammten, und suchte die Telefonnummern ihrer Familien heraus. Die ersten zehn Namen führten zu nichts. Entweder erreichte er niemanden, oder es meldete sich nur der Anrufbeantworter. Die Hälfte der Eltern, wenn sie überhaupt noch hier wohnten, hielt sich wahrscheinlich in Florida auf, dachte Joel Weber und sah zu den Schneeflocken vor dem Fenster.

Beim zehnten Anruf hatte er mehr Glück. Unter der Nummer eines Carl Frazier meldete sich ein freundlicher Herr.

Weber trug vorsichtig sein Anliegen vor und lavierte um die Wahrheit herum, ohne offenkundig zu lügen.

»Hier ist Joel Weber, ich recherchiere für die Bibliothek des Magna Carta College und würde mich gern mit Studenten unterhalten, die etwa zu der Zeit auf dem Magna Carta waren, als auch Sie das College besucht haben.«

»Dann müssen Sie mit meinem Sohn reden. Ich bin Carl Frazier senior.«

»Ja, gut, Sir«, erwiderte Weber. »Wie kann ich ihn erreichen?«

»Er ist Professor am Dartmouth College«, antwortete der Vater.

»Könnten Sie mir bitte seine Nummer geben?«

»Natürlich, einen Moment.«

Kurz darauf war Carl Frazier senior wieder in der Leitung.

»Ich habe fünf Kinder«, erklärte er. »Und alle haben sie Handys, ich kann mir nie merken, wer welche Nummer hat. Hier, die von Carl. Er wird sich bestimmt freuen, von Ihnen zu hören. Er war sehr gern auf dem Magna Carta, er hat da eine tolle Zeit verbracht.«

Eric Bennett dürfte da keine ganz so tolle Zeit verbracht haben, dachte sich Weber, während er sich die Nummer notierte.

Als er sie wählte, bekam er erneut nur eine anonyme Computeransage zu hören, die ihn bat, eine Nachricht zu hinterlassen. Was ist denn so schlimm daran, seinen eigenen Namen draufzusprechen?, dachte er. Dann würde man wenigstens wissen, dass man auch den Richtigen erreicht hat.

Dartmouth College war nur eine Autostunde entfernt. Er hoffte bloß, dass Professor Frazier sich nicht die Woche freigenommen hatte. Zuvor wollte er sich aber noch den Campus ansehen und einen Blick auf das Bennett-Gebäude werfen. Ein Student zeigte es ihm. »Ja, als herausgekommen ist, was für ein Betrüger er ist, hat man den Namen entfernt«, erklärte der junge Mann. Das Gebäude stand in einer Reihe mit anderen Studentenunterkünften, und mit einem Schmunzeln sah Weber, dass der einst über der Tür eingemeißelte Name Bennett verputzt worden war. Warum spendete er so viel Geld, wenn sein Sohn schon unterwegs war zum nächsten College?

Er erinnerte sich an einen anderen Fall, bei dem ein College Spenden von drei hochrangigen Börsenmaklern erhalten hatte, die später alle drei zu Haftstrafen verurteilt wurden.

Der nach ihnen benannte Weg auf dem Campusgelände hieß seitdem »Halunkenallee«. Aber keiner von denen hatte sich so Übles wie Bennett zuschulden kommen lassen. Sie hatten sich durch Insidergeschäfte nur selbst bereichert, aber nicht unzählige Bürger um ihre sauer verdienten Ersparnisse gebracht.

Ruhelos beschloss Joel Weber, schon mal zum Dartmouth College zu fahren, ohne auf Fraziers Rückruf zu warten.

Ich würde ihn nur ungern telefonisch zu Eric Bennett befragen, weil er sonst vielleicht argwöhnisch wird. Lieber wäre es mir, wenn ich mit ihm von Angesicht zu Angesicht reden könnte, dachte er, stieg in den Wagen und ließ den Motor an.

Es war eine Stunde Fahrt von Montpelier, Vermont, nach Hanover in New Hampshire. Die idyllische Landschaft lag unter einer dichten Schneedecke.

Ich war auf einer staatlichen Universität und bin in den Genuss einer guten Ausbildung gekommen, trotzdem hätte ich gegen eine Elite-Uni auch nichts einzuwenden gehabt, dachte er, als er von der Route 89 auf die Route 91 nach Norden wechselte.

Solchen Blödsinn schlug er sich schnell aus dem Kopf, als kurz vor Hanover sein Handy klingelte. »Joel Weber«, meldete er sich.

Es war Carl Frazier junior.

Weber erklärte den Grund seines Anrufs und bat um ein persönliches Treffen. »Ich würde Sie gern zu einigen Ihrer Kommilitonen befragen. Vielleicht kann ich alles besser erklären, wenn wir uns persönlich treffen.«

»Klingt ja reichlich mysteriös«, antwortete Carl Frazier. »Können Sie das nicht etwas näher erläutern?«

»Mache ich, wenn wir uns persönlich sehen. Ich bitte Sie nur um eine halbe Stunde Ihrer Zeit.«

»Wo stecken Sie gerade?«, fragte Frazier ein wenig kühl.

»Ich habe den Highway verlassen und überquere eben den Fluss.«

»Dann treffen wir uns im Hanover Inn. Ich wollte dort sowieso auf einen Kaffee vorbeischauen.«

Zehn Minuten später stellte Weber seinen Wagen vor dem Lokal ab. Drinnen war nicht viel los, so war es nicht schwer, den Mann Ende dreißig ausfindig zu machen, der mit einem Kaffee allein am Fenster saß.

Weber begrüßte ihn und setzte sich zu ihm, ohne dazu ausdrücklich aufgefordert worden zu sein.

Als die Bedienung kam, bestellte er einen Kaffee und musterte den Mann ihm gegenüber.

Frazier musste in Eric Bennetts Alter sein, dachte er. Also etwa siebenunddreißig, allerdings sah er älter aus, was wahrscheinlich bloß an seinem hohen Haaransatz lag. Frazier trug eine randlose Brille und hatte etwas Gelehrtenhaftes an sich. Auch ohne jedes Vorwissen hätte er ihn als einen Akademiker eingeschätzt.

Er beschloss, nicht lange um den heißen Brei herumzureden. »Ich habe Ihren Vater um Ihre Telefonnummer gebeten, ihm aber nicht gesagt, dass ich ein ehemaliger FBI-Beamter bin und mittlerweile für eine private Sicherheitsfirma arbeite.«

Frazier sah ihn erstaunt an. »Und was wollen Sie von mir?«, fragte er leise.

»Ich will Ihre ganz persönliche Einschätzung zu einem ehemaligen Mitstudenten.«

»Um wen geht es? Nein, lassen Sie mich raten. Es geht um Eric Bennett, nicht wahr?«

»Genau von dem rede ich.«

»Das war nicht schwer zu erraten. Gut, Eric war nur ein Jahr auf dem Magna Carta, keiner von uns kann behaupten, ihn wirklich gekannt zu haben. Aber nach allem, was ich von ihm weiß, war er ein ganz netter Kerl.«

»Warum hat er so urplötzlich die Uni gewechselt?«

»Na ja, er ist damals doch übel zusammengeschlagen worden. Deswegen war er insgesamt drei Tage lang im Krankenhaus.«

»Ein ganz normaler Überfall?« Aber noch während er die Frage stellte, spürte er, dass das alles kein Zufall gewesen sein konnte.

»Na, das war ja das Komische. Soweit ich weiß, ist er deswegen nie zur Polizei gegangen. Er hat keine große Sache daraus gemacht, und das, obwohl er einen gebrochenen Arm hatte. Dann kam die Spende von seinem Vater, und dann war er auch schon in Irland.«

»Ist er gegangen, weil er Angst hatte, erneut überfallen zu werden?«, fragte Weber.

»Das weiß keiner so genau. Manchmal frage ich mich aber, ob nicht jemand aus der Fakultät wusste, was wirklich geschehen war. Gerüchten zufolge soll Eric nämlich gebeten worden sein, das College zu verlassen.«

»Können Sie mir die Namen von Studenten nennen, mit denen er damals näher befreundet war?«

»Es gab da ein sehr hübsches Mädchen. Die war aber auf der örtlichen Highschool. Eric hat sie immer zu den Football-Spielen mitgebracht. Mit der hat er wohl viel Zeit verbracht.«

»Sie war auf der *Highschool?* Wie alt war sie denn da?«

»Sechzehn«, antwortete Carl Frazier.

Nach kurzem Überlegen fragte Weber: »Hatte Eric Ihres Wissens jemals mit Glücksspiel zu tun gehabt?«

»Fürs Casino war er damals noch zu jung, aber er war ein guter Kartenspieler, und die Einsätze konnten manchmal ziemlich hoch werden ... wenn man Geld hatte.«

»Ist er jemals als Falschspieler bezeichnet worden?«

»Ich habe selbst manchmal mitgespielt, vor allem beim Poker. Eric musste nie falschspielen. Er konnte die Karten zählen, er hätte auch locker in Las Vegas mithalten können.«

Das alles war nicht viel, dachte Weber, sah man von diesem Überfall ab. Und dann, mehr aus einer Laune heraus, fragte er:

»Wissen Sie noch, wie dieses Mädchen geheißen hat?«

»Klar«, antwortete Frazier. »Regina Crowley. Ihr Onkel ist dieser Kolumnist, Dwight Crowley.«

Nachdem sich Frazier verabschiedet hatte, versuchte Weber über sein Smartphone die Telefonnummer der Montpelier Highschool ausfindig zu machen. Laut Google Maps lag sie gleich neben dem Magna-Carta-Campus. Die Schulsekretärin dort bestätigte ihm, dass der Direktor den gesamten Nachmittag über anwesend und auch bereit sei, ihn zu empfangen.

Eine Viertelstunde später war Weber wieder auf dem Highway und trat die Rückfahrt nach Montpelier an.

45

Parker Bennett alias George Hawkins zählte die Tage, bis er St. Thomas verlassen konnte, ohne dass es nach einem übereilten Aufbruch aussah. Allen Bekannten erzählte er, dass er am Ende des Monats nach England zurückmüsse. Von dieser Version wollte er keinesfalls abweichen, um keinen Verdacht zu erregen. Schon schlimm genug, dass Len Stacey so penetrant auf seiner Ähnlichkeit mit Parker Bennett herumritt. Die braune Perücke und die Sonnenbrille reichten nicht, wenn jemand ihn eingehend musterte. Er konnte also nur hoffen, dass sich Len – dämlich, wie er war – keine ernsthaften Gedanken machte über diese Ähnlichkeit. Bislang hatte er Sylvie, die zwei Millionen von ihm forderte, hinhalten können. Wenn er diesen Betrag sowie das Geld für die Schweizer Villa überweisen würde, blieben ihm gerade noch fünftausend Dollar. Davon musste er noch ein Flugticket besorgen und einen mindestens dreiwöchigen Aufenthalt in Miami finanzieren, so lange jedenfalls, bis ihm ein Vollbart gewachsen war und er eine neue Perücke hatte, mit der er nach New Jersey und in Annes Haus konnte.

Anne und Eric hatten sich immer schon sehr nahegestanden, und, klar, sein Sohn war wütend auf ihn. Parker wusste noch nicht, was er machen sollte. Konnte er Anne vertrauen, dass sie nicht die Polizei verständigte? Würde sie – schon aus Mitleid mit den Menschen, die ihr Geld verloren hatten – versucht sein, auf dem Pfad der Tugend zu bleiben? Es war ein

Leichtes gewesen, sie in den vergangenen zwei Jahren nicht aus den Augen zu verlieren. Internetrecherchen hatten ihm sämtliche Informationen geliefert, die er brauchte. Natürlich musste er damit rechnen, dass sie nach wie vor von der Polizei beschattet wurde. Zweifellos war es ziemlich riskant, an ihrer Wohnungstür zu klingeln, aber ihm blieb keine andere Wahl. Das waren Dinge, die sehr gut überlegt sein wollten. Er wusste, dass er mit jedem Tag nervöser wurde und diese Nervosität ihm zum Verhängnis werden konnte.

Und dann war da natürlich noch Sylvie, immer war da noch Sylvie. Was würde ich an ihrer Stelle tun? Ich kann sie nicht ewig hinhalten, irgendwann will sie ihre zwei Millionen. Wenn sie annimmt, dass ich pleite bin, habe ich für sie keinen Wert mehr. Dann könnte sie auf die dumme Idee verfallen, mit der Polizei einen Deal auszuhandeln. Die Bullen lassen sie laufen, damit sie an mich rankommen. Er musste weg aus St. Thomas, so schnell wie möglich. Aber bis dahin durfte er nichts unternehmen, was die Aufmerksamkeit der anderen erregte. Also musste er auf verschiedenen öffentlichen Plätzen ein wenig Golf spielen, dazu jeden Tag mit dem Boot hinausfahren und sich bedeckt halten, in der Hoffnung, dass er Len nicht über den Weg lief.

Er erstellte eine Liste mit der Kleidung, die er für New Jersey noch besorgen musste – Jeans, eine schwere Jacke, eine Mütze mit Ohrenschützern, Handschuhe, Flanellhemden. Alles in dunklen, gedeckten Farben. Nichts, was andere dazu verleiten könnte, ihn sich genauer anzusehen. Dass in New Jersey sehr früh der Winter hereingebrochen war, sollte ihm zugutekommen.

Er wollte sich auch mehrere Anzüge für den Winter kaufen, falls er geschäftlich zu tun hatte. Und er würde sich nirgends als George Hawkins ausgeben.

Was würde passieren, wenn Sylvie ihn verriet? In diesem Fall würde nach einem George Hawkins gefahndet. Es wäre also sicherer, diesen Namen nicht mehr zu benutzen. In Miami musste er versuchen, an eine neue gefälschte Identität zu kommen. Und dann war da noch der Pass. Konnte er sich einen neuen Pass unter seinem Geburtsnamen Joseph Bennett ausstellen lassen, wenn alle Welt einen Parker Bennett suchte?

Thanksgiving kam und ging. Er hatte einige Einladungen und wusste, dass er sich nicht schon wieder wegen Krankheit entschuldigen konnte. Daher gab er vor, bereits andere Pläne zu haben. Seine Haushälterin hatte ihm einen kleinen Truthahn zubereitet. Dabei dachte er an die Thanksgiving-Essen in Greenwich mit Anne und Eric, zu denen selten Gäste geladen waren.

Anne war keine versierte Gastgeberin, auch wenn sie immer sehr bemüht war, sich ganz gelassen zu geben, wenn auf Dinnerpartys hochrangige Geschäftspartner unter den Gästen waren.

An Thanksgiving hatte sie aber immer darauf bestanden, dass sie drei allein blieben. Das hieß, allein waren sie erst, nachdem ihre Eltern unter der Erde waren. Davor hatte er regelmäßig deren Anwesenheit ertragen müssen und sich immer geärgert, dass ihr Vater ihn von Anfang an durchschaut hatte. Immer hatte er ihn »aus Versehen« Joey genannt – was natürlich kein Versehen gewesen war. Und er hatte immer geglaubt, dass den Händen von Annes Vater der Geruch von Leberwurst und Mortadella anhaftete. Jetzt musste er darüber schmunzeln.

Annes Mutter war genau wie Anne, sie hatte sich unwohl gefühlt in Anwesenheit von jedem, den sie als überlegen ansah. Ganz anders als Sylvie, die sich aus der Küche ihrer italienischen Großmutter mit ihren sonntäglichen Pasta-Gerichten, zu denen sich immer eine geradezu unerträgliche Anzahl von Cousins und Cousinen und Tanten und Onkeln einfanden, herausgearbeitet hatte. Als sie mit achtzehn die Highschool abschloss, hatte sie die ganze Bande endgültig hinter sich gelassen.

An all das musste Parker jetzt denken, als er seine einsame Mahlzeit aß und völlig zufrieden war mit sich als einziger Gesellschaft.

Am nächsten Tag packte er seinen Koffer. Noch ein paar Tage, und ich bin fort. Das war am Freitag. In den folgenden vierundzwanzig Stunden schaffte er es, Len zu meiden, aber am Samstag klingelte sein Telefon. Er hatte kaum das dröhnende »hallo, George« gehört, als seine Handflächen schon schweißnass waren und er einen Knoten im Magen hatte.

»George, wo haben Sie bloß gesteckt?«, fragte Len. »Die Jungs haben gehofft, Sie heute Morgen zu erwischen.«

»Ach, ich genieße die letzten Tage auf dem Boot. Sie wissen doch, wie gern ich segle.« Er hoffte, ganz beiläufig zu klingen.

»Na, da hab ich eine Überraschung für Sie«, sagte Len. »Dewayne und Bruce und mir hat das Golfspielen mit Ihnen so viel Spaß gemacht, dass wir beschlossen haben, am Montag noch mal eine Runde zu drehen. Sagen wir neun Uhr, zu einer letzten Partie? Und danach gehen wir natürlich alle noch zum Essen. Ein Nein kommt nicht infrage, ich habe schon reservieren lassen.«

Ich könnte ihn erwürgen, dachte Parker. Natürlich könnte er sagen, er habe vor seiner Abreise zu viel um die Ohren, aber eine innere Stimme riet ihm, auf der Hut zu sein und sich auf Lens unwillkommene Abschiedsvorstellung einzulassen.

Obwohl am Sonntag bestes Segelwetter herrschte und er den ganzen Tag auf dem Boot verbrachte, fiel es ihm schwer, die Gischt des mühelos dahingleitenden Bootes sowie den klaren blauen Himmel mit seinen gelegentlichen Wölkchen zu genießen. Alles, woran er denken konnte, war das anstehende Abschlusstreffen mit Len.

Er hatte gehofft, dass es am Montag in Strömen regnete, aber natürlich war es ein weiterer herrlicher Tag. Um neun Uhr schlugen die vier ab. Parker mochte Lens beide Begleiter. Bruce Groom war ein pensionierter Manager eines Medizinunternehmens, ruhig, aufs Spiel konzentriert, schweigsam. Nach Parkers Einschätzung interessierte sich Bruce kein bisschen für Lens Vergleich zwischen George Hawkins und Parker Bennett.

Dewayne Lamparello war der Vierte im Bunde. Er hatte das höchste Handicap in der Gruppe, was seinem Spiel aber auch nicht auf die Sprünge half. Er war, offen gesagt, ein lausiger Golfspieler, der für albernes Geplauder umso weniger übrighatte, je mehr er sich darauf konzentrieren musste, mit dem Schläger den Ball zu treffen und nicht den Boden umzupflügen.

Aber Len brachte das Thema Parker Bennett gar nicht zur Sprache. Parker entspannte sich bereits, und als sie sich zum Essen niederließen, war er überzeugt, dass er sich keine Sorgen mehr machen musste.

Wie erwartet führte Len als ehemaliger Mitarbeiter im unteren Management einer Frühstücksflockenfirma das große Wort.

»Mein Spitzname, hab ich immer gesagt, ist ›Knisper, Knasper, Knusper‹«, witzelte er und spielte auf die Rice Krispies von Kellogg's und den darauf abgebildeten Figuren an.

Knisper, Knasper, Schnauze, dachte Parker, musste sich aber eingestehen, dass dieses ermüdende Gequassel allemal besser war als eine erneute Diskussion über Parker Bennett.

Als die anderen einen zweiten Kaffee bestellten, beschloss er, elegant den Rückzug anzutreten.

»Also, meine Herren, ich muss jetzt los«, sagte er. »Len, es hat mir großen Spaß gemacht, ich danke Ihnen. Sie verstehen sicherlich, dass ich noch einiges zu erledigen habe vor meiner Abreise.«

»Wollen Sie Ihr Haus vermieten?«, fragte Len. »Ich kenne nämlich jemanden, der so was vermittelt.«

»Nein«, erwiderte Parker. »Ich möchte mir die Möglichkeit offenhalten, jederzeit zurückkommen zu können.«

»Sie könnten es auf Wochenbasis vermieten und eine Menge Geld verdienen.«

»Ja, ich hab es mir durch den Kopf gehen lassen und mich dagegen entschieden.«

Lächelnd erhob er sich.

»Len, ich danke Ihnen. Bruce, Dewayne, wie gesagt, es war mir ein Vergnügen, mit Ihnen zu spielen. Ich hoffe, wir sehen uns wieder, wenn ich zurückkomme. Len, das nächste Mal geht das Essen auf mich.« Betont gelassen, ohne große Eile richtete Parker seine Schritte zum Ausgang. Er hatte gerade die Tür erreicht, als Len ihm ein »hey, Parker!« hinterherrief.

Er fuhr herum und merkte zu spät, dass er hereingelegt worden war. Sofort bemühte er sich um Schadensbegrenzung.

Mit einem herzhaften Lachen rief er zurück: »Len, Sie immer mit Ihren Späßen!«

Die anderen Essensgäste blickten auf. Wie viele von ihnen würden einen Zusammenhang herstellen? Den ganzen Nachmittag musste sich Parker zur Ruhe zwingen, obwohl er jeden Moment erwartete, dass es an der Tür klopfte und die Polizei ihn abholen kam. Aber niemand ließ sich blicken, und um acht Uhr am nächsten Morgen war er auf dem Weg zum Flughafen.

Der Flug nach Miami startete pünktlich. Als er seinen Boarding Pass vorzeigte, dachte er mit Bedauern daran, dass es das letzte Mal war, dass er unter dem Namen George Hawkins in eine Maschine stieg. Und er wahrscheinlich nie mehr einen Fuß auf St. Thomas setzen würde.

46

Auf Drängen ihrer Verwandten fuhren Eleanor und Frank Becker an Thanksgiving von Yonkers nach New City im Rockland County, wo ihre Cousine Joan und ihr Mann Eddie, ein pensionierter Polizist, wohnten. Zum Essen trafen auch noch deren zwei Kinder samt Ehepartnern und den vier Enkeln ein.

Eleanor wusste, dass der Besuch ihr und Frank guttun würde. Sie mochte Joans Familie und spürte schon bei der Begrüßung die Herzlichkeit und Anteilnahme, die man ihr dort entgegenbrachte.

Beim Essen wurde geflissentlich vermieden, über ihre gegenwärtige Situation zu reden. Erst als die Kinder den Tisch verlassen hatten und die Erwachsenen beim Kaffee zusammensaßen, kam das Thema zur Sprache.

Es war Eleanor, die damit begann.

»Ich weiß, ihr seid alle zu höflich und traut euch nicht zu fragen, aber vielleicht interessiert es euch ja doch.« Sie erzählte von der Hypnose und ihren Bemühungen, sich an den Namen auf dem britischen Führerschein zu erinnern.

»Der Vorname war George«, sagte sie. »Aber an den Nachnamen kann ich mich einfach nicht erinnern.«

»Das wäre aber wichtig«, warf Eddie ein. »Das kann ich mit Fug und Recht behaupten, auch wenn ich in dem Bereich nie gearbeitet habe. Ich war meistens als verdeckter Ermittler im Einsatz.«

»Wie ist es, wenn man hypnotisiert wird?«, fragte Joan.

»War gar nicht so schlimm«, antwortete Eleanor. »Ich war unglaublich entspannt, und glaubt mir, so wie es im Moment um mich steht, hätte ich nichts dagegen, die ganze Zeit unter Hypnose zu sein.«

»Dir würde nur schlecht werden, wenn du die ganze Zeit im Aufzug rauf- und runterfahren müsstest«, erwiderte Frank trocken. Es war das erste Mal seit Monaten, dass er sich zu einem Witz hinreißen ließ.

Und wenn ich nicht immer so angespannt wäre, dachte sie, könnte ich mich vielleicht auch von allein, ohne Hypnose, daran erinnern.

Es beruhigte sie, als Eddie sagte: »Eleanor, ich weiß, wie du dich fühlen musst. Ich habe es selbst erlebt, dass Unschuldige von den Behörden verdächtigt werden und in ständiger Angst leben. Wann hast du den nächsten Hypnosetermin?«

»Ich weiß nicht recht. Beim letzten Mal waren doch alle arg enttäuscht. Und vielleicht habe ich ihnen einfach nur etwas erzählt, weil ich ihnen etwas erzählen wollte. Frank, weißt du noch, als du damals mit dem Wagen angehalten wurdest und der Polizist dir gesagt hat, du hättest eine rote Ampel überfahren?«

»Klar erinnere ich mich«, antwortete Frank aufgebracht. »Ich hab keine rote Ampel überfahren. Die hat noch auf Gelb gestanden. Aber der Polizist hat seine Quote erfüllen müssen, nur deshalb hat er mich angehalten.«

»Frank, das sagen sie immer alle«, warf Eddie ein.

»Na ja, jedenfalls, als der Polizist Frank um seinen Führerschein gebeten hat, hat er ihm aus Versehen die Kreditkarte gegeben. Und der Polizist hat gedacht, Frank will ihn bestechen.«

»Dann muss das aber ein ziemlicher Anfänger gewesen sein. Man besticht einen Polizisten nicht mit der Kreditkarte.«

»Aber warum ich mich jetzt daran erinnere«, fuhr Eleanor fort. »Vielleicht verwechsle ich ja auch alles, vielleicht bringe ich diesen Vorfall mit dem durcheinander, was ich in Parker Bennetts Büro erlebt habe. Jedenfalls glaube ich nicht, dass es irgendetwas bringt, wenn ich noch mal zur Hypnose gehe. Gut, es war nicht so schlimm, im Nachhinein muss ich aber auch sagen, dass es nicht so toll ist, wenn man keine Kontrolle mehr über sich hat. Es ist richtig unheimlich, wenn du weißt, dass da gerade ein anderer in deinem Gedächtnis herumwühlt und du selbst vielleicht Antworten gibst, die bloß frei erfunden sind.«

»Eleanor«, entgegnete Eddie in aller Ruhe. »Ich halte das für einen Fehler. Keiner erwartet von dir, dass du ein vollständiges Bild ablieferst. Das wäre völlig unrealistisch. Aber du solltest auf jeden Fall noch mal zur Hypnose. Du hast doch nichts zu verlieren und schon gar nichts zu befürchten.«

Sein Mitgefühl und seine Besorgnis machten Eleanor klar, wie dumm es gewesen war, sich so komplett aus der Familie und dem Freundeskreis zurückzuziehen. Vor nicht allzu langer Zeit hätte sie noch geschworen, dass sie ihr alle nur oberflächliches Mitgefühl entgegenbrachten, weil sie alle insgeheim davon überzeugt waren, dass sie an Parkers Betrug beteiligt war. Das jedenfalls hatten in den vergangenen zwei Jahren die Zeitungen behauptet. Einige sehr überzeugende Leitartikel waren dazu veröffentlicht worden. »Es muss eine weitere Person mitgewirkt haben« – so der einhellige Tenor der Medien. Darüber sprach sie jetzt mit Joan und Eddie.

»Jeder, der mich nur einigermaßen kennt, sollte wissen, dass ich zu so etwas nie in der Lage wäre«, sagte sie bedrückt.

Und dann kam die unvermeidliche Frage.

»Was ist mit Eric?«

»Mir ist absolut nichts aufgefallen, was auf seine Beteiligung hingewiesen hätte«, antwortete Eleanor. »Den Ermittlern ist nicht ein Cent untergekommen, den er nicht selbst nachweislich ehrlich verdient hätte. Ja, er hatte ein sehr enges Verhältnis zu seinem Vater, aber keiner war damals so betroffen und entsetzt wie Eric. Er ist regelrecht zusammengebrochen, ich selbst habe ihn weinen sehen. Und glaubt mir, das war nicht gespielt. Einen *so* guten Schauspieler gibt es nicht.«

Kurz darauf holten sie ihre Mäntel und machten sich bereit für die Heimfahrt. Eddie nahm Eleanor noch mal zur Seite.

»Eleanor, denk noch mal darüber nach. Geh wieder zur Hypnose. Bitte. Du tust dir damit selbst einen Gefallen. Und ich sag es dir noch mal, du hast nichts zu verlieren. Ich weiß, wovon ich rede. Mach es um deinetwillen. Mach es für Frank. Bitte.«

»Vielleicht«, antwortete sie zögerlich. »Ich werde darüber nachdenken.«

47

Glady war in übler Stimmung, als Lane am Montagmorgen zur Arbeit erschien.

»Langsam frage ich mich, ob unserer Gräfin das Geld ausgeht«, musste sich Lane zur Begrüßung anhören. »Sie schuldet uns noch zwei Millionen Dollar, und dummerweise habe ich die Bilder aufhängen und die Skulpturen aufstellen lassen, bevor sie uns bezahlt hat. Lane, ich sage dir, die Lady ist knapp bei Kasse.«

»Warum um alles in der Welt hat sie dann einen Vertrag über fünf Millionen unterschrieben?«, fragte Lane.

»Weil sie es wahrscheinlich gewohnt war, auf eine unerschöpfliche Geldquelle zurückgreifen zu können. Und jetzt ist diese Quelle möglicherweise versiegt.«

»Aber Parker ist doch mit über fünf Milliarden Dollar untergetaucht. Fünf Millionen sind für ihn Peanuts – falls er sie wirklich aushält«, sagte Lane.

»Wie auch immer, für mich sind zwei Millionen viel Geld«, blaffte Glady und widmete sich wieder den Unterlagen auf ihrem Schreibtisch, womit sie Lane zu verstehen gab, dass sie entlassen war.

Der Tag fängt ja gut an, dachte Lane. Wenn Glady schlechte Laune hatte, bekam das jeder in ihrer Umgebung zu spüren.

Und wirklich, eine Stunde später tauchte Glady im Empfangsbereich auf und putzte Vivian herunter, weil ihr Tisch aussehe, »als hätte darauf eine Wildschweinrotte kampiert«.

Zu Vivians Aufgaben gehörte es, aus Zeitschriften die Fotos der Häuser von Stars und anderen Berühmtheiten auszuschneiden und zu archivieren, damit Glady immer auf dem neuesten Stand war, was die Arbeit anderer Innenausstatter betraf.

Zum Glück war Lane von Glady zu einem kleineren Auftrag fortgeschickt worden. Sie sollte das Anbringen der Fensterbehänge und das Aufstellen der Möbel im renovierten Büro des Vorstandsvorsitzenden einer Lebensmittelkette beaufsichtigen.

Es war erneut ein windiger, kalter Tag. Lane fiel es schwer, sich auf die Arbeit zu konzentrieren, weil ihr unaufhörlich Ken durch den Kopf ging.

In der darauffolgenden Woche jährte sich Kens Todestag. Vielleicht standen ihr deshalb so viele Erinnerungen wieder lebhaft vor Augen. Sie musste an ihre Hochzeit in St. Malachy denken, der sogenannten Schauspieler-Kirche in der Forty-Ninth Street, dem Theaterbezirk von Manhattan. Sie sah den Altar vor sich, vor dem sie sich das Jawort gegeben hatten. Ihre Mutter allerdings hätte es lieber gesehen, wenn sie in ihrer Kirche in Georgetown geheiratet hätten.

Was ich rundweg abgelehnt habe, erinnerte sich Lane. Ich wollte auf keinen Fall an Dwights Arm durch den Mittelgang schreiten. Auch damit habe ich meine Mutter gekränkt. Ich trug ein einfaches weißes Kleid, Ken einen Anzug, und nach der Zeremonie gab es ein Essen für dreißig Freunde. Meine Mutter war allein gekommen. Dwight war verhindert, aber sie wusste natürlich, dass ich ihn nicht dabeihaben wollte.

Ein weiterer Gedanke ließ ihr keine Ruhe: In den zehn Jahren nach dem Tod ihres Vaters hatten sie und ihre Mutter sich sehr nahegestanden. Damit war es vorbei, als Dwight in ihr Leben trat. Am liebsten hätte sie diese Gedanken aus ihrem

Kopf verbannt, aber erneut fragte sie sich, wie es sich wohl für sie anfühlen würde, wenn die siebzehnjährige Katie sie eines Tages aus irgendeinem Grund nicht mehr um sich haben wollte. Der letzte Besuch in Washington hatte etwas in Gang gesetzt, dem sie sich nicht mehr so einfach entziehen konnte. Sie würde sich damit auseinandersetzen müssen.

Mit einiger Vorfreude ließ sie an diesem Abend Katie in der Obhut von Wilma und machte sich auf den Weg nach New Jersey. Diesmal wollten sich Eric und sie im Bella Gente in Verona treffen, der Nachbarstadt von Montclair. Bei ihrer ersten Verabredung hatte er sie gefragt, ob sie italienisches Essen möge, was sie bejaht hatte. Wenn Glady und sie mit einem Kunden zum Essen gingen, wählte Glady immer ein Nobelrestaurant in New York. Lane würde es nie wagen, ihr zu sagen, dass sie und vielleicht sogar der Kunde eine simple Pasta mit Tomaten-Basilikum-Soße den edlen und exklusiven Gerichten in den Gourmettempeln vorgezogen hätten. So graute es ihr zum Beispiel vor Trüffeln, die die Lieblingsspeise vieler Feinschmecker zu sein schien. Es fiel ihr leicht, das Eric gegenüber zuzugeben, der ihr von ganzem Herzen zustimmte; ihm gehe es genauso.

Er war bereits da und saß an einem Tisch am Fenster. Als er sie sah, sprang er auf, nahm ihre Hände in seine und gab ihr einen Kuss auf die Wange.

»Ich habe Sie vermisst«, sagte er. »Wie war es in Washington?«

Lane hatte sich vorgenommen, kein Wort über Dwight zu verlieren.

»Es war sehr schön«, antwortete sie daher. »Und es hat großen Spaß gemacht, Katie die Stadt zu zeigen. Immerhin habe ich da die ersten siebzehn Jahre meines Lebens verbracht.«

»Ich war selbst oft dort. Als ich bei Morgan Stanley gearbeitet habe, hatten wir dort recht viele Kunden. Ich war damals knapp zehn Jahre lang in der Abteilung, die für die Einhaltung der gesetzlichen und betriebsinternen Richtlinien zuständig war, bevor ich zum Aktienhandel gewechselt bin.«

Er blickte sie unumwunden an. »Lane, Sie sehen so schön aus, und Sie haben mir so schrecklich gefehlt. Ich habe noch nie einer Frau solche Gefühle entgegengebracht, und mehr gibt es von meiner Seite zu diesem Thema eigentlich nicht zu sagen. Wie geht es Katie?«

FBI-Agent Jonathan Pierce alias Tony Russo hatte das Telefonat von Anne Bennett mit ihrem Sohn abgehört und wusste daher, dass Eric mit Lane Harmon im Bella Gente zum Essen verabredet war. Allerdings wäre es zu viel des Guten gewesen, wenn er selbst dort aufgetaucht wäre.

Daher saß an diesem Abend Jack Keane, ein weiterer FBI-Beamter, am Tisch neben dem von Lane und Eric und hatte ein Richtmikrofon direkt auf sie gerichtet. Er hörte Eric von seiner Mutter erzählen, die sich nicht sonderlich wohlfühle, sich aber weigere, einen Arzt aufzusuchen.

»Ich mache mir Sorgen um sie«, sagte Eric. »Ich kann sie ja schlecht zwingen, zu einem Arzt zu gehen. Sie kann nämlich sehr halsstarrig sein.«

Keanes Bericht an Jonathan Pierce fiel jedenfalls kurz und bündig aus: »Nichts als das übliche Geplauder. Er ist ziemlich in sie verknallt, und sie scheint ganz glücklich zu sein. Nach dem Essen sind sie aber mit getrennten Autos weggefahren. Sie wahrscheinlich nach Hause.«

Jonathan Pierce freute es zwar, dass die beiden nach dem Essen nicht zusammen weggefahren waren, trotzdem versetzte es ihm einen Stich, als er hören musste, dass Lane sich in Erics Gesellschaft anscheinend sehr wohlfühlte.

48

Sylvie hatte sich darüber informiert, was Barclay Cameron alles so getrieben hatte in den fast zehn Jahren seit ihrer Affäre.

So hatte sie erfahren, dass er einige Filme finanziert hatte, die allesamt ziemliche Flops gewesen waren. Sie war sich nicht sicher, ob sie ihn darauf ansprechen sollte.

Barclay traf um halb sieben ein. Sylvie war ihm in den letzten Jahren nicht mehr begegnet und hatte nur gehört, dass er viel Zeit in Kalifornien verbrachte.

Als Robert ihn hereingeleitete, war sie schockiert, wie alt er geworden war. Eine seiner Hände zitterte leicht, und er musste an einem Stock gehen. Aber wie immer gab er ihr einen formvollendeten Handkuss und sagte mit seiner kultivierten Stimme: »Sylvie, du siehst bezaubernd aus.«

In der folgenden halben Stunde, bevor sie ins Marea aufbrachen, erzählte Barclay von seinen Erlebnissen in Hollywood und unterhielt sie mit Insidergeschichten über Regisseure und Schauspieler, mit denen er zusammengetroffen war. »Alles da ist nur schöner Schein, aber so anregend, dass ich die Kosten nicht scheue.«

Dann fügte er noch hinzu: »Trotzdem bin ich sehr allein und erinnere mich gern an unsere kleine Liebesbeziehung vor etlichen Jahren. Sylvie, du bist die bei Weitem interessanteste Frau, die ich kenne, und, um ganz ehrlich zu sein, du hast mir sehr gefehlt. Natürlich weiß ich, dass du mit Parker Bennett liiert warst. Nachdem er jetzt aber tot oder zumindest untergetaucht ist, würde ich gern unsere alte Beziehung wieder aufleben lassen.«

Beim Essen erzählte er von Dingen, die sie von ihm schon unzählige Male gehört hatte, von seiner Herkunft aus der Lower East Side, lange bevor sie zu einem In-Viertel geworden war, vom Besuch eines Abend-College, während er tagsüber Liftschuhe verkauft hatte.

»Die Schuhe hatten fünf Zentimeter hohe Absätze«, sagte er. »Sie haben kleine Männer größer gemacht. Die Firma, die sie hergestellt hat, ist vor langer Zeit pleitegegangen. Ich habe den Job damals so sehr gehasst, dass ich immer noch bei jeder Schuhwerbung zusammenzucke.«

Verstohlen blickte Sylvie zu Boden. Die wunderbaren italienischen Slipper, die er trug, hatten nichts mit dem von ihm beschriebenen Schuhwerk gemein.

Da sie immer bemüht war, sich über den Aktienmarkt auf dem Laufenden zu halten, wechselte sie jetzt das Thema. Barclay war ganz in seinem Element.

Es war ihr ein Leichtes, ihn mit den richtigen Fragen zu versorgen, und ihr entging nicht, dass er so informiert und so gerissen war wie eh und je. Sie bemerkte auch, dass er sich sichtlich wohlfühlte.

Beim Espresso fragte er sie freiheraus: »Sylvie, wärst du bereit, dich wieder auf eine Beziehung einzulassen?«

Sie gab sich den Anschein, als zögerte sie.

Sichtlich enttäuscht fragte er: »Sylvie, bringst du Parker Bennett etwa immer noch Gefühle entgegen?«

»Aber ganz und gar nicht!« Vehement schüttelte sie den Kopf.

»Gut«, erwiderte er. »Ich habe ihn nie richtig gemocht, obwohl ich gestehen muss, dass ich ihn in finanziellen Dingen für einen zuverlässigen Mann gehalten habe. Es ist einfach entsetzlich, dass er so viele betrogen hat, deren Finanzmittel nun mal arg begrenzt sind.«

»Wenn ich daran denke, was er diesen Menschen angetan hat, möchte ich weinen«, stimmte Sylvie zu. »Du weißt ja, dass ich aus einfachen Verhältnissen stamme. Ich will mir gar nicht ausmalen, wie es wäre, wenn auch meine Familie auf ihn hereingefallen wäre.«

»Das gefällt mir an dir«, sagte Barclay. »Wie erfrischend. Nur allzu oft erlebe ich, dass Freunde, die aus privilegierten Elternhäusern stammen, Ansprüche geltend machen, die sie für das Natürlichste der Welt halten.« Er zögerte. »Sylvie, du hast meine Frage nicht beantwortet. Wie gern erinnere ich mich an unsere gemeinsame Zeit zurück.«

»Barclay«, antwortete sie leise, »ich würde mich freuen, wenn wir beide einen Neustart wagen.«

Nachdem Barclay einen letzten Drink in ihrer Wohnung abgelehnt hatte, sagte er noch: »Ich werde dich morgen Nachmittag anrufen. Am Morgen habe ich eine Vorstandssitzung.« Sein Kuss verharrte auf ihren Lippen. »Meine zukünftige Frau«, sagte er, bevor er ging.

Sylvie trat daraufhin in ihr Arbeitszimmer und schenkte sich ein Glas ein. Lange saß sie nur da, starrte vor sich hin und nippte an ihrem Martini. Barclay war also nicht nur bereit, wieder eine Affäre mit ihr anzufangen, sondern wollte sie sogar heiraten.

Fünfzig Jahre lang war Barclay mit ein und derselben Frau verheiratet gewesen. Ihre kleine Liaison war nach ihrem Tod gewesen. Er hatte keine Kinder.

Wenn ich ihn heirate, habe ich für den Rest meines Lebens ausgesorgt.

Gleichzeitig wusste sie aber auch, dass es mit ihrer Beziehung sofort vorbei wäre, wenn Barclay herausfand, dass sie die letzten beiden Jahre von Parkers gestohlenem Geld gelebt hatte. Und was, wenn Parker endlich die letzten zwei Millionen überwies? Ihr Termin bei Derek Landry war für Freitag angesetzt. Morgen wollte sie in seiner Kanzlei anrufen und nachfragen, ob sie sich nicht sofort mit ihm treffen könnte.

49

Derek Landrys Kanzlei lag in dem neuen Hochhaus östlich des Times Square. Der Anwalt hatte sich auf Sylvies Bitte hin zu einem sofortigen Gespräch bereit erklärt, obwohl er dazu seinen Terminplan umstellen musste, wie er ihr unmissverständlich zu verstehen gab.

Das heißt, er wird das extra berechnen, dachte sie.

Seine Kanzlei belegte insgesamt drei Stockwerke des Gebäudes. Der große, mit bequemen Ledersofas und Sesseln ausgestattete Empfang lag auf der 39. Etage. Auf einem Beistelltisch stapelten sich ordentlich mehrere Zeitungen. Wer macht sich bloß die Mühe, die alle zu lesen?, fragte sie sich.

Die hellgraue Wandfarbe stand in schönem Kontrast zu den dunkleren Grautönen des Teppichbodens.

Die junge Frau hinter der Rezeption begrüßte Sylvie mit einem Lächeln.

»Mr. Landry erwartet Sie bereits. Man wird Sie zu seinem Büro bringen.«

Sofort war ein junger Mann, der aussah, als hätte er eben erst sein Jurastudium beendet, an ihrer Seite und führte sie zu dem Privataufzug, mit dem es zwei Stockwerke hinaufging.

Er geleitete sie durch einen Korridor in einen Konferenzraum mit einem langen Tisch, an dem jeweils vier Stühle an den Längs- und je ein Stuhl an den Kopfseiten standen.

Sylvie drapierte ihre Zobeljacke über den Stuhl neben sich. Eine weitere Assistentin erschien. Sie war etwa fünfzig Jahre alt, konservativ mit dunkelblauem Blazer und dazu passender Hose gekleidet und bot Sylvie Kaffee, Tee und Wasser an. »Nur Wasser«, antwortete Sylvie, deren Mund plötzlich wie ausgedörrt war. Kurz darauf stand Derek Landry in der Tür, einen Augenblick später war er bei ihr und gab ihr die Hand.

»Meine liebe Gräfin, es ist mir ein Vergnügen, Sie wiederzusehen. Wir sind uns bereits auf der einen oder anderen Wohltätigkeitsveranstaltung begegnet, wenn ich mich nicht irre.«

Derek Landry war ein großer, stämmiger Mann mit angehender Glatze und einem pausbäckigen Gesicht. Dazu hatte er grüngraue Augen. Sein Ton war herzlich, aber ihm ging der Ruf voraus, dass er als Anwalt immer erreichte, was sich seine Mandanten wünschten.

Sylvie hatte sich für ihren Auftritt alles sorgfältig zurechtgelegt.

»Derek, ich kann ganz offen zu Ihnen sein?«

»Natürlich«, antwortete er ruhig.

»Also gut. Acht Jahre lang, bis zu seinem Verschwinden, war ich eng mit Parker Bennett befreundet.«

»Ich verstehe.«

»Als er plötzlich verschwand, musste ich erfahren, dass er ein Betrüger und schlechter Mensch gewesen ist. Nicht der Mann, den ich geglaubt habe zu lieben. Wie so viele auch bin ich davon ausgegangen, dass Parker tot war. Ich konnte ihn mir in einer Gefängniszelle einfach nicht vorstellen.« Sie drehte sich zur Seite und blinzelte sich Feuchtigkeit in die Augen. Mit einem leisen Seufzen wandte sie sich dann wieder dem Anwalt zu.

»Daher können Sie sich vorstellen, wie erstaunt und erschrocken ich war, als ich von ihm angerufen wurde.«

»Sie wurden von Parker Bennett angerufen?«, fragte Landry skeptisch.

»Ja. Er hat mir erzählt, dass er unter einer falschen Identität lebt, und er hat mich gewarnt, dass er es auf keinen Fall akzeptieren würde, wenn ich unsere Beziehung beenden wolle. Kein anderer außer ihm soll mich jemals bekommen, so seine Worte. Deswegen würde er mir in Zukunft Geld und teure Geschenke schicken, die ich unbedingt annehmen müsse. Als er das letzte Mal bei mir war, kurz vor seinem Untertauchen, hat er mir ein Handy in die Nachttischschublade gelegt, dazu einen Zettel mit der Aufschrift: ›Immer aufgeladen lassen.‹«

»Haben Sie das alles der Polizei mitgeteilt?«, fragte Derek.

»Nein.«

»Warum nicht?«

»Weil ich ganz durcheinander war. Ich wusste nicht, was ich tun sollte.«

»Und Sie haben dieses Handy immer aufgeladen gelassen?«

»Ja. Er hat es mir doch gesagt.«

»Dann war Parker Bennett also die gesamten zwei Jahre immer wieder in Kontakt mit Ihnen?«

»Ja.«

»Und er hat Ihnen Geld und Geschenke geschickt?«

»Ja.«

»Ich weiß nicht recht, wie ich Ihnen behilflich sein kann, Gräfin«, sagte Landry.

»Sie haben keine Vorstellung, welche Ängste ich in diesen zwei Jahren ausgestanden habe. Parker hat mich davor gewarnt, mich mit anderen Männern zu treffen. Er hat mich mit dem Tod bedroht. Jede Minute, die ich außerhalb meiner Wohnung verbrachte, hatte ich Todesangst.«

Ihre Stimme zitterte.

»Was wollen Sie von mir, Gräfin?«

»Ich will, dass Sie mit dem FBI verhandeln. Ich könnte der

Polizei Parker Bennetts neue Identität, seine Handynummer und seinen jetzigen Aufenthaltsort nennen. Im Gegenzug bestehe ich darauf, die zwei Millionen Dollar Belohnung zu bekommen, außerdem müssen mir Anonymität und vollständige Straffreiheit zugesichert werden. So wie jetzt kann ich nicht mehr weiterleben.« Ihre Stimme zitterte jetzt nicht mehr, sondern war hart wie Stahl.

»Das sind äußerst weitreichende Forderungen, Gräfin. Sie waren Nutznießerin seiner betrügerischen Machenschaften und haben seine falsche Identität geschützt.«

»Und hatte dabei immer das Gefühl, ich würde mitten im Fadenkreuz eines Scharfschützen stehen«, erwiderte sie wütend.

»Gut, die Verhandlungen müssen mit großer Umsicht geführt werden. Man muss immer damit rechnen, dass das FBI näher an Parker Bennett dran ist, als wir wissen. Und falls er wirklich verhaftet werden sollte, ist es gut möglich, dass er bei einem Geständnis auch Sie erwähnt.«

»Dessen bin ich mir durchaus bewusst«, antwortete Sylvie. »Deshalb möchte ich, dass das alles so schnell wie möglich über die Bühne gebracht wird.«

»Und Sie verlangen die Auszahlung der ausgesetzten Belohnung?«

»Ich gehe davon aus, dass Ihr Honorar nicht gering sein wird«, erwiderte sie. »Meine Mittel sind im Moment etwas begrenzt. Daher brauche ich die Gewissheit, dass ich Sie auch bezahlen kann.«

»Sehr bewundernswert, Gräfin«, gab Landry aalglatt zurück.

Sylvie war überzeugt, mehr als nur einen sarkastischen Unterton herausgehört zu haben.

»Derek, Sie stehen in dem Ruf, dass die Prozesse, die Sie führen, für Ihre Mandanten immer günstig ausgehen, was, möchte ich anfügen, nicht immer ganz gerecht sein mag, aber genau aus diesem Grund bin ich hier bei Ihnen. Haben wir uns verstanden?«

Derek Landry lächelte. »Vollkommen, Gräfin. Ich werde den Vertrag aufsetzen lassen. Mein Honorarvorschuss beläuft sich auf zweihunderttausend Dollar.«

50

Ranger saß in Sean Cunninghams Wohnzimmer. Der Arzt hatte ihn angerufen und ihn zu einem Treffen von Betrugsopfern eingeladen – einer Art Selbsthilfegruppe, die sich bei ihm zu Hause einfand. »Da bietet sich für jeden die Gelegenheit, sich auszusprechen.«

Das war nun das Letzte, was Ranger wollte – sich in Cunninghams Wohnung die trübseligen Geschichten der anderen anzuhören. Er war nur an seiner eigenen Geschichte interessiert, aber er spürte, dass sich Cunningham Sorgen um ihn machte. Daher hatte er zugesagt und saß jetzt hier.

Aber wenn der wüsste, dachte Ranger. Wenn der wüsste.

Er wollte nicht, dass Cunningham irgendetwas von seinen Plänen mitbekam. Der Mann war Psychiater. Er wäre in der Lage, mich einweisen zu lassen, dachte Ranger. Er könnte mich als eine Gefahr für die Allgemeinheit hinstellen. Ranger hatte von solchen Fällen gelesen.

Ich bin keine Gefahr für die Allgemeinheit, dachte er. Nur für die wenigen, die es nicht anders verdient haben.

Er hörte den anderen zu. Ein Ehepaar, beide weit über achtzig, sprach davon, dass sie bei ihrem Sohn einziehen mussten, weil sie alles verloren hatten. »Bis dahin bin ich mit meiner Schwiegertochter immer so gut ausgekommen«, erzählte die Frau. »Aber jetzt ist alles anders. Mein Mann und ich, wir hören schlecht, deshalb ist unser Fernseher immer etwas zu laut. Manchmal gehen sie abends weg, nur damit sie ihre Ruhe vor uns haben. Und wir können nichts tun.« Ihr brach die Stimme. »Es gibt nichts, was wir tun können.«

Ihr habt wenigstens noch euch beide, dachte Ranger verbittert.

Er musste daran denken, wie er und Judy damals Parker Bennett in seinem Büro aufgesucht hatten. Bequeme Sessel, alles ganz zwanglos. Bennett hatte seine Sekretärin ein Tablett mit Kaffee und verschiedenen Muffins bringen lassen. Und während sie aßen, rühmte sich Bennett, er sei der Broker für die Leute, die sich in der Finanzwelt nicht so gut auskannten. Er werde dafür sorgen, dass sie es später einmal, wenn sie in Rente gingen, gut hatten, dass es ihnen besser ging, als wenn sie ihre Ersparnisse auf die Bank brachten und dafür höchstens mickrige ein oder zwei Prozent Zinsen bekamen.

Noch immer sah er Judy vor sich, die Bennett anlächelte und sich geschmeichelt fühlte, weil er sie als Kunden akzeptiert hatte. Sie hatte es gewagt, sich mit Ranger eine Zukunft in finanzieller Sicherheit und vielleicht dem einen oder anderen kleinen Luxus zu erträumen.

Nachdem wir erst unterschrieben hatten, steckten wir mehr und mehr unsere Ersparnisse in den Fonds. Wir schränkten uns ein. Wir *sparten*, um ihm noch mehr Geld geben zu können. Ein kleines Opfer jetzt, das sich irgendwann groß auszahlen würde; daran haben wir geglaubt. Davon hat er uns überzeugt.

Die Stimmen waren zurückgekehrt. Besänftigende Stimmen, manchmal, öfter aber machten sie ihm Angst. Zum ersten Mal hatte er sie als Teenager gehört. Manchmal hatten sie ihn angebrüllt wie ein wildes, heulendes Tier aus der Hölle. Dann war Judy in sein Leben getreten. Seine geliebte Judy. Und die Stimmen waren leiser geworden und schließlich ganz verstummt. Wie würde Sean Cunningham reagieren, wenn er wüsste, dass er eine geladene Waffe in seiner Wohnung aufbewahrte?

Mittlerweile gefiel es ihm, die Waffe in die Hand zu nehmen. Er hatte das Laden und Entladen geübt. In der vergangenen Woche war er auf einem Schießstand gewesen. Jetzt war er überzeugt, dass er genauso gut schießen konnte wie jeder Polizist in New York.

Als Ranger an der Reihe war, tat er alles, um sich seine Verbitterung nicht anmerken zu lassen. Er erzählte den Anwesenden von Judys Schlaganfall.

»Der kam nur wenige Tage, nachdem wir erfahren haben, dass wir erledigt sind. Ich habe sie auf die Toilette tragen müssen«, flüsterte er. »Es hat mir nichts ausgemacht. Ich habe sie geliebt. Ich hätte alles für sie getan, und ich habe nur gebetet, dass sie bei mir bleibt. Dann, vor einem Monat, der nächste Schlaganfall. An dem ist sie dann gestorben.«

»Sie konnte nicht bei Ihnen bleiben, Ranger«, mischte sich Cunningham behutsam ein. »Dazu ging es ihr zu schlecht.«

»Ich wollte Judy nahe sein, also habe ich einen Teil ihrer Asche in etwas gefüllt, was ich um den Hals tragen kann«, fuhr er fort und sah zu den Zuhörern, auf deren Mienen sich Mitleid abzeichnete, auf das er gut und gern verzichten konnte. »Aber jetzt trage ich es nur noch nachts. Dann fühle ich mich nicht so allein.«

Cunningham nickte, als stimmte er dem zu, was er gesagt hatte.

Wenn du wüsstest, Doktor. Ranger presste die Lippen aufeinander, um das Lachen zu unterdrücken, das er in sich aufsteigen spürte.

Der Letzte aus der Gruppe war am Ende seiner langweiligen Geschichte angelangt. Irgendein Alter, der jetzt nur noch so wenig hatte, dass er fünfmal in der Woche von Essen auf Rädern versorgt werden musste.

Zum Abschied bedankte sich Ranger bei Sean Cunningham und versicherte ihm erneut, dass es ihm schon wieder besser gehe. Es war zehn vor fünf. In zehn Minuten würde Eric Bennett sein Büro verlassen. Zweimal hatte Ranger ihn bislang am Morgen kommen und am Nachmittag wieder gehen sehen. Erics Wohnung lag nicht weit von seinem Büro, sodass er gewöhnlich zu Fuß ging.

Ich könnte ihn jederzeit abknallen, dachte Ranger. Aber das wäre ein Fehler. Dann würde ich nie die Mutter erwischen. Beide leben sie im Moment von meinem Geld. Von meinem und Judys Geld. Wieder packte ihn die blanke Wut.

Draußen fiel leichter Schnee. Er mochte es, wenn es unter den Schuhen knirschte. Die Menschen auf der Straße, die nach Hause eilten, bemerkte er kaum. Er näherte sich Eric Bennetts Bürogebäude und wartete davor. Eine Viertelstunde später kam Eric durch die Drehtür. Ranger gab ihm einen halben Block Vorsprung, bevor er ihm folgte.

Diesmal kehrte Eric nicht direkt in seine Wohnung zurück. Er betrat eine Bar in der West Thirteenth Street, wo er sich mit zwei Männern in seinem Alter traf. Ranger spähte durch das Fenster und sah sie zusammen lachen.

Du lässt es dir gut gehen, was? Eine weitere Woge des Zorns erfasste ihn. Aber nicht mehr lange, das verspreche ich dir. Nicht mehr lange. Dann ging er die drei Kilometer zu seiner Wohnung. Ohne den Mantel auszuziehen, setzte er sich auf die Couch. Eric bleibt heute in der Stadt. Das heißt, dass er morgen wieder seine Mutter besuchen wird, überlegte Ranger. Ich parke einen Block von seiner Garage entfernt und folge ihm nach New Jersey.

Es macht Spaß, ihm zu folgen, flüsterte eine Stimme. Sein

Vater hat sich jeden Dollar geschnappt, den du jemals gespart hast, aber jetzt kannst du dir ihn schnappen. Wann immer du willst, kannst du deinen Revolver auf ihn richten und zusehen, wie er stirbt.

Erst jetzt bemerkte er, dass er immer noch seinen klammen Mantel trug. Er stand auf, schlüpfte heraus und ließ ihn auf die Couch fallen.

Er hatte nichts zu Mittag gegessen, aber er war nicht hungrig. Judy hatte nie einen Tropfen Alkohol angerührt. Als sie noch lebte, hatte er nur gelegentlich ein Bier oder einen Scotch getrunken. Jetzt ging er in die Küche, holte sich ein Glas und öffnete eine Flasche Scotch. Er setzte sich wieder auf die Couch und schenkte sich ein. Füllte das Glas bis zum Rand. Ein wenig lief sogar über. Dann trank er.

Zwei Stunden später war die Flasche leer, und er schlief unter seinem immer noch feuchten Mantel auf der Couch ein.

51

Am Dienstagabend folgte Ranger Eric nach New Jersey. Zu seiner Überraschung fuhr Eric nicht zu seiner Mutter, sondern bog in der Stadt Verona vom Highway ab und hielt vor einem Restaurant.

Er kennt mich nicht, dachte Ranger. Ich kann hier ebenfalls essen. Mein Aufzug geht in Ordnung.

Er trat in das Restaurant, sah Eric im Speisesaal sitzen und bat die Bedienung um einen Platz am Fenster. So konnte er Eric im Auge behalten und, wenn er wollte, ihn jederzeit erschießen.

Einige Minuten später kam eine wirklich attraktive Frau an Erics Tisch. Eric erhob sich und gab ihr einen Kuss. War sie es auch gewesen, die im Auto gesessen hatte, als er am Haus der Mutter vorbeigefahren war? Die beiden nahmen Platz, lächelten sich an, unterhielten sich, während er allein vor sich hin brütete. Irgendwann fiel ihm ein weiterer Gast auf, der ganz in der Nähe allein an einem Tisch saß. Allmählich füllten sich auch die restlichen Tische mit Pärchen oder Gruppen. Alle schienen es sich gut gehen zu lassen und ihren Spaß miteinander zu haben. Und je mehr Gäste ins Lokal kamen, desto einsamer fühlte er sich, und desto wütender wurde er. Sein Essen rührte er gar nicht an; seine Aufmerksamkeit galt ausschließlich Eric und dessen Freundin.

Als Eric nach der Rechnung verlangte, tat Ranger dasselbe. Seinen Wagen hatte er auf der gegenüberliegenden Straßenseite geparkt, er würde seine alte Karre doch niemals von einem Bediensteten einparken lassen. Er setzte sich ans Steuer und sah zu, wie der Bedienstete erst den Wagen der jungen Frau brachte, dann den von Eric. Es überraschte ihn, dass die beiden getrennt in ihren Autos wegfuhren.

Diesmal folgte er der jungen Frau auf ihrem Weg nach Manhattan und sah sie in die Tiefgarage der 240 West Fifty-Sixth Street einbiegen.

Dann, als er schon losfahren wollte, kam sie die Auffahrt hoch. Wohin wollte sie? Er überlegte, ob er ihr folgen sollte, aber dann sah er, dass sie zum Gebäude nebenan ging und vom Portier eingelassen wurde.

Hübsches Haus. Wir hatten nie einen Portier. Aber du, du hast einen. Vielleicht zahlt Eric dir ja deine Wohnung. Er hat dir ja auch dein tolles Essen gezahlt … von meinem Geld.

Rangers Zorn hatte ein neues Ziel gefunden.

Die hübsche junge Frau mit den langen rötlichen Haaren, die Eric Bennett so glücklich angelächelt hatte.

52

Rudy Schell erhielt einen interessanten Anruf von einem Anwalt mit großem Renommee, den er aber trotzdem nicht sonderlich mochte. Er hielt Derek Landry für einen jener Vertreter seines Fachs, die für den schlechten Ruf ihres Berufsstands verantwortlich waren. Landry hatte mehrmals Mandanten in hohen Machtpositionen vertreten, die der Schmiergeldzahlung oder Entgegennahme von Schmiergeldern angeklagt worden waren. Dabei hatte er eine erstaunlich hohe Erfolgsrate vorzuweisen und für seine Mandanten in jedem Fall außergewöhnlich gute Urteile herausgeholt.

Ein Anruf von jemandem wie ihm war eine unliebsame Überraschung. Landry bat um eine Unterredung in einer höchst dringlichen Angelegenheit; einer Angelegenheit, die ihn, Rudy Schell, sicherlich interessieren dürfte. »Es geht um Parker Bennett.«

Rudy Schell musste sich sehr anstrengen, um sich seine Aufregung nicht anmerken zu lassen. »Mr. Landry, ich werde mir Zeit für Sie nehmen. Wann wollen wir uns treffen?«

»Heute Nachmittag.«

»Um fünfzehn Uhr?«, schlug Rudy Schell vor.

»Bis dann.«

Pünktlich um drei Uhr traf Derek Landry ein. Rudy Schell begleitete ihn in eines der Büros, die für solche vertraulichen Zusammenkünfte vorgesehen waren.

Er schloss die Tür und bedeutete Landry, Platz zu nehmen.

»Was kann ich für Sie tun, Mr. Landry?«

»Es geht um eine sehr heikle Angelegenheit«, erwiderte Landry fast im Flüsterton. »Ich habe eine sehr vertrauenswürdige Mandantin, die in der Lage ist, Ihnen den Aufenthaltsort von Parker Bennett zu nennen.«

»Vertrauenswürdig?«, fragte Schell.

»Ja. Aber wir bestehen auf absoluter Anonymität. Ich bin nicht befugt, Einzelheiten preiszugeben, solange Sie nicht Interesse an unserem Vorschlag angemeldet haben. Meine Mandantin besteht des Weiteren auf Auszahlung der ausgesetzten Belohnung und verlangt die sichere Zusage, unter keinen Umständen strafrechtlich belangt zu werden. Ich kann Ihnen versichern, dass meine Mandantin in keiner Weise an Parker Bennetts Betrug beteiligt war. Meine Mandantin wurde von Parker Bennett gezwungen, nach dessen Verschwinden einen unmaßgeblich kleinen Prozentsatz der hintergangenen Summe anzunehmen.«

»Mr. Landry, Sie verlangen viel. Im Normalfall müsste ich den Namen Ihrer Mandantin erfahren, bevor ich über Ihr Angebot auch nur nachdenken kann. Wenn die Rolle Ihrer Mandantin exakt dem entspricht, was Sie beschrieben haben, dann, ja, werde ich darüber nachdenken. Außerdem ist Ihnen sicherlich klar, dass eine solche Entscheidung von ganz oben abgesegnet werden muss, bevor ich Ihnen eine Antwort präsentieren kann.«

»Natürlich.« Landry lächelte. »Ich hoffe sehr, bald von Ihnen zu hören, Mr. Schell. Ich finde selbst hinaus.«

53

Als Lane am Mittwochmorgen zur Arbeit ging, war sie in Gedanken immer noch bei dem, was Eric ihr am Vortag erzählt hatte. Wieder hatte ihr der Abend mit ihm sehr gefallen. Mittlerweile duzten sie sich, und sie konnte und wollte nicht leugnen, dass sich zwischen ihnen beiden etwas entwickelte. Die Anziehung, die sie auf den jeweils anderen ausübten, schien mit jedem Tag zuzunehmen. So jedenfalls empfand sie es, und sie war überzeugt, dass dies nicht nur auf sie zutraf. Erneut hatte er ihr zu verstehen gegeben, welche Gefühle er ihr entgegenbrachte. Und trotzdem – so viele waren davon überzeugt, dass er am Verbrechen seines Vaters beteiligt gewesen war.

Dwight verachtete ihn ganz offen. Aber warum? Es war nicht in Ordnung, dass er seine Meinung nie begründete.

Ich darf es nicht zulassen, dass ich mich verliebe und dann wieder verletzt werde, überlegte sie und musste daran denken, wie sehr es ihr das Herz gebrochen hatte, als sie erst ihren Vater und später auch noch Ken verloren hatte. Auch Katie wollte sie vor so etwas beschützen. Mittlerweile hatte ihre Tochter Eric seit einigen Wochen nicht mehr gesehen, aber erst an diesem Morgen hatte sie sich nach ihm erkundigt.

Wenigstens hatte sich Gladys Laune spürbar gebessert.

»Wenn unsere Gräfin nicht zahlt, werde ich mich nicht scheuen, die Bilder und Skulpturen aus ihrer Wohnung wieder abtransportieren zu lassen«, sagte sie. »Die Greer Company nimmt in der Regel nichts mehr zurück, was sie mal verkauft hat, in diesem Fall würden sie mir aber entgegenkommen, weil ich seit Jahren für unzählige Kunden bei ihnen geordert habe.«

»Das freut mich. Und es ist wirklich sehr nett von ihnen«, pflichtete Lane bei.

»Na ja, die brechen sich keinen Zacken aus der Krone, wenn sie sich mal etwas kulant zeigen. Die haben ein Vermögen mit meinen Kunden verdient«, sagte Glady. »Und auch ich habe mir jeden Cent redlich verdient. Diese Wohnung war doch ein einziges wirres Durcheinander, ein Ausbund an schlechtem Geschmack – bevor ich mal richtig aufgeräumt habe.«

Das, dachte Lane, höre ich bei jedem Kunden, aber sie stimmte Glady zu und schenkte ihr damit die Bestätigung, die sie hören wollte. »Glady, das ist eines deiner besten Projekte. Die Wohnung ist wunderschön und äußerst einladend geworden.«

Später an diesem Tag rief ein FBI-Agent namens Rudy Schell bei ihnen an und bat sie, so bald wie möglich in sein Büro zu kommen.

Glady, noch mit dem Telefon in der Hand, kam in Lanes Büro. »Ein FBI-Agent möchte uns sehen. Hast du morgen einen Termin?«

»Nichts, was ich nicht verschieben könnte«, antwortete Lane.

»Na, das verspricht ja spannend zu werden«, sagte Glady. »Ich verwette meinen nächsten Honorarscheck, dass es irgendwas mit Ihrer königlichen Nichtigkeit und mit Parker Bennett zu tun hat.«

»Das würde mich nicht überraschen«, sagte Lane und fürchtete gleichzeitig, dass auch Eric betroffen sein könnte.

»Hab ich nicht immer gesagt, dass sie noch was mit ihm

am Laufen hat?«, fuhr Glady fort. »Hab ich das nicht immer gesagt?«

»Ja, hast du, Glady. Das hast du gesagt.«

An diesem Abend kurz vor dem Essen erzählte Katie ihrer Mutter, dass die Lehrerin ihr gesagt habe, sie werde eines Tages mal eine tolle Künstlerin werden. »Na, das sage ich dir doch auch immer, Katie«, antwortete Lane und hoffte, dass ihre Tochter nicht merkte, wie abgelenkt sie war.

»Und ich hab auch eine Überraschung für dich. Die muss ich dir gleich zeigen«, sagte Katie ganz aufgeregt. »Darf ich?«

»Natürlich.« Lane lächelte nachsichtig.

Sie lauschte Katies eiligen Schritten, die durch den Flur in ihr Zimmer lief. Bei ihrer Rückkehr hatte sie eine kleine Leinwand in A4-Größe dabei.

»Na, zeig mal her«, forderte Lane sie auf.

Sie sieht Ken ja so ähnlich, ging es ihr dabei durch den Kopf, während Katie die Leinwand mit beiden Armen an sich drückte. Gut, die roten Haare hat sie von mir, aber die Augen und das Gesicht sind ganz der Vater. Es war nicht mehr lange hin bis zu seinem Todestag. Erinnerungen an ihre viel zu kurze gemeinsame Zeit stellten sich ein, dazu die Frage, was noch alles hätte sein können, wenn er nicht so früh gestorben wäre.

Langsam, mit einer theatralischen Armbewegung, drehte Katie die Leinwand um und zeigte sie ihr.

»Sieht es aus wie Daddy?«, fragte sie aufgeregt. »Ich hab das Foto von deinem Schrank die ganze Woche in den Kindergarten mitgenommen und es jeden Tag zurückgebracht und wieder hingestellt. Das war doch okay, oder?«

»Es ist wunderschön«, flüsterte sie. »Es sieht genau wie dein Dad aus. Er wäre sehr stolz auf dich.«

»Bin ich wie er?«, fragte Katie, plötzlich ganz sehnsüchtig.

»Ja, das bist du.« Lane stand auf und schloss ihre Tochter in die Arme, vorsichtig, um das kostbare Bild nicht zu zerdrücken, das sie ihr schließlich abnahm und auf den Tisch legte.

Als sie sich beide hingesetzt und mit dem Essen begonnen hatten, sagte sie: »Dein Daddy hat mir erzählt, dass er in deinem Alter auch immer gern gezeichnet und gemalt hat. Ich habe noch ein paar Bilder, die er in der ersten Klasse gemacht hat. Die werde ich dir mal zeigen.«

Später, als Katie im Bett war, ließ sich Lane im Wohnzimmer nieder, hatte aber nicht das Bedürfnis, den Fernseher anzuschalten. Dass Katie dieses Bild so kurz vor Kens Todestag gemalt hatte, schien damit zusammenzuhängen, dass sie sich insgeheim über ihre Gefühle zu Eric klar werden wollte. Wohin würde das alles noch führen? Und was hätte eigentlich Ken von ihrer Beziehung zu Eric gehalten? War Eric die Art Mann, der Ken als Stiefvater für Katie zugestimmt hätte? Wenn sie sich weiterhin mit Eric traf, würde ihre Beziehung unweigerlich die nächste Stufe anstreben.

Der vergangene Abend hatte das nur allzu deutlich gemacht. Am Ende des Essens hatte ihr Eric wiederholt gesagt, wie sehr ihm an ihr gelegen sei.

»Lane, ich bin jetzt siebenunddreißig Jahre alt. Ich hatte eine Reihe von Beziehungen, aber immer hat mir was gefehlt. Ich habe immer gewusst, dass da noch mehr auf mich warten würde. Und mit dir habe ich das jetzt gefunden.«

54

Auch in dieser Nacht schlief Lane nicht besonders gut. Am darauffolgenden Nachmittag traf sie um drei Uhr mit Glady in Rudy Schells Dienststelle ein.

Schell begleitete sie in eines der Konferenzzimmer und kam, nachdem er ihnen Kaffee angeboten hatte, ohne lange Vorrede auf den Grund ihres Treffens zu sprechen.

»Ms. Harper«, sagte er zu Glady. »Wie lange werden Sie noch in der Wohnung der Gräfin de la Marco beschäftigt sein?«

»Das kann durchaus noch ein paar Wochen dauern, bis auch die letzten Dinge so sind, wie sie sein sollen.«

»Sie wurden von ihr regelmäßig bezahlt?«

»Bislang ja. Mit Ausnahme der letzten Rechnung. Im Moment schuldet sie mir zwei Millionen Dollar. Sie behauptet, in wenigen Tagen über die Summe zu verfügen. Aber meiner Meinung nach will sie mich nur hinhalten. Wenn sie nicht bald zahlt, werde ich einige der Gemälde und Skulpturen wieder entfernen lassen – damit verringere ich meine Honorarforderungen.« Glady machte aus ihrer Verärgerung keinen Hehl.

Rudy Schell nickte. »Dass es ihr an Geld fehlt, habe ich im Grunde nicht anders erwartet«, sagte er mit einer gewissen Genugtuung.

»Warum das denn?«, fragte Glady. »Können Sie Gedanken lesen?«

Immer schwingt so ein sarkastischer Unterton in ihrer Stimme mit, dachte Lane.

»Das wäre schön. Dann hätte ich viele Fälle sehr viel schneller und mit weniger Aufwand lösen können.« Dann wurde er wieder ernst. »Ms. Harper, Ms. Harmon, Sie kennen die Gerüchte, denen zufolge die Gräfin Parker Bennetts Geliebte war?«

»Gerüchte?« Glady lachte. »Klar war sie seine Geliebte. Das weiß doch jeder.«

»Parker Bennetts Leiche ist nie gefunden worden, wir halten es aber für möglich, vielleicht sogar für wahrscheinlich, dass er seinen Tod nur inszeniert hat. Ich gehe davon aus, dass Sie sich in den vergangenen Wochen wiederholt in ihrer Wohnung aufgehalten haben. Meinen Sie, sie hat noch Kontakt mit ihm?«

»Würde mich nicht überraschen«, antwortete Glady. »Als ich ihr am Anfang die ungefähren Kosten für die Neugestaltung der Wohnung mitteilte, entschuldigte sie sich und verließ den Raum, um zu telefonieren. Als sie zurückkam, gab sie uns ihre Zusage. Ich vermute, sie hat damals mit ihrem Weihnachtsmann gesprochen.«

»Hübscher Vergleich«, bemerkte Schell. »Dann halten Sie es also für möglich?«

»Für möglich? Ja. Für wahrscheinlich? Vielleicht«, erwiderte Glady.

»Vor Kurzem fand sich auf der Seite sechs der *Post* eine kurze Mitteilung, wonach die Gräfin mit Barclay Cameron zum Essen verabredet war«, sagte Schell.

»Sie lesen die *Post?* Ich würde doch annehmen, dass Sie Ihre wertvolle Zeit nicht mit Klatsch und Tratsch verschwenden. Aber ich habe es auch gesehen. Zwischen der Gräfin und Barclay Cameron ist vor einigen Jahren etwas gelaufen. Ich tippe mal darauf, dass sie ihn jetzt wieder umgarnt, weil ihr Geldfluss ins Stocken geraten ist.«

»Ms. Harper, Sie scheinen sich ja gut auszukennen mit den Aktivitäten der Gräfin«, bemerkte Schell trocken.

»Als Innenausstatterin für diese Klientel schnappt man unweigerlich eine Menge Klatsch auf«, gab Glady zurück.

Schell wandte sich an Lane. »Ms. Harmon, Sie haben sich mit Eric Bennett getroffen?«

»Ich war mit ihm ein paarmal beim Essen«, erwiderte Lane erstaunt. »Was geht Sie das an?«

»Es gehört zu meinen Aufgaben, auf Bennett ein Auge zu haben, und jetzt möchte ich Ihnen sagen, warum ich Sie hierherbestellt habe. Wir glauben, dass die Gräfin Kontakt zu Parker Bennett hat. Und wir haben immer vermutet, dass Eric Bennett in die Machenschaften seines Vaters verwickelt war.«

»Und er muss damit leben, dass viele Leute das glauben, Mr. Schell«, entgegnete Lane. »Für ihn ist das eine schreckliche Belastung.«

»Vielleicht, vielleicht aber auch nicht«, erwiderte Schell. »Worum es mir geht: Sie beide können dem FBI eine große Hilfe sein. Ich will es anders ausdrücken. Wenn wir Parker Bennett fassen, gehen wir davon aus, dass wir zumindest einen großen Teil des gestohlenen Geldes sicherstellen können. Ms. Harper, wie Sie glauben auch wir, dass die Gräfin mit Parker Bennett in Verbindung steht. Ich möchte Sie bitten, sich so oft wie möglich in der Wohnung aufzuhalten, solange es Ihrer Arbeit angemessen ist, und uns alles zu berichten, was Ihnen zu Ohren kommt. Offensichtlich meinen Sie bei der Gräfin eine gewisse Nervosität wegen der Kosten für die Neugestaltung bemerkt zu haben.«

»Das können Sie aber laut sagen«, antwortete Glady. »Wie gesagt, wenn wir diese Woche nicht die noch ausstehenden zwei Millionen bekommen, werden wir einige Kunstwerke wieder entfernen lassen.«

»Und das wäre dann das Ende Ihrer Beziehung zur Gräfin, oder?«

»Natürlich. Wie käme ich dazu, noch weitere Arbeit hineinzustecken, wenn ich nicht bezahlt werde?«

»Ms. Harper«, begann Schell vorsichtig, »wäre es möglich, dass Sie die Kunstwerke noch etwas länger dort lassen, sodass Sie einen Grund haben, auch noch in nächster Zeit die Wohnung aufzusuchen? Dann würde ich Sie nämlich bitten, im Schlafzimmer der Gräfin Abhörgeräte anzubringen. Ich kann Ihnen versichern, dass wir dafür eine richterliche Genehmigung bekommen. In welchen anderen Räumen verbringt sie, soweit Sie das wissen, sonst die meiste Zeit?«

»In der Bibliothek«, antwortete Glady. »Sie lässt sich dort meistens das Mittagessen servieren, und wenn sie telefoniert, dann eigentlich immer nur dort.«

»Dann hätte ich dort ebenfalls gern ein Abhörgerät«, sagte Schell. »Und, Ms. Harmon, Sie möchte ich bitten, Eric Bennett in seiner Zuneigung zu Ihnen weiterhin zu ermuntern.«

»Woher wissen Sie von seiner Zuneigung zu mir?«, fragte Lane wütend.

»Wir beschatten ihn, Ms. Harmon. Wir würden es gern sehen, wenn Sie Eric Bennetts Vertrauen gewinnen. Sagen Sie ihm, dass es Ihnen egal sei, ob er in den Betrug seines Vaters verstrickt war. Oder deuten Sie es zumindest an.«

»Das werde ich natürlich auf keinen Fall tun!«, protestierte Lane. »Eric ist ein wunderbarer, anständiger Mensch und hatte unter der ganzen Sache entsetzlich zu leiden. Er hat mir erzählt, dass er sein gesamtes Vermögen dem Geschädigtenfonds zur Verfügung gestellt hat.«

»Ms. Harmon!« Schells Stimme war plötzlich kalt wie Eis. »Eric Bennett hat keinen einzigen Cent in diesen Geschädigtenfonds eingezahlt. Glauben Sie mir, ich würde das wissen. Wenn er Ihnen das gesagt hat, dann hat er gelogen, so viel kann ich Ihnen versichern. Und wenn er Sie in dieser Sache belogen hat, hat er Sie auch in anderen Dingen belogen. Wenn Sie also auf seine Avancen eingehen und ihn darin bestärken, dann hoffen wir, dass er sich Ihnen anvertraut. Und jetzt will ich Ihnen zeigen, wie Sie in seiner Gegenwart mit einem Abhörgerät umzugehen haben. Außerdem möchte ich Sie bitten, sich mehrmals in der Woche mit ihm zu treffen.«

Erschüttert sah Lane zu Schell. Ich glaube ihm nicht, dachte sie, ich glaube einfach nicht, dass er die Wahrheit sagt. Er manipuliert mich, damit ich Eric ausspioniere; ich weiß es. Allein den Gedanken daran, ein verstecktes Mikro zu tragen, das jedes Wort zwischen ihr und Eric aufzeichnen würde, empfand sie als unerträglich.

»Ich weigere mich entschieden, mit Ihnen zusammenzuarbeiten«, sagte sie wütend. »Ich glaube an Eric Bennetts Unschuld. Es ist einfach abscheulich, dass Sie mich bitten, ihn in eine Falle zu locken.«

»Glauben Sie wirklich, dass Eric Bennett sein Konto leer geräumt und alle seine Aktien verkauft hat, um den Opfern seines Vaters zu helfen?«, fragte Schell voller Zorn.

»Ja, das glaube ich, Mr. Schell, und ich glaube, dass Sie mich hintergehen, damit ich mich gegen einen Freund wende, der mir vertraut.«

»Du bist eine Närrin, Lane«, kam es scharf von Glady. »Es wird mir ein Vergnügen sein, diese Geräte in der Wohnung der Gräfin anzubringen, Mr. Schell. Wie gesagt, ich glaube, dass Parker Bennett meine Rechnungen zahlt, und das gefällt mir nicht. Wenn Sie beweisen können, dass die Gräfin mit drinsteckt, dann können Sie die Wohnung und ihre Einrichtung beschlagnahmen und dem Geschädigtenfonds zuführen, oder?«

»Richtig«, stimmte ihr Schell zu.

»Gut, dann werden Sie nach der Renovierung mehr Geld

dafür bekommen als vorher. Das ist also mein Beitrag zu diesem Fonds«, sagte Glady.

»Glady, du scheinst zu vergessen, dass die Wohnung nach wie vor der Familie de la Marco gehört, nicht der Gräfin«, warf Lane ein.

»Das habe ich nicht vergessen, Lane«, entgegnete Glady. »Aber wenn sie ins Gefängnis muss, wird die Familie die Chance wittern, die Wohnung zurückzubekommen, und sie wird sich nur allzu gern darauf einlassen, den durch meine Umgestaltung erzielten Wertzuwachs in angemessener Form auszugleichen.«

Rudy Schell war bereits zu Ohren gekommen, dass Glady Harper eine ausgefuchste Geschäftsfrau war. Daran besteht kein Zweifel, dachte er jetzt. »Ms. Harper«, sagte er, »ich danke Ihnen. Mit Ihrer Hilfe werden wir Parker Bennett vielleicht fassen.«

Er wandte sich an Lane. »Ms. Harmon, ich wäre Ihnen ebenfalls äußerst dankbar, wenn Sie mit uns zusammenarbeiten würden. Überlegen Sie es sich noch einmal.«

»Nein«, lautete Lanes kategorische Antwort.

Stumm saß sie daneben, während ein Beamter ins Zimmer kam und Glady darin unterwies, wie die Abhörgeräte am Körper zu tragen waren und wo sie sie in der Bibliothek und im Schlafzimmer am besten anbringen sollte. Als der Beamte zur Sicherheit alles noch einmal wiederholen wollte, blaffte Glady – der man kaum etwas zweimal sagen musste – ihn nur barsch an: »Ich bin keine Vollidiotin. Das kapiert doch schon ein Kleinkind beim ersten Mal.«

Bei der Verabschiedung sprach Rudy Schell erneut Lane an. »Wie gesagt, ich hoffe, Sie überlegen es sich noch und können sich doch dazu durchringen, mit uns zu kooperieren. Darüber hinaus muss ich Sie darauf hinweisen, dass Sie sich strafbar machen, wenn Sie anderen von den Abhörgeräten erzählen, die laut richterlichem Beschluss in diesem Fall eingesetzt werden dürfen.«

»Machen Sie sich keine Sorgen, ich werde davon nichts erzählen.« Lane drehte sich um und verließ den Raum. Glady folgte ihr schweigend.

Hat sie es endlich kapiert, dachte Lane, als sie zusammen im Aufzug nach unten fuhren. Sie soll sich ja nicht trauen, mir mit irgendeinem blöden Kommentar über Eric und mich zu kommen. Sonst kann sie sich gleich nach einer neuen Assistentin umschauen. Und eine so gute wie mich wird sie nicht so schnell finden.

Rudy Schell, der sie an die Tür zum Konferenzzimmer begleitet hatte, setzte sich wieder. Er war davon überzeugt, dass Derek Landry die Gräfin de la Marco vertrat, und alles in ihm sträubte sich, ihr nicht nur Straffreiheit und Anonymität zuzusichern, sondern auch noch die Belohnung auszuzahlen. Vielleicht würden sie ja ihre Hilfe benötigen, um an Parker Bennett ranzukommen, aber noch konnten sie sie ein wenig hinhalten.

Rudy Schell spürte, dass der Fall allmählich auf eine Entscheidung zulief. Er fühlte bereits das Kribbeln, das sich immer dann einstellte, wenn er kurz vor dem Abschluss eines Falls stand. Und er kostete bereits die Genugtuung, wenn er nur daran dachte, dass er an die Tür von Parker Bennetts Versteck anklopfen und ihn verhaften würde.

55

Auf der Rückfahrt nach Montpelier ließ Joel Weber den Blick über die Landschaft und den Himmel schweifen, der hier sehr viel blauer war als in Manhattan. Verständlich, dachte er. In New York gibt es mehr Straßenverkehr, mehr Gebäude und Gott weiß wie viel mehr Menschen.

Kurz vor fünfzehn Uhr bog er auf den Parkplatz der Montpelier High School ein. Schon in Hanover war es ziemlich kalt gewesen, hier herrschten Minustemperaturen.

Mit eiligen Schritten ging er zum Schulgebäude und drückte auf die Klingel. Sofort kam eine schlanke Frau Ende sechzig an die Tür und machte ihm auf.

»Hallo, Mr. Weber, ich bin Kay Madonna, die Sekretärin des Direktors. Ich bringe Sie zu ihm. Er erwartet Sie schon.«

Weber folgte ihr durch den Gang und durch einen kleinen Empfangsbereich in Glenn Callows Büro. Ein etwa sechzigjähriger Mann mit einem grau melierten Haarschopf erhob sich, streckte ihm die Hand entgegen und bedeutete ihm, Platz zu nehmen.

»Wie kann ich Ihnen helfen, Mr. Weber? Worum geht es?«

»Als Erstes sollten Sie wissen, dass ich ein pensionierter FBI-Agent bin und mittlerweile für ein privates Sicherheitsunternehmen arbeite. Wir beschäftigen uns mit Eric Bennetts Vergangenheit. Nach unseren Kenntnissen hatte er, bevor er Hals über Kopf das Magna Carta College verließ, eine engere Beziehung zu einer jungen Frau, die an Ihrer Schule den

Abschluss machte. Waren Sie zu jener Zeit schon hier?«, fragte Joel Weber.

»Ja.«

»Soweit ich weiß, handelte es sich bei dieser Frau um eine Regina Crowley. Erinnern Sie sich an sie?«

»Sehr gut sogar«, antwortete Callow, und ein Lächeln ging über sein Gesicht. »Regina war eine ausgezeichnete Schülerin, tat sich im Debattierteam hervor und war eine gute Tennisspielerin.«

»Ist Regina während ihrer Schulzeit hier etwas Ungewöhnliches zugestoßen?«

»Nein, eigentlich nicht.«

Weber spürte, dass Callow ein bisschen nervös wirkte.

»Mr. Callow, Ihnen sollte klar sein, ich bin nur insofern an Regina Crowley interessiert, als sie eine Beziehung zu Eric Bennett hatte.«

»Mr. Weber, das verstehe ich, aber abgesehen davon, dass Regina im Jahr vor ihrem Abschluss aufgrund einer längeren Erkrankung am Pfeifferschen Drüsenfieber die Schule verließ, fällt mir nichts Ungewöhnliches ein.«

»Wissen Sie, was Sie danach tat?« Weber blieb hartnäckig.

»Ja. Im Jahr darauf kehrte sie an die Schule zurück. Und nach ihrem Abschluss als eine der Besten ihres Jahrgangs ging sie aufs Boston College und studierte Jura.«

»Hatten Sie später noch Kontakt zu ihr?«

»Meines Wissens ist sie nicht mehr zurückgekommen«, antwortete Callow leise. »Aber sie spendet jedes Jahr für den Schulfonds.«

»Können Sie mir ihre Adresse geben?«

Der Direktor zögerte kurz. »Ich sehe eigentlich keinen Grund, es nicht zu tun. Ihr Name nach der Heirat lautet Fitzsimmons, sie wohnt in Hartford und ist Anwältin für Immobilienrecht.

Ihr Arbeitgeber ist die Kanzlei Manley und Fusaro, deren Sitz ist ebenfalls in Hartford.«

Joel Weber erhob sich. Es gab von seiner Seite keine weiteren Fragen an den Schuldirektor. Er hatte alle gewünschten Informationen.

»Mr. Callow, Sie waren mir eine große Hilfe. Vielen Dank, dass Sie sich für mich Zeit genommen haben.« Die beiden Männer gaben sich die Hand, und Joel Weber trat hinaus auf den Parkplatz.

Sobald er in seinem Wagen saß, rief er die Auskunft an und ließ sich die Telefonnummer und Adresse der Anwaltskanzlei Manley & Fusaro geben. Kurz darauf hatte er die SMS mit allen nötigen Informationen auf seinem Handy.

Er rief in der Kanzlei an und bat, mit einer Regina Fitzsimmons verbunden zu werden.

»Einen Augenblick, bitte, ich sehe mal nach, ob sie hier ist.«

Beim ersten Klingeln wurde bereits abgenommen. »Regina Fitzsimmons«, meldete sich eine Frau.

»Ms. Fitzsimmons, hier ist Joel Weber. Ich bin Privatermittler und würde mich gern mit Ihnen unterhalten. Ich beschäftige mich mit der Vergangenheit von Eric Bennett und vermute, dass Sie über Informationen verfügen, die vielleicht nicht unwichtig sind. Wären Sie bereit, sich mit mir zu treffen?«

Es folgte eine lange Pause. »Gut. Vielleicht schadet es ja nicht … nach so langer Zeit. Ja, Mr. Weber, wir können uns treffen.«

»Ich bin im Moment noch in Montpelier. Nach Hartford sind es mit dem Auto schätzungsweise an die drei Stunden, oder? Ich könnte also gegen halb sieben bei Ihnen in der Kanzlei sein. Wäre es möglich, dass Sie mich dort noch empfangen?«

»Ja«, bestätigte Fitzsimmons. »Ich wollte sowieso länger bleiben. Halb sieben geht in Ordnung. Sie haben die Adresse?«

»Ja, und vielen Dank.« Weber beendete das Gespräch und war mit sich und dem höchst erfolgreichen Nachmittag sehr zufrieden.

Leichter Schneefall setzte auf der Strecke nach Hartford ein, aber zum Glück erreichte er die Stadt, bevor der Niederschlag stärker wurde und sich zu einem richtigen Schneesturm auswachsen konnte.

Die Kanzlei Manley & Fusaro lag in einem gediegenen roten Backsteingebäude in der Main Street.

Weber stellte den Wagen ab, lief die Treppe zum Eingang hinauf und klingelte bei der Kanzlei.

Weber hatte eine etwa vierunddreißigjährige Frau erwartet. Die junge Frau, die an die Tür kam, war klein, blond und sah noch jünger aus, als Weber sich vorgestellt hatte. Sie begrüßte ihn herzlich.

»Kommen Sie rein, Mr. Weber. Ich bin Regina Fitzsimmons. Ich hab schon mal frischen Kaffee in meinem Büro bereitgestellt. Nach der langen Fahrt können Sie sicherlich eine Tasse gebrauchen.«

Sie führte Joel durch den Empfangsbereich in ihr Büro. Die Rezeptionistin war bereits nach Hause gegangen, aber es waren noch Stimmen im Gang zu hören.

Sie schloss die Tür, lud ihn ein, Platz zu nehmen, und setzte sich selbst an den Schreibtisch.

»Mir war immer klar, dass dieser Tag kommen würde«, begann sie. »Vielleicht bin ich sogar froh, dass es jetzt so weit ist. Wenn ich sehe, dass Eric Bennett bislang nicht belangt wurde, obwohl er mit seinem Vater so viel Geld veruntreut hat, dann macht mich das ganz krank.«

Im Anschluss erzählte sie Weber ihre Schreckensgeschichte.

»Wir haben damals immer die Football-Partien des Magna-Carta-Teams besucht. Eric war dort im zweiten Studienjahr, ich war ein Jahr vor dem Abschluss an der Highschool. Irgendwann bin ich ihm aufgefallen, und dann saß er bei den Spielen immer neben mir und brachte mir in der Pause meinen Lieblingssnack, eine heiße Schokolade mit einer warmen Brezel. Er sah gut aus und war sehr charmant. Ich fühlte mich geschmeichelt und war in ihn wohl auch ziemlich verknallt. Dann, an einem Samstag, war ganz fürchterliches Wetter, es war kalt, vom Himmel kam so eine Art Eisregen. Noch vor Spielbeginn sagte Eric zu mir: ›Verschwinden wir von hier und gehen ins Kino.‹ Auf dem Weg dorthin hielt er an einem Diner an. ›Warte‹, sagte er. ›Warme Brezeln haben die hier wahrscheinlich nicht, aber ich besorg dir eine heiße Schokolade.‹ Er kam mit einem Becher zurück und drängte mich, ihn zu trinken. Kurz darauf meinte er: ›Du siehst so blass aus. Ist alles in Ordnung?‹«

Regina hielt inne und drehte sich weg. Joel Weber entgingen nicht die Tränen in ihren Augen.

»Als Nächstes weiß ich nur, dass ich aufgewacht bin. Wir verließen gerade ein Autokino. Aber das war drei Stunden später. Er sagte, ich hätte den ganzen Film verschlafen, und erklärte: ›Du hast dich nicht wohlgefühlt.‹ Es ging mir tatsächlich nicht gut. Ich dachte, ich bekomme meine Periode, weil ich später Blut in der Unterwäsche entdeckte. Der Gedanke, von ihm vergewaltigt worden zu sein, kam mir gar nicht. Aber sechs Wochen später begann ich plötzlich stark zu bluten. Meine Mutter brachte mich sofort ins Krankenhaus, und dort sagte man mir, ich hätte eine Fehlgeburt gehabt.«

»Wie hat Ihre Mutter darauf reagiert?«, fragte Joel Weber.

»Sie war entsetzt«, flüsterte Regina Fitzsimmons.

»Hat sie es der Polizei gemeldet?«

»Der Arzt fragte sie, ob der Sex in beiderseitigem Einvernehmen stattgefunden habe, und sie sagte, ja. Dabei warf sie mir einen vernichtenden Blick zu, aber ich verstand sofort. Wäre die Vergewaltigung zur Anzeige gebracht worden, hätte man das nie geheim halten können, egal, wie sehr man es versucht hätte. Es spricht sich einfach herum. Sie wollte nicht, dass mir das ein Leben lang nachhängt. Aber ich hatte daraufhin eine Art Zusammenbruch. Ich konnte nicht mehr aufhören zu weinen, ich konnte nicht mehr schlafen und nicht mehr essen.« Regina atmete tief durch, bevor sie weitererzählte.

»Mein Vater hat uns verlassen, als ich zwei Jahre alt war. Ich habe keine Ahnung, wo er ist. Als meine Mutter mich in diesem Zustand sah, wusste sie nicht recht, ob es die richtige Entscheidung gewesen war, den Vorfall nicht zu melden, also rief sie ihren einzigen männlichen Verwandten an. Das war Dwight Crowley, ihr Cousin. Der Kolumnist. Er kam zu uns und war ganz wunderbar. Er brachte mich zu einem fabelhaften Psychiater und übernahm sämtliche Kosten. Dem Arzt erzählte ich, dass ich nur an jenem Tag mit Eric hatte schwanger werden können – an die Zeit, die ich im Autokino gewesen war, hatte ich nicht die geringste Erinnerung. Der Psychiater glaubte mir.

Aber weder er noch Dwight stimmten mit meiner Mutter überein, die Geschichte geheim zu halten. Der Psychiater war natürlich an die ärztliche Schweigepflicht gebunden, aber Dwight musste meiner Mutter hoch und heilig schwören, keiner Menschenseele davon zu erzählen. Wir legten uns die Geschichte zurecht, dass ich an einem schwerwiegenden Pfeifferschen Drüsenfieber leide und deshalb das Schuljahr verpasse.«

»Und das haben alle geglaubt?«, fragte Weber.

»Ja, ich denke schon. Und kurze Zeit später meldete eine Studentin am Magna Carta dem Dekan, dass Eric Bennett sie gewaltsam zum Sex hatte zwingen wollen, aber sie hatte sich losreißen können. Deshalb wurde er gebeten, das College zu verlassen. Sein Vater spendete zehn Millionen Dollar, damit nichts davon an die Öffentlichkeit drang. Offiziell heißt es nun, Eric sei freiwillig abgegangen, obwohl er tatsächlich relegiert wurde.«

»Man erzählte mir, Eric Bennett sei in dieser Zeit überfallen worden.«

Der weinenden Regina entfuhr ein verhaltenes Lächeln. »Ich weiß es nicht und werde es wahrscheinlich auch nie erfahren, ob Dwight damit zu tun hatte. Es könnte auch jemand gewesen sein, der das andere von Bennett belästigte Mädchen gekannt hat. Ich weiß es nicht.«

»Haben Sie etwas dagegen, wenn ich diese Informationen meinem Büro mitteile? Ich gebe Ihnen mein Wort, dass niemand sonst davon erfahren wird«, sagte Weber.

»Solange ich Ihr Wort habe, dass alles, was ich Ihnen erzählt habe, vertraulich bleibt, ja. Ich möchte nur noch hinzufügen, dass Eric Bennett hinter seiner charmanten Fassade ein widerlicher, boshafter und gefährlicher Mann ist.«

»Ich werde es mir merken, Ms. Fitzsimmons. Nur noch eine allerletzte Frage, wenn Sie nichts dagegen haben. Wissen Sie zufällig, ob Eric ein enges Verhältnis zu seinem Vater hatte?«

»›Eng‹ ist nicht das richtige Wort«, erwiderte Regina aufgewühlt. »Eric hat ständig von ihm geredet, er hat mit ihm angegeben, er hat allen möglichen Leuten erzählt, wie klug er ist, wie erfolgreich, wie großzügig. Und Parker Bennett hat Eric mit Geschenken überschüttet. Er fuhr einen Maserati, ein Geburtstagsgeschenk seines Dad.«

Kurz stockte sie, bevor sie fortfuhr: »Mr. Weber, nach allem, was ich in den Zeitungen gelesen habe, nach allem, was ich über Eric weiß, möchte ich wetten, dass die beiden bei diesem Betrug zusammengearbeitet haben. Wenn Sie nachweisen können, dass Eric beteiligt war, dann – das schwöre ich – werde ich ein Fest feiern.«

56

Parker Bennett verließ in Miami die Maschine und trat mit seinen beiden Koffern vor das Terminalgebäude. Über Internet hatte er sich ein Motel in Flughafennähe gesucht. Es lag in einem eher heruntergekommenen Stadtviertel, wo man keine Fragen stellte. Er würde sich unter einem anderen Namen anmelden und bar im Voraus zahlen, das sollte reichen, um unerkannt zu bleiben.

Auf der Flughafentoilette hatte er seinen üblichen Trenchcoat gegen eine leichte Polyestersportjacke ausgetauscht. Er hatte sich auch eine Mütze gekauft, die ihm eine Nummer zu groß war und tief in die Stirn rutschte. Er winkte ein Taxi heran und nannte dem Fahrer die Moteladresse.

An der Rezeption legte er als Erstes einen Hundert-Dollar-Schein auf den Tresen. »Für Sie«, sagte er dem Angestellten, einem blassen Glatzkopf, der einen äußerst abgebrühten Eindruck machte. Der Mann steckte den Schein ein. »Das Zimmer kostet fünfzig Dollar die Nacht, zahlbar im Voraus«, sagte er.

Das Zimmer war genauso, wie Bennett es erwartet hatte. Es roch nach abgestandenem Zigarettenrauch. Die Bettdecke starrte vor Schmutz und Flecken, und wenn er darüber nachdachte, woher sie stammten, schauderte ihn. Aber er tröstete sich damit, dass er nicht lange bleiben würde.

Er befeuchtete das fadenscheinige Handtuch im Bad und wischte erst mal über die Ankleide und die Nachtkästchen. Danach war das Handtuch schwarz vor Dreck. Kurz musste er an das Herrenhaus in Greenwich denken, wo die Mahagonimöbel in seinem stattlichen Schlafzimmer immer auf Hochglanz poliert und von der Haushälterin und dem wöchentlichen Reinigungsdienst makellos sauber gehalten worden waren.

Aber es sollte nicht schwerfallen, sich hier versteckt zu halten, dachte Parker verbittert. Und hatte er erst einmal die Nummer des Schweizer Kontos und damit Zugang zu dem Geld, würde er sein restliches Leben in Saus und Braus verbringen können.

Er warf das schmuddelige Handtuch in den Papierkorb und ließ sich auf dem Ding nieder, das als Schreibtischstuhl diente. Und mit einem Mal spürte er, wie erschöpft er war vom frühen Aufstehen und der stets gegenwärtigen Angst, erkannt zu werden. Am Abend aß er etwas in einem nahe gelegenen Diner, kehrte ins Motel zurück und schlief zehn Stunden lang durch.

Am nächsten Morgen fühlte er sich merklich erfrischt. Er ließ sich die Adresse der nächsten Passstelle geben und fuhr mit dem Taxi dorthin. Seine auf den Namen Joseph Bennett ausgestellte Geburtsurkunde hatte er in der Tasche. Man suchte einen Parker Bennett, nicht einen Joseph Bennett. Aber sobald er mit dem Mitarbeiter dort gesprochen hatte, wusste er, dass er unter keinen Umständen einen Pass bekommen würde. Neben der Geburtsurkunde, wurde ihm gesagt, benötige er zwei weitere Identifikationspapiere, etwa einen Führerschein, falls er einen solchen habe, sowie seine Sozialversicherungskarte. Er ließ sich das Antragsformular aushändigen, angeblich, um es zu Hause auszufüllen, aber beim nächsten Abfallkorb zerriss er es wütend und warf die Schnipsel weg. Im Moment wusste er nicht, wie er weiter vorgehen sollte.

Falls Sylvie ihn angezeigt hatte, würde es sowieso bald vorbei sein. Jeder Polizist auf jedem Flughafen würde nach einem George Hawkins Ausschau halten. Plötzlich begann er zu lachen und wollte sich gar nicht wieder einkriegen. Sylvie hatte nur die Quittung gesehen, aber sie wusste doch nicht, dass er einen britischen Pass hatte. Die Polizei würde nach jemandem mit einem amerikanischen Pass fahnden – einem amerikanischen Pass, ausgestellt auf einen George Hawkins.

Ich muss also nur eine Weile hier ausharren, dachte er. Ich kaufe mir eine graue oder weiße Perücke, vielleicht auch beides. Bislang hatte er immer mit seinem Gewicht zu kämpfen gehabt. Nur durch regelmäßiges Training und eine leichte Diät war es ihm gelungen, sein Gewicht bei neunzig Kilo zu halten. In den nächsten Wochen jedoch würde er richtig zuschlagen. Er würde sich die Pfunde anfuttern, gegen die er in den letzten vierzig Jahren immer angekämpft hatte, und sich all die kalorienreichen Köstlichkeiten gönnen, die ihm sonst verboten gewesen waren.

Waffeln und knusprigen Speck zum Frühstück, dachte er. Dicke Cheeseburger und Pommes zu Mittag. Alles, womit ich zunehme – wie werde ich es genießen.

Höchst zufrieden mit sich, gab er dem Taxifahrer, der ihn vor seinem Motel absetzte, ein großzügiges Trinkgeld.

Home sweet home, dachte er mit einem Lächeln. Ein paar Wochen nur, dann hätte er einen dichten Vollbart, hätte ein paar Kilo zugelegt und sein Aussehen gänzlich verändert. Es würde funktionieren. Es musste funktionieren.

Noch ein weiterer Punkt stand auf seiner Liste. Er brauchte eine Waffe. Auch wenn er sie nicht einsetzen wollte. Er hatte ganz bestimmt nicht vor, jemanden umzubringen, aber wenn er in Annes Haus wollte, sollte er vorbereitet sein. Würde sie die Polizei verständigen, sollte der Anblick einer Waffe reichen, um ihr einen gehörigen Schrecken einzujagen und sie zum Schweigen zu bringen.

Und dann war da noch Sylvie de la Marco – Sally Chico, wie er verächtlich dachte. Sie hatte ihn in den vergangenen zwei Jahren nach Strich und Faden ausgenommen, und bislang war sie damit durchgekommen.

Würde er gefasst werden, blieb ihm zumindest ein Trost. Dann würde auch sie im Gefängnis landen, und er würde ihr keine Millionen mehr überweisen, damit sie ihre Zelle neu gestalten konnte.

57

Eleanor Becker war nicht überrascht, als sie von Sean Cunningham angerufen wurde. Er fragte sie, ob er sie und Frank zum Essen einladen dürfe.

»Ich vermute, Sie kommen in diesen Tagen nicht so oft vor die Tür«, sagte er.

»Nein, nicht viel«, gestand Eleanor.

Obwohl das Thanksgiving-Essen kaum zwei Wochen zurücklag, war die Herzlichkeit, die sie bei ihrer Cousine so genossen hatte, nur noch eine schwache Erinnerung, die mit jedem Tag mehr zu verblassen schien. Wenn sie morgens aufwachte, fühlte sie sich noch erschöpfter als am Tag zuvor. Sie träumte unruhig. In diesen Träumen wurde sie in einen dunklen Raum geschoben, und erst dann bemerkte sie, dass es sich um eine Gefängniszelle handelte. Um sie herum nur Gitterstäbe. Sie schlug dagegen, weinte und schrie: »Nein, lasst mich raus, lasst mich raus. Ich hab doch nichts getan, ich schwöre es, ich hab nichts getan!«

Diese Albträume, ihre unausgesetzten Sorgen wegen Franks Diabetes, das alles laugte sie komplett aus. Wenn sie das Haus verließ, dann nur noch am Sonntagmorgen für die Messe. In der Kirche blickte sie sich wiederholt um und wollte sehen, ob die anderen sie anstarrten. Sogar dort fand sie keinen Frieden mehr.

Und so antwortete sie jetzt auf Seans Essenseinladung: »Ich glaube nicht.«

»Doch, ich glaube schon«, entgegnete Sean energisch. »Eleanor, Sie brauchen mal einen Tapetenwechsel. Wir gehen ins Xaviars. Dort hat man einen wunderbaren Blick über den Hudson, und das Essen ist köstlich. Das wird Ihnen guttun. Ich hole Sie und Frank morgen um halb eins ab.«

Eleanor legte auf und wandte sich an Frank. »Ich glaube, wir sind gerade von Sean Cunningham zum Mittagessen eingeladen worden«, sagte sie nervös.

»Ich mag ihn«, entgegnete Frank. »Vielleicht kann er dich ja doch davon überzeugen, dass du noch mal zu diesem Hypnotiseur gehst. Ich hoffe es jedenfalls.«

Am nächsten Morgen gönnte sie sich einen Besuch im Schönheitssalon. Wenn sie nicht wirklich dringend einen Schnitt benötigte, hatte sie sich die Haare in den letzten beiden Jahren immer selbst gemacht. Sie hatte sie gewaschen, sie an der Luft trocknen lassen und die natürlichen Wellen so hindrapiert, dass sie ihr Gesicht umrahmten. Aber irgendwie sah das nie richtig aus.

Im Salon aber fühlte sie sich wieder wie sie selbst. Wie die Sekretärin, die den ahnungslosen Opfern, die Parker Bennett ihre Ersparnisse ausgehändigt hatten, Kaffee und Donuts servierte, dachte sie bitter.

Sean hatte einen Tisch am Fenster reservieren lassen. Wie versprochen hatte man einen Blick über den heute allerdings von weißen Schaumkronen aufgewühlten, eisigen Hudson.

Sean deutete auf den Fluss.

»Ein Vorgeschmack auf das, was kommen soll«, sagte er. »Es ist ein kalter, schneereicher Winter angekündigt, und es sieht so aus, als sollte es schon früh damit losgehen.«

Eleanor trank nur selten Alkohol zu Mittag, aber auf Seans Drängen nahm sie wie Frank ein Glas Wein. Und noch während sie die Bestellung aufgab, spürte sie, wie sich ihre Stimmung hob – genau wie an Thanksgiving. Sie musste Sean und Frank recht geben, es tat wirklich gut, mal wieder rauszukommen.

»Eleanor«, fragte Sean, während sie sich ihre Pasta schmecken ließen, »Sie erinnern sich sicherlich an Ranger Cole. Sie haben ihn auf der Beerdigung gesehen.«

»Natürlich, der arme Mann. Er hat einen ganz untröstlichen Eindruck gemacht. Er hat mir sehr leidgetan.«

»Ich fürchte, es geht ihm immer noch sehr schlecht«, fuhr Sean fort. »Bei unserem Treffen vergangene Woche hat er sich alle Mühe gegeben, ruhig und gelassen zu wirken, aber das war alles nur Fassade. Damit hat er mich nicht täuschen können.«

Und beim Kaffee sprach er schließlich das Thema Psychiater und Hypnotiseur an.

»Eleanor, ich weiß, Sie zögern. Glauben Sie mir, ich kann es verstehen. Aber von Ihnen stammt bislang der einzige Hinweis, der zur Ergreifung von Parker Bennett führen könnte, und das ist dieser britische Führerschein. Das FBI hat mir deutlich zu verstehen gegeben, wie wichtig diese Informationen sind. Falls Sie sich unter Hypnose an den Namen erinnern, würde das dem FBI die große Möglichkeit eröffnen, seine Spur aufzunehmen. Und das könnte bedeuten, dass alle Geschädigten möglicherweise einen guten Teil ihres verlorenen Geldes zurückbekommen könnten. Eleanor, überlegen Sie es sich noch einmal.« Er flehte sie regelrecht an. »Und ich werde Ihnen bei Ihrem Fall helfen, ganz bestimmt.«

»Das weiß ich doch alles«, erwiderte Eleanor. »Es ist nur …« Sie stockte, holte kurz Luft und begann von Neuem. »Ich habe doch gesehen, wie enttäuscht alle beim letzten Mal waren. Und dann kam ich ins Grübeln. Es könnte doch sein, dass ich mir alles nur eingebildet habe. Vielleicht habe ich gar keinen britischen Führerschein gesehen, und mein Gehirn gaukelt mir alles bloß vor. Sean, was ist, wenn ich mich irre?« Ihre Stimme zitterte.

»Das lassen Sie mal ruhig die Sorge des FBI sein«, antwortete Sean. »Es ist dessen Aufgabe herauszufinden, ob Ihre Erinnerungen richtig sind. Außerdem ist es besser, einer falschen Spur zu folgen, als gar nichts zu haben, womit man arbeiten kann.«

»Eleanor«, mischte sich Frank ein, »du weißt, was ich dir die ganze Zeit gesagt habe. Sean hat recht. Das FBI muss entscheiden, was richtig ist und was nicht. Los, mach es, meine Liebe.«

Eleanor lächelte verhalten.

»Und sie werden nicht glauben, dass ich sie zum Narren halten will, wenn ich Dinge sage, die sich als falsch herausstellen?«, fragte sie.

»Eleanor, unter Hypnose sind Menschen manchmal in der Lage, Erinnerungslücken zu schließen. Wurden Menschen Zeuge eines Verbrechens, können sie sich manchmal zum Beispiel nur an einen Teil, aber nicht an das ganze Autokennzeichen am Fluchtfahrzeug erinnern. Aber sie haben es gesehen – daher die Erinnerung. Unter Hypnose sehen sie allerdings wieder das ganze Kennzeichen vor sich. Auch Sie können sich nur an einen Teil erinnern. Unter Hypnose vervollständigt Ihr Gehirn aber vielleicht den Namen, den Sie damals gesehen haben. Wenn das klappen sollte, wäre es ein großer Schritt, um Parker Bennett zu fassen.«

»Mach es, meine Liebe«, ermunterte Frank sie. »Los, gib dir einen Ruck!«

»Bitte, Eleanor«, sagte Sean. »Dr. Papetti wird in den nächsten zehn Tagen auf einem Ärztekongress sein. Lassen Sie mich einen Termin für Sie vereinbaren, für den Donnerstag in einer Woche. Bitte.«

Eleanor sah auf die eisigen Gewässer des Hudson hinaus.

Dann blickte sie wieder zu Sean. »Vereinbaren Sie den Termin«, sagte sie leise.

58

Wie sein Chef Rudy Schell konnte es Jonathan Pierce kaum erwarten, Hinweise auf Parker Bennetts Aufenthaltsort sowie Indizien für Erics Beteiligung an den Verbrechen seines Vaters zu finden. Als FBI-Agent hatte Pierce, ebenfalls wie Schell, aber gelernt, sich in Geduld zu üben, wenn er jemanden observierte.

Wie Schell war er hoch aufgeschossen und gut eins fünfundachtzig groß, anders als Schell hatte er aber noch sein volles, dunkelbraunes Haar und hielt sich mühelos fit. An der Villanova University hatte er zu den besten Sprintern gehört, was bedeutete, dass er der großen Mehrheit seiner Kollegen ohne Weiteres davonspurten konnte. Er war in Oyster Bay auf Long Island aufgewachsen, hatte aber mittlerweile eine Wohnung im Greenwich Village und musste beunruhigt feststellen, wie das Viertel allmählich seinen ihm ganz eigenen Charme und einzigartigen Charakter verlor. Wir könnten gut auf diese ganzen Berühmtheiten verzichten, die den Immobilienmarkt leer kaufen, ging es ihm von Zeit zu Zeit durch den Kopf.

Jonathan Pierce musste sich aber eingestehen, dass er sich auch in dem Haus neben dem von Anne Bennett ziemlich wohlfühlte. Montclair gefiel ihm, genau wie die Leute, die er als vorgeblicher Betreiber eines bald zu eröffnenden Restaurants in der Main Street kennengelernt hatte.

Zutiefst besorgt hörte er jedoch, wie Eric Bennett jeden

zweiten Tag bei den Besuchen seiner Mutter erzählte, dass er Lane Harmon immer häufiger sehe und sie bald fragen werde, ob sie ihn heirate.

Jonathan Pierce hatte Lane im Internet recherchiert. Er hatte Bilder vom Haus in Georgetown gesehen, in dem sie aufgewachsen war. Er hatte Bilder von ihr als kleines Mädchen bei der Beerdigung ihres Vaters gefunden, des Kongressabgeordneten Gregory Harmon. Er hatte die Fotos von ihr gesehen, auf denen sie weinend vor der Kirche die Hand an seinen Sarg gelegt hatte.

Er wusste, auf welche Schulen sie gegangen war. Er kannte Bilder von ihr zusammen mit ihrem Mann Kenneth Kurner, auf denen sie so glücklich ausgesehen hatte.

Ihren Vater hatte sie bei einem Flugzeugabsturz verloren, als sie sieben Jahre alt, ihren Mann bei einem Autounfall, als sie fünfundzwanzig Jahre alt und schwanger gewesen war. Wie fürchterlich, dachte er. Seine eigenen Eltern lebten beide noch, waren gesund und wohnten auf Long Island. Dazu hatte er noch zwei ältere verheiratete Brüder und insgesamt sechs Nichten und Neffen.

Er kannte ihren Beruf und wusste, dass sie eine vierjährige Tochter namens Katie hatte. Zwei Wochen zuvor hatte Lane ein Foto auf Facebook gepostet, das Katie mit einem selbst gemalten Bild von ihrem Vater zeigte, den sie niemals gekannt hatte.

Jon erinnerte sich noch ganz genau, wie er und Lane sich zum ersten Mal begegnet waren – damals, vor sechs Wochen, als sie in Anne Bennetts Haus gewesen war. Er hatte gesehen, wie sie in die Anfahrt einbog, und war hinausgeeilt, um sie zu begrüßen. Als Erstes waren ihm ihre wunderbaren Augen aufgefallen und ihre kastanienbraunen Haare, durch die leicht der Wind strich.

Man kann sich doch nicht in eine Frau verlieben, die man heimlich abhört und belauscht, dachte er und fragte sich, ob ihm genau das jetzt passierte. Vielleicht lag es auch daran, dass sich in letzter Zeit einige Freunde von ihm verlobt hatten. Vielleicht verleiht uns das allen einen Schub, wenn man die Dreißig überschritten hat. Im nächsten Monat würde er zweiunddreißig werden – wem wollte er da noch etwas vormachen?

Gestern hatte Rudy Schell ihn angerufen und mitgeteilt, dass jemand bereit sei, Parker Bennett zu verraten. »Das Angebot kommt von diesem Widerling von Anwalt, diesem Derek Landry«, hatte Rudy gesagt. »Und ich möchte wetten, er vertritt die Gräfin Sylvie de la Marco. Wir halten ihn noch hin. Es wurmt mich, wenn ich nur daran denke, dass sie straffrei davonkommen soll und noch dazu zwei Millionen Dollar Belohnung einstreicht. Aber mein Näschen sagt mir, dass da in nächster Zeit noch mehr passieren wird.«

Jonathan teilte dieses Gefühl. Wenn die Gräfin sie zu Parker Bennett führte, dann – und davon gingen sie alle aus – würde die Spur direkt zu Eric weiterführen. Und Lane befand sich mittendrin.

Wenn sich Eric Bennett und Lane zum Essen trafen, wurden sie immer von zwei FBI-Agenten beschattet; jedes Mal von zwei anderen, und jedes Mal hatten sie dabei Richtmikrofone im Einsatz. Aber ihre Gespräche hatten bislang nichts ergeben. Lane versicherte Eric wiederholt, dass sie an seine Unschuld glaube und das auch allen sage, die ihr das Gegenteil weismachen wollten. Aber sie erzählte ihm nicht, dass das FBI an sie herangetreten war.

Schick ihn in die Wüste, Lane – das ging Jonathan dabei immer durch den Kopf. Ich mach mir nämlich Sorgen um dich.

Sorgen, dass dir etwas zustößt.

59

Sylvie konnte ihr Glück kaum fassen. Die zwei Millionen Dollar von Parker waren tatsächlich auf ihrem Konto eingetroffen, und außerdem würde sie mit Barclay Cameron bei Cartier einkaufen gehen. »Ich möchte dir einen Verlobungsring schenken«, sagte er zu ihr, »und einen Trauring gleich dazu. Ganz ehrlich, abgesehen von unserer kleinen Affäre in der Zeit, nachdem ich schon Witwer war, habe ich niemals eine außereheliche Beziehung gehabt. Ich war meiner Frau über fünfzig Jahre treu ergeben. Und das wird auch für dich gelten. In jeder anderen Rolle als dein Ehemann würde ich mich nicht wohlfühlen.«

Wie bezaubernd naiv, dachte sich Sylvie dazu, und mit echten Tränen der Rührung in den Augen hauchte sie: »Ach, Barclay, ja, ja, ja.«

Als Nächstes vereinbarte sie einen Termin bei einer weiteren Anwaltskanzlei, bei Burke & Edwards, der Kanzlei, die die Familie de la Marco vertrat. Dann ließ sie Robert von allen neu gestalteten Räumen in ihrer Wohnung Bilder machen und Abzüge davon erstellen.

Am Freitagmorgen fuhr Robert sie zur renommierten Kanzlei an der Park Avenue und Eightieth Street. Sie kleidete sich zwar immer wie für ein Fotoshooting, auf den heutigen Tag traf das aber noch mehr zu als sonst. Schließlich war sie die Gräfin de la Marco, und das sollte jedem, der bei Burke & Edwards arbeitete, ein für alle Mal klar sein.

Wie wichtig ihr Besuch war, zeigte sich bereits bei ihrer Ankunft. Die Empfangsdame behandelte sie äußerst zuvorkommend und führte sie augenblicklich in einen Konferenzraum, wo drei hochgestellte Partner bereits auf sie warteten.

Sie erhoben sich, als sie den Raum betrat. Sie trug einen ihrer langen russischen Zobel sowie einen Zobelmuff und eine kleine Handtasche. Sie legte den Muff auf dem Tisch ab, damit er niemandem entging. Er würde ihr Glamour verleihen, dachte sie. Im neunzehnten Jahrhundert hatte schließlich jede Gräfin einen Muff.

Ohne Umschweife kam sie auf den Zweck ihres Besuches zu sprechen. »Laut dem von Ihnen aufgesetzten und von mir und meinem geliebten Mann Eduardo unterzeichneten Ehevertrag ist mir neben der bescheidenen Geldsumme, die ich nach seinem Tod erhalte, der lebenslange Nießbrauch der Wohnung zugesichert, es sei denn, ich würde erneut heiraten.«

»Das ist richtig, Gräfin«, bestätigte der Senior Partner Clinton Chambers.

»Ich werde die Karten offen auf den Tisch legen«, fuhr Sylvie fort. »Ich habe einen Gentleman, der Ihnen nicht unbekannt sein dürfte und dem viel an mir liegt. Er würde mich gern heiraten oder auch nur mit mir zusammenleben. Die Entscheidung liegt ganz bei mir. Wenn ich mich dafür entscheiden sollte, nur mit ihm zusammenzuleben, zahlen Sie weiterhin für den Unterhalt der Wohnung, und niemand in der Familie wird die Wohnung nutzen können, solange ich lebe. Und ich darf Ihnen versichern, dass ich mich bester Gesundheit erfreue. Auch meine Eltern sind noch am Leben, und meine beiden Großmütter sind über fünfundneunzig Jahre alt geworden.« Sie lächelte. »Ich weiß, die Wohnung wurde vor fünfzig Jahren für zweihundertfünfzigtausend Dollar erworben, nach heutigen Maßstäben eine geradezu lächerliche Summe. Aufgrund ihrer Größe und Lage dürfte sie heute annähernd zwanzig Millionen wert sein.«

Sie öffnete ihre Tasche. »Ich habe vor Kurzem eine umfassende Renovierung und Neugestaltung durch die renommierte Innenausstatterin Glady Harper vornehmen lassen. Ich möchte Ihnen diese Fotos zeigen. Wie Sie sehen, befindet sich die Wohnung in einem tadellosen Zustand und ist exklusiv und geschmackvoll eingerichtet.«

Sie wartete, bis die Fotos durchgereicht waren. »Sie haben recht, Gräfin«, bestätigte schließlich Clinton Chambers, »die Wohnung ist in der Tat sehr schön. Was wollen Sie von uns?«

»Ich möchte, dass Sie mir meinen verbrieften Nießbrauch an der Wohnung abkaufen, als Verhandlungsbasis schweben mir zehn Millionen Dollar vor, dazu kommen die fünf Millionen, die ich für die kürzlich erfolgte Renovierung aufgewendet habe. Potenzielle Käufer werden Ihnen die Wohnung für diese Summe aus der Hand reißen, oder Sie vermieten sie zu einem horrenden Preis.«

»Das entspricht kaum den Vereinbarungen Ihres Ehevertrags, Gräfin«, entgegnete Chambers kühl.

»Das mag schon sein, aber die de la Marcos können es doch kaum erwarten, wieder an die Wohnung zu kommen, das wissen Sie. Eduardo hatte drei Söhne und zwei Töchter. Ich kenne sie nur flüchtig, aber ich garantiere Ihnen, alle fünf werden sich um die Wohnung prügeln.«

Sie erhob sich. »Ich erwarte Ihre Antwort innerhalb von achtundvierzig Stunden. Sollten Sie mein Angebot annehmen, werde ich in vierundzwanzig Stunden die Wohnung geräumt haben – aber nur, wenn ich einen gedeckten Scheck über fünfzehn Millionen Dollar in Händen halte.«

Nur widerstrebend erhoben sich die Anwälte. »Und vergessen

Sie nicht«, sagte sie noch, »ich habe kein Problem, als ewige Verlobte zu leben, bis dass der Tod uns scheidet.«

Robert, der unten am Eingang zum Gebäude auf sie gewartet hatte, sagte zu ihr, nachdem der Portier die Wagentür geschlossen hatte: »Ich sehe, das Treffen ist zufriedenstellend verlaufen, Gräfin.«

Sylvie lächelte. »Ja, das kann man so sagen. Sehr zufriedenstellend. Zumindest für mich.«

60

Nach dem Treffen bei Rudy Schell herrschte zwei Tage lang zwischen Lane und Glady eine eher frostige Stimmung, bis Glady schließlich einlenkte: »Lane, ich mache jetzt etwas, was ich nur sehr ungern tue, aber ich entschuldige mich. Wir müssen die Sache nicht ausdiskutieren, wir sind nun mal unterschiedlicher Auffassung, aber ich verspreche dir, ich werde mir in deiner Gegenwart jeden negativen Kommentar über Eric Bennett verkneifen. Einverstanden?«

»Ja, Glady, danke.«

Damit hatte Lane zwar Frieden mit Glady geschlossen, nur war sie mit sich selbst nicht im Frieden. Ihr wurde bewusst, wie verwirrt sie wegen Eric war. Dabei geht es doch gar nicht darum, ob er schuldig oder unschuldig ist, gestand sie sich ein. Ich *weiß,* dass er unschuldig ist. Es geht um meine Gefühle.

Wie erwartet gab sich Eric nicht mehr damit zufrieden, sie nur einmal in der Woche zu sehen. »Lane, wir könnten doch noch in der Stadt zum Essen gehen, wenn Katie schon schläft«, schlug er vor. »Deine Babysitterin wäre froh, wenn sie ein paar Dollar extra verdienen könnte. Noch dazu, da sie im gleichen Gebäude wohnt, oder? Wenn wir uns um neun treffen, wärst du um elf wieder zu Hause.«

Und er bat darum, Katie wiederzusehen. »Ich würde gern einen Samstag oder Sonntag mit euch verbringen. Die Christmas Show in der Radio City Music Hall wird bald beginnen. Du hast mir gesagt, Katie ist eine gute Schlittschuhläuferin. Warst du mit ihr schon mal auf der Eisfläche auf der Rockefeller Plaza?«

Irgendwann hatte sie ihm erzählt, dass sie als Kind mit ihrem Vater oft zum Schlittschuhlaufen gegangen war. »Mein Dad war ein Naturtalent, und Katie ist es auch.«

Eric erzählte ihr, dass sich seine Mutter über ihren Besuch freuen würde. »Vielleicht am Samstag. Statt dich mit mir gleich im Restaurant zu treffen, könntest du früher kommen und mit ihr noch etwas Zeit verbringen.«

Eric war charmant und überzeugend. Er verwöhnte sie mit kleinen Geschenken – nicht zu teuren, aber liebevollen, sorgfältig ausgewählten Dingen, die von seiner Aufmerksamkeit zeugten.

Das letzte war ein Montblanc-Füller mit ihren Initialen. Als er ihn ihr überreichte, sagte er: »Ich hab es gar nicht glauben können, als dieses Billigding aus deiner Handtasche zum Vorschein kam. Weißt du noch, als du dein Handy gesucht hast?«

»Ich hatte mal einen ganz guten, aber ich hab ihn irgendwo verloren und bin seitdem nicht mehr dazu gekommen, mir was Besseres zu besorgen. Aber es ist sehr nett, dass dir das aufgefallen ist.«

Trotzdem spukte ihr ständig die Frage durch den Kopf, warum Dwight Eric so wenig leiden konnte. Die Gefühle, die sie ihrem Stiefvater entgegenbrachte, hatten sich seit dem Thanksgiving-Wochenende geändert, nur, warum verabscheute er Eric so sehr? Mittlerweile war ein weiterer Artikel über sie beide erschienen, diesmal in Cindy Adams Kolumne in der *Post,* die über ihre Verabredung mit Eric im Primola in der Second Avenue in Manhattan schrieb.

Wenigstens war Gräfin Sylvie de la Marcos Wohnung inzwischen fast fertig, es fehlten nur noch einige Zierkissen, diverser

Krimskrams, die Tischchen am Sofaende sowie die Tagesdecken für die Gästezimmer. Glady hatte ihr am Morgen mitgeteilt, dass die Gräfin die ausstehenden zwei Millionen endlich überwiesen habe.

Glady und sie sprachen zwar nie darüber, aber ihr war sehr unwohl bei dem Gedanken, dass de la Marcos Wohnung jetzt verwanzt war.

Denn so unsympathisch war ihr die Gräfin gar nicht mehr. Es amüsierte sie zu sehen, wie sie trotz allen adeligen Anscheins ihre Herkunft aus einer Arbeiterfamilie nie verleugnen konnte.

War Glady anwesend, hielt sich die Gräfin meistens in der Bibliothek auf, nur wenn Lane allein da war, ließ sie sich blicken und plauderte mit ihr. Als Lane auf einige von Glady georderte Kunstwerke hinwies, sagte sie: »Lane, wenn dieses Zeug eines Tages wirklich zehnmal so viel wert sein soll wie das, was ich dafür bezahlt habe, dann ist die Welt völlig verrückt geworden. Für mich sind das bloß Fingerschmierereien.«

Lane verkniff es sich, der Gräfin zu gestehen, dass sie mit ihr im Grunde übereinstimmte.

Heute war sie mit Eric zu ihrem Dienstagabend-Essen in Manhattan verabredet. »Lane«, sagte er, »am Donnerstag hat meine Mutter Geburtstag. Sie will nicht ausgehen, aber sie würde sich sehr freuen, wenn du kommen könntest. Wir stoßen mit einem Glas Wein auf sie an und gehen anschließend zu zweit zum Essen.«

Lane hatte Anne die vergangenen beiden Samstage besucht. Sie mochte sie, auch wenn die alte Dame sie ständig drängte, Katie mitzubringen. Dienstag und Samstag also zum Essen, und dazu auch noch am Donnerstag? Das war zu viel, dachte sie. Viel zu viel.

Weil es Annes Geburtstag war, ließ sie sich widerstrebend darauf ein. Mit ihrer Zusage wusste sie aber, dass nun noch etwas anstand. Sie musste endlich Dwight anrufen und ihn bitten, ihr zu erzählen, woher seine Abneigung gegen Eric Bennett rührte.

61

Am Mittwochnachmittag verließ Parker Bennett endgültig das Motel.

Er rief ein Taxi und ließ sich zum Amtrak-Bahnhof in Miami bringen. Bis zum Nachmittagszug nach Newark war noch viel Zeit hin, aber er wollte nicht das Risiko eingehen, irgendwo in einem unerwarteten Stau festzustecken. Außerdem graute ihm jetzt schon vor der über fünfundzwanzig Stunden dauernden Reise.

Auf dem Weg zum Bahnhof ließ er sich noch einmal alles durch den Kopf gehen, was in den letzten Wochen geschehen war. Er hatte auf Sylvies Anrufe nicht mehr geantwortet, aber sie hatte eine Nachricht hinterlassen: »Parker, du hast fünf Milliarden Dollar. Du hast mir in den letzten zwei Jahren hübsche Geschenke gemacht, aber das alles ist nichts verglichen mit der Summe, auf der du hockst. Ich muss jetzt die Innenausstatterin bezahlen.«

Die Drohung in ihren Worten war nicht zu überhören gewesen.

In der Hoffnung, sich etwas Zeit zu erkaufen, hatte er die geforderten zwei Millionen Dollar endlich überwiesen. Aber er wusste, er würde sich damit kaum ihr Schweigen erkaufen können, falls sie damit rechnen musste, dass er gefasst würde. Er hatte es nicht gewagt, sich ihr zu widersetzen.

Nach den zwei Wochen in dem heruntergekommenen Motel versuchte er sich mit der Tatsache zu beruhigen, dass er mittlerweile immerhin weder Parker Bennett noch George Hawkins ähnlich sah.

In einem Laden für Theaterrequisiten hatte er sich zwei weitere Perücken besorgt, eine graue mit Pferdeschwanz und eine grau melierte, die so lang war, dass sie die Ohren bedeckte.

Sein Vollbart tat ein Übriges. Wie erwartet war er von einem satten Grau, durchsetzt nur von einzelnen weißen Fäden. Außerdem hatte er fünf Kilo zugelegt, was sein Gesicht noch fülliger machte. Trotzdem überkam ihn Verzweiflung. Er hatte kaum noch Geld.

Und er musste inständig hoffen, dass ihn dieses Großmaul Len nicht angezeigt hatte.

»Hey, Mister, wollen Sie nicht endlich aussteigen?«

Erschrocken blickte er auf. Das Taxi hatte vor dem Bahnhof angehalten. »Oh, natürlich. Entschuldigung, ich hab vor mich hin geträumt.«

Er zahlte, stieg aus und ging mit seinen Koffern an den Fahrkartenschalter. »Einfach nach Newark, den Sechzehn-Uhr-Zug, im Schlafwagen, bitte.«

»Ja, Sir. Ankunft in Newark morgen um halb sieben. Wie wollen Sie zahlen?«

»In bar.«

»Können Sie sich ausweisen?«

Die Fahrkartenverkäuferin beäugte ihn eindringlich. »Sie sehen, ich färbe mir die Haare nicht mehr, ich bin auf meine alten Tage ehrlich geworden«, sagte er und versuchte ein unschuldiges Lächeln.

Sie erwiderte es. »Das macht neunhundertsiebenundfünfzig Dollar.«

So weit, so gut, dachte er und ging in Richtung Bahnsteig. Sie hatte auf seinen George-Hawkins-Ausweis nicht reagiert. Und wenn er mit dem Zug fuhr, löste er auch gleich noch ein zweites Problem. Hätte er die Waffe, die er sich besorgt hatte, an Bord eines Flugzeugs bringen wollen, wäre er nicht weit gekommen. Aber Amtrak führte keine Sicherheitskontrollen des Gepäcks durch.

Ich muss mich nur noch zweimal als George Hawkins ausgeben, dachte er. Für den Mietwagen und für den Flug nach Genf. Seine Schweizer Kontaktperson Adolph hatte ihm versichert, dass bei seiner Ankunft in der Schweiz gegen Zahlung einer unverschämt hohen Summe eine neue Identität auf ihn warte.

Drei Stunden vor dem Eintreffen in Newark rief er bei Swissair an und erkundigte sich nach freien Plätzen in der Nachtmaschine nach Genf. »Da ist noch viel frei, Sir. Soll ich für Sie reservieren?«

»Nein danke. Ich kaufe das Ticket heute Abend.«

Über sein Smartphone fand er eine Autovermietung in der Nähe des Bahnhofs von Newark. Telefonisch ließ er sich dort einen Wagen reservieren, den er um halb acht abholen wollte. Damit wäre er gegen acht Uhr bei Annes Haus. Er hatte sich bereits online die Gegend angesehen. Autos waren an den Bürgersteigen abgestellt, aber er hatte nicht den Eindruck, dass es schwierig wäre, einen Parkplatz zu finden.

Es war Annes Geburtstag. Das hieß, sie würde zu Hause sein. In ihrem Starrsinn würde sie sich höchstwahrscheinlich nach wie vor weigern, an Feiertagen oder Geburtstagen auszugehen.

Und natürlich rechnete er fest damit, dass sie immer noch im Besitz der Spieldose war. Wenn sie nicht mehr da sein sollte, wäre alles aus. Aber wie oft hatte sie ihm erzählt, dass die Dose ihr immer das liebste Geschenk gewesen sei. Also rechnete er fest damit, dass sie sie aufbewahrt hatte.

Und wenn Eric zufällig bei ihr sein sollte? Er musste dic

Möglichkeit in Betracht ziehen, aber er würde mit ihm schon irgendwie zurechtkommen.

Um dreiundzwanzig Uhr ging die Maschine von Newark nach Genf. Er musste sie unbedingt erreichen.

Wenn er die Kontonummer aus der Spieldose hatte, würde er so schnell wie möglich aufbrechen, zum Flughafen fahren, das Ticket kaufen und in bar bezahlen.

Er hatte den britischen George-Hawkins-Pass in den vergangenen dreizehn Jahren einmal verlängern lassen. Beim Sicherheitscheck würde es wohl kaum auffallen, dass seine Haare nicht mehr braun, sondern grau waren und er sie mittlerweile auch etwas länger trug.

Gefahr bestand nur dann, wenn Len oder Sylvie ihn angezeigt hatten und die Polizei auf den Flughäfen nach einem Parker Bennett oder George Hawkins Ausschau hielt.

62

Am Donnerstagnachmittag starrte Len Stacey gelangweilt aus dem Fenster in seinem Haus auf St. Thomas. Es regnete wieder einmal, also würde das Golfspiel ausfallen, heute und morgen wahrscheinlich auch noch.

Lesen war noch nie seine Sache gewesen, und da er nichts anderes mit sich anzufangen wusste, dachte er wieder an seinen Freund George Hawkins, der diesem Parker Bennett so ähnlich sah, diesem Wall-Street-Typen aus den Zeitungen, der sich mit dem vielen Geld aus dem Staub gemacht hatte. »Und als ich ›Parker‹ gerufen habe, hat er sich umgedreht«, erzählte er zum zehnten oder zwanzigsten Mal seiner Frau Barbara.

Jetzt war sie mit ihrer Geduld am Ende. »Len, die Geschichte lässt dir einfach keine Ruhe. Ich bin es leid, dir immer sagen zu müssen, dass du endlich das FBI in New York anrufen sollst. Du kannst denen doch sagen, dass du ja vielleicht völlig danebenliegst, aber deiner Meinung nach könnte dieser, wie heißt er noch, George Hawkins der Betrüger sein. Auf den ist doch auch eine Belohnung ausgesetzt, oder?«

»Zwei Millionen Dollar. Aber wahrscheinlich täusche ich mich, und was, wenn George davon erfährt? Nein, das wäre mir wirklich sehr unangenehm.«

Nicht zum ersten Mal stellte ihr Mann, mit dem sie seit vierzig Jahren verheiratet war, ihren Gleichmut auf eine harte Probe. Am liebsten hätte sie ihn angebrüllt und ihm gesagt, er solle den Mund halten. Stattdessen sagte sie nur mit zusammengebissenen Zähnen: »Len, ruf das FBI an. Und egal, ob sie dir die Belohnung geben oder dir sagen, dass du ihnen im Mondschein begegnen kannst, den Namen George Hawkins will ich danach nicht mehr hören!«

Eindringlich starrte sie ihn an. »Hast du mich verstanden, Len?«, rief sie aufgebracht. »Ist das jetzt ein für alle Mal klar?«

Len Stacey konnte ihr nicht in die Augen sehen. »Vielleicht ruf ich ja an«, murmelte er nur. »Ich muss es mir noch überlegen.«

63

Am Donnerstagnachmittag wurden Sylvie und Barclay Cameron bei Cartier in einen ruhigen Nebenraum geführt, wo sie an einem Mahagonitisch Platz nahmen.

Barclay hatte bereits drei Verlobungs- und drei Eheringe ausgewählt, aus denen sie sich jeweils einen aussuchen konnte.

Er strahlte geradezu vor Glückseligkeit, wie Sylvie sah. Und ich habe damals gemeint, ich müsste mich unbedingt Parker an den Hals werfen, statt bei ihm zu bleiben! Was habe ich mir dabei bloß gedacht?

Ihr Hochgefühl nach dem Treffen mit den De-la-Marco-Anwälten hatte sich mittlerweile etwas verflüchtigt, die Zweifel nagten an ihr. Was bringt mir das noch, wenn Parker gefasst wird und mich belastet?

Der Angestellte erschien mit einem schwarzen Samttablett, auf dem die von Barclay vorab ausgewählten Ringe aufgesteckt waren. Unter den Verlobungsringen befand sich ein großer rechteckiger, von Smaragden umgebener Diamant. Der zweite war ein ähnlich großer, von Saphiren umschlossener ovaler Diamant.

Insgesamt zwei der Verlobungsringe besaßen klare Diamanten, der dritte hatte einen atemberaubenden gelben, noch ungefassten Diamanten.

Der Cartier-Angestellte betonte, wie rein die Diamanten seien, besonders der gelbe Diamant sei ein sehr seltener, ungewöhnlich großer Stein ohne jede Einschlüsse.

Die Eheringe waren Diamantbandringe in unterschiedlichen Breiten.

Sylvie wusste, dass der gelbe Diamant der mit Abstand wertvollste Stein war.

»Na, vielleicht sind sie dir alle zu protzig. Vielleicht sind dir kleinere Steine ja lieber«, sagte Barclay.

Sylvie entging nicht sein neckender Unterton. »Rate mal, welche Ringe ich will?«, forderte sie ihn heraus.

»Den gelben Diamanten und den breitesten Ehering«, kam es prompt von Barclay. »Dann soll es so sein.«

»Eine ausgezeichnete Wahl«, pflichtete der Cartier-Angestellte bei, bemüht, seine Aufregung zu verbergen.

Später bei sich zu Hause schwankte Sylvie zwischen Euphorie und blanker Angst. Was, wenn das FBI auf ihr Angebot nicht einging?

Was, wenn Parker gefasst würde und aussagte, dass er ihr Geld geschickt hatte? Nervös rief sie bei Derek Landry an.

»Ich möchte mein Angebot an das FBI ändern«, sagte sie. »Ich verzichte auf die Belohnung für Hinweise auf Parker Bennett. Wenn er geschnappt wird und ich weiß, dass ich vor ihm sicher bin, würde ich mich sogar bereit erklären, jeden Cent zurückzuzahlen, den er mir aufgezwungen hat. Ich verlange nur Anonymität und Straffreiheit.«

»Das könnte eventuell die Sachlage etwas ändern«, lautete Landrys geschmeidige Antwort. »Ich werde mich bei Ihnen melden, Gräfin.«

64

Am Donnerstagnachmittag um sechzehn Uhr stand Eleanors nächster Termin bei Dr. Papetti an. Rudy Schell und Sean Cunningham warteten bereits, als Eleanor und Frank eintrafen. Sie begrüßten sie herzlich.

Wie immer versuchte Cunningham sie zu beruhigen. »Na, Eleanor, was habe ich Ihnen gesagt?«

»Dass ich nicht nervös sein soll, dass ich nicht das Gefühl haben soll, ich würde Sie im Stich lassen, wenn ich mich nicht an den Nachnamen auf dem Führerschein erinnere.« Sie lächelte unsicher und klammerte sich an Franks Hand.

Dr. Papetti wartete schon, als sie ins Behandlungszimmer geführt wurden. »Ich bin froh, dass Sie noch mal gekommen sind, Eleanor«, sagte er. »Ich weiß, die Entscheidung ist Ihnen nicht leichtgefallen.«

»Ja. Aber wenn ich allen hier helfen kann, bin ich gern bereit, wieder in diesen Fahrstuhl zu steigen.«

Ohne Umschweife ging sie zum Liegesessel, nahm Platz, lehnte sich zurück und schloss die Augen.

Dr. Papetti zog seinen Stuhl heran. »Eleanor, diese Fahrt werden Sie sehr genießen. Sie schweben in einem Aufzug nach oben. Er hält in jedem Stockwerk …«

Rudy Schell, der alles mitansah, spürte, dass es mit seiner sonst so üblichen Ruhe nicht mehr weit her war.

Wenn Eleanor Becker ihnen nicht den Nachnamen von Parker Bennetts falscher Identität verriet, steckten sie fest; zwei

Jahre erfolglose Ermittlungen, ohne zu einem Ergebnis gelangt zu sein.

Und selbst wenn Eleanor der Nachname einfallen sollte, wie weit würden sie damit kommen? Dann hätten sie den Namen, unter dem er sich ausgab, und sie würden wissen, dass er im Besitz eines britischen Führerscheins war oder gewesen war. Es war ein Anfang, aber das schloss nicht aus, dass Bennett nicht noch andere Identitäten benutzte.

Rudy spürte sein Handy vibrieren. Er verließ Dr. Papettis Behandlungszimmer und ging hinaus in den Flur.

Der Anwalt Derek Landry war in der Leitung. Rudy Schell begrüßte ihn knapp. »Mr. Landry, wir überdenken Ihr Angebot, aber ...«

Landry unterbrach ihn und trug ihm sein Anliegen vor. Schell hörte ihm mit wachsender Aufregung zu. Dann fasste er so unbeteiligt wie möglich das Gehörte zusammen: »So, um das alles klarzustellen: Ihre Mandantin ist bereit, uns Parker Bennetts falsche Identität, seine gegenwärtige Adresse und Telefonnummer zu liefern. Ihre Mandantin verzichtet auf die Belohnung und wird sogar den Wert der Geschenke zurückzahlen, die ihr von Bennett aufgezwungen wurden. Im Gegenzug erwartet Ihre Mandantin Anonymität und Straffreiheit.«

»Das ist genau das, was ich Ihnen anbiete«, sagte Landry.

»Und ich nehme an, bei Ihrer Mandantin handelt es sich um die Gräfin de la Marco.«

»Wenn Sie das schon selbst herausgefunden haben – ja, so ist es.«

»Mr. Landry, ich habe Ihre Nummer. Ich melde mich bald wieder.«

Sofort rief Rudy Schell bei Milton Harsh an, dem für diesen Fall zuständigen stellvertretenden Staatsanwalt.

Harsh brauchte keine Minute, um zu einer Entscheidung zu gelangen. »Rudy, nehmen Sie das Angebot an.«

Schell rief Landry zurück. »Mr. Landry, wir lassen uns auf die Bedingungen Ihrer Mandantin ein.«

»Ausgezeichnet«, antwortete der Anwalt. »Wann werden Sie wieder in Ihrem Büro sein, Mr. Schell?«

»In einer halben Stunde.«

Als Rudy Schell in Dr. Papettis Behandlungszimmer zurückkehrte, hörte er gerade noch Eleanor sagen: »Sein Name lautet George Hawkins.«

65

Eine halbe Stunde später saß Rudy Schell an seinem Schreibtisch im Büro. Derek Landry traf kurz nach ihm in der Dienststelle ein.

»Ich habe eine rechtsverbindliche Vereinbarung über die von uns besprochenen Punkte und Bedingungen aufgesetzt, die Sie nur noch zu unterschreiben brauchen. Die von Ihnen gewünschten Informationen über Parker Bennett habe ich ebenfalls bei mir«, sagte Landry mit einem dünnen Lächeln. »Meine Mandantin ist Ihnen natürlich jederzeit gern behilflich. Wie bereits ausgeführt, kann Gräfin Sylvie de la Marco Ihnen Parker Bennetts Decknamen und seinen derzeitigen Aufenthaltsort nennen.«

Landry fuhr fort: »Meine Mandantin wird den Gegenwert der ihr aufgenötigten Geschenke zurückerstatten sowie …«

Schell fiel ihm ungeduldig ins Wort. »Mr. Landry, geben Sie mir die Informationen über Parker Bennett.«

Er riss Landry das Blatt fast aus der Hand, überflog es und sah wieder zu dem Anwalt.

»Hier … unsere Vereinbarung«, sagte Landry und schob ihm das Blatt über den Schreibtisch hin.

Schell las es kurz durch, kritzelte seine Unterschrift unter den Text und gab es zurück. Er tat es nur ungern – seiner Meinung nach hätte die Gräfin einen Gefängnisaufenthalt verdient, aber er wusste, dass ihm keine andere Wahl blieb, als sich darauf einzulassen.

Durch Eleanor kannten sie bereits Bennetts zweite Identität und wussten, dass er wahrscheinlich im Besitz eines britischen Passes war, aber das war auch schon alles. George Hawkins war in Großbritannien kein sehr ungewöhnlicher Name. Aber langsam, dachte Rudy Schell, setzt sich das Puzzle zusammen.

66

Sowie Derek Landry durch die Tür war, kam der gesamte FBI-Apparat in Schwung. Nachdem Rudy Schell Parker Bennetts Handynummer herausgegeben hatte, dauerte es ungefähr eine halbe Stunde, bis das FBI die exakte Position des Amtrak-Zugs bestimmt hatte. Sie hörten mit, als er sich bei einer Autovermietung in der Nähe des Newarker Bahnhofs telefonisch einen weißen Honda Accord reservieren ließ. Zwei Stunden später, als Bennett aus dem Zug stieg, wurde er bereits von einem ganzen Schwarm FBI-Agenten beschattet.

Das Observierungsteam hatte zwei Wagen bereitgestellt, die ihm folgen sollten, zwei weitere waren vor ihm positioniert.

Rudy Schell, seit zwei Jahren leitender Ermittler im Fall Bennett, saß in einem der Wagen. »Ich vermute, er fährt zu seiner Frau«, informierte er die anderen. »Warum sollte er sonst nach New Jersey? Jon Pierce zeichnet dort jedes Wort auf. Bevor wir in irgendeiner Weise eingreifen, wollen wir hören, was er seiner Frau zu erzählen hat. Vielleicht kommt dabei ja heraus, dass auch sein Sohn mit drinsteckt. Jeder Fluchtversuch ist jedoch zu unterbinden.«

Trotzdem ließ ihn ein Gedanke nicht mehr los: Kann es sein, dass er zu clever für uns ist? Bennett musste doch wissen, wie riskant es war, zurückzukehren und mit seiner Frau und seinem Sohn Kontakt aufzunehmen. Die Frage lautete also: Warum macht er das?

67

Es war ihr Geburtstag. Anne war so froh, dass Lane eingewilligt hatte, sie mit Eric zu besuchen, bevor die beiden zusammen zum Essen gingen. Eric hatte sie überreden wollen, ebenfalls mitzukommen, aber das hatte sie natürlich abgelehnt.

Geburtstage und Feiertage verbringt man zu Hause, dachte sie. Außerdem ging es ihr momentan nicht besonders gut.

Das Gefühl, in dem neuen Haus zur Ruhe kommen zu können, hatte sich mittlerweile etwas abgeschwächt. Natürlich mochte sie das Haus. Es war so schön und hatte genau die richtige Größe für sie. Vor allem das Wohnzimmer hatte es ihr angetan. Hübscher hätte sie es sich nicht wünschen können.

Lane ist so ein lieber Mensch, dachte sie. Wie nett von ihr, dass sie an den letzten Samstagen immer gekommen ist. Nur eine Sache hatte Anne nie mit Lane und auch nicht mit Eric besprochen, nämlich, wie sehr sie ihren Mann vermisste. Schon als junge Frau, kurz nach ihrer Heirat mit Parker, hatte sie gewusst, dass sie keinen treuen Mann bekommen würde. Zweiundzwanzig war sie damals gewesen, aber noch jetzt hatte sie die anderen Frauen aus dem Büro im Ohr, die so bewundernd von Parker gesprochen hatten und wie charmant er sein konnte. Anne hatte ganz genau gewusst, was sie damit meinten.

Sie hatte aber auch immer gewusst, dass er etwas an sich hatte, was ihre bedingungslose Loyalität erforderte. Und immer hatte sie glauben wollen, dass etwas in seinem Kopf ihn daran hinderte zu begreifen, was er mit seinem Betrug bei so vielen Menschen angerichtet hatte.

Außerdem machte sie sich Sorgen um Eric. Sie wollte glauben, dass er keinen Anteil daran hatte, war sich aber nicht sicher. Dazu kam ihr Unwohlsein. Der Weihnachtsbaum, den Eric vor zwei Tagen gebracht hatte – ein echter Baum, wie sie ihn sich gewünscht hatte –, musste noch behängt werden. Bei ihrem letzten gemeinsamen Abendessen hatte Eric die Kerzen befestigt und vom Speicher die Schachteln mit dem Weihnachtsschmuck und dem Lametta geholt. Anne hatte vorgehabt, den Baum an diesem Abend zu schmücken, jetzt aber, mit den stechenden Schmerzen im linken Arm, wollte sie lieber bis morgen warten.

Um neunzehn Uhr bog Eric auf die Anfahrt ein. Zehn Minuten später parkte Lane hinter seinem Wagen. Lane hatte einen Kranz für die Eingangstür mitgebracht, der intensiv nach frischen Kiefern und Stechpalmen duftete.

»Du siehst so hübsch aus, Lane«, sagte Anne, als Lane ihr zur Begrüßung einen Kuss auf die Wange drückte.

Lane trug eine smaragdgrüne langärmelige Seidenbluse zu einer schwarzen Hose. Um den Hals hatte sie eine einfache Kette mit weißen Perlen. Die hatte sie bereits bei ihrem letzten Besuch getragen. Sie hatte Anne erzählt, dass es sich um ein Verlobungsgeschenk ihrer Mutter handelte, die es wiederum von ihrer Mutter erhalten hatte.

»Das Grün passt wunderbar zu deinen Haaren«, sagte Anne.

Anne fiel gar nicht auf, dass Lane sie mit größter Besorgnis ansah. Denn mit einem Mal war die ältere Frau kreidebleich. Winzige Schweißtropfen standen ihr auf der Stirn, außerdem bewegte sie sich nur mühsam voran, fast so, als wäre sie unsicher auf den Beinen.

Lane hatte tatsächlich Dwight angerufen und ihn gebeten, ihr den Grund für seine Abneigung gegen Eric zu nennen, worauf er geantwortet hatte: »Lane, ich erzähl es dir gern, dazu muss ich aber erst von einem Versprechen entbunden werden, das ich vor langer Zeit jemandem gegeben habe. Ich melde mich wieder bei dir.« Als Lane jetzt Annes Blick sah und erkannte, wie sehr sich diese freute, kam sie sich fast wie eine Verräterin vor. Der Weihnachtsbaum bot ihr jedoch die Möglichkeit, allen Gesprächen auszuweichen, die möglicherweise zu persönlich würden.

»Oh, Anne«, sagte sie, »hast du was dagegen, wenn ich mithelfe, den Baum zu schmücken? Ich kann das wirklich gut ... wenn ich das so sagen darf. Außerdem kommst du an die höheren Zweige nicht so gut heran. Ich werde Eric bitten, mir zur Hand zu gehen.«

»Meine Mutter hat immer darauf bestanden, selbst auf die Trittleiter zu steigen«, sagte Eric. »Ich halte das für eine gute Idee, Lane. Was meinst du, Mom?«

»Oh, Lane, das wäre wunderbar. Ich freue mich auf den geschmückten Baum, habe aber die Arbeit gescheut. Eric, meinst du wirklich? Ihr habt doch eine Reservierung im Restaurant!«

»Mein ganzes Leben versuche ich schon, dir einmal beim Schmücken des Weihnachtsbaums zu helfen«, lachte er. »Lane, sag mir, womit ich anfangen soll.«

Erfreut sah Anne den beiden zu, und nach kaum einer halben Stunde funkelte der Baum unter dem Glanz der Kugeln, der bunten Lichter und des an den Zweigen glitzernden Lamettas.

Dann zog Lane die Krippe aus der letzten Schachtel.

»Oh, ist die schön«, sagte sie.

»Mein Vater hat sie gemacht«, antwortete Anne. »Jedes Stück ist selbst geschnitzt. Die Krippe, die Figuren, das Christkind,

Maria und Josef, die Schäfer, die Engel und die Tiere.« Sie sah zu Eric. »Dein Vater hat nie wertzuschätzen gewusst, was für ein begabter Handwerker dein Großvater gewesen ist. Und du, denke ich, tust das auch nicht.«

Eric lächelte, sagte aber nichts.

Kurz darauf stapelte Lane die leeren Schachteln ineinander und bat Eric, sie wegzubringen. Als er das Zimmer verlassen hatte, stand Anne auf und griff zu der Spieldose auf dem Kaminsims.

»Lane«, begann sie bedächtig. »Im ersten Jahr unserer Ehe hat mir mein Mann das zum Geburtstag geschenkt. Wenn man sie aufzieht, spielt sie *›The Song is Ended but the Melody Lingers On‹*. Ich höre mir das Lied oft an, aber an meinem Geburtstag hat es eine ganz besondere Bedeutung.«

Als sie die Spieldose anhob, glitt sie ihr durch die Finger, fiel zu Boden und zerbrach an den Kacheln des erhöht stehenden offenen Kamins. Die tanzenden Figuren und das Samtkissen, auf dem sie angebracht waren, purzelten davon. Erschreckt kam Eric ins Zimmer gelaufen.

»Was ist passiert?«, rief er.

Bevor Anne etwas sagen konnte, hatte er schon die zerbrochene Spieldose entdeckt.

»Ich kauf dir eine neue, Mutter«, sagte er. Er wollte die Dose aufheben, aber Anne hatte sie schon an sich genommen.

Und dann bemerkte sie an der Innenseite einen schmalen Papierstreifen, den sie verwirrt betrachtete. »Da steht eine Nummer drauf«, sagte sie. »Wahrscheinlich so was wie eine Produktnummer.«

Hastig riss ihr Eric die Spieldose aus der Hand.

»Lass mich sehen.«

Und plötzlich bekam sein Gesicht einen Ausdruck, den Lane nur schwer einordnen konnte. Vorsichtig schälte er den

Streifen von der Innenseite der Dose und steckte ihn in seine Brieftasche.

»Nein, Mutter, das ist eine Seriennummer. Und ob es dir gefällt oder nicht, ich werde dir eine neue Spieldose besorgen.«

Das ist niemals die Seriennummer, dachte Lane. Die Seriennummer klebt doch nicht an der Innenseite. Wenn, dann ist sie an der Unterseite angebracht oder eingestanzt.

Da der Zylinder nicht beschädigt war, zog Anne die Dose auf, und erneut erklang das Lied.

»Solange die Dose noch unser Lied spielt«, sagte sie, »ist es mir egal, ob sie zerbrochen ist.« Mit Tränen in den Augen begann Anne Bennett leise den Text mitzusingen.

68

Am Donnerstag um siebzehn Uhr stand Ranger vor dem Gebäude, in dem Eric Bennett arbeitete. Die Zeit war gekommen. Er konnte nicht mehr länger warten. Vielleicht würde er davon absehen, die Mutter zu töten. Am Sonntag war er ihr erneut zur Messe gefolgt und hatte gesehen, wie gebrechlich sie war. Vielleicht würde er nur Eric erschießen und es dabei bewenden lassen. Er würde es tun, wenn Eric sein Apartmentgebäude betrat.

Als er dann aber Eric nachging, verschwand dieser sofort in der Garage. So folgte er ihm schließlich zu Anne Bennetts Haus in Montclair.

Dass überall in dem Ort in den Vorgärten die Weihnachtsbäume glitzerten und funkelten, machte alles nur noch schlimmer.

Jeder in der Welt hatte jemanden, nur er war ganz allein.

Judy, Judy ...

Und die Stimmen in seinem Kopf wurden von Mal zu Mal lauter. *Bring sie um, bring sie um, bring sie um* ... Die Heizung in seinem Auto funktionierte nicht mehr, sodass es drinnen genauso kalt war wie draußen.

Seine Finger waren ganz steif. Er dachte daran, dass Judy ihre Finger immer zwischen seine geschoben hatte, wenn er sie gebadet und gefüttert hatte, und dann hatte sie ihm immer gesagt, wie gut er zu ihr sei und wie sehr sie ihn liebe.

Ein Wagen fuhr an ihm vorbei und parkte hinter Erics Auto

in der Anfahrt. Seine Freundin. Das war seine Chance. Alle drei hielten sich im Haus auf. Aber plötzlich wurde Ranger nervös. Er konnte sich nicht dazu durchringen, den Wagen zu verlassen. Wieder hörte er Judys Stimme.

Etwa eine halbe Stunde später kamen Eric und seine Freundin wieder heraus und stiegen in ihre jeweiligen Autos. Wahrscheinlich fuhren sie in ein Restaurant.

Aus Gewohnheit folgte Ranger ihnen.

69

Er war fast da. Vor lauter Nervosität hatte Parker Bennett einen ganz trockenen Hals. Er war auf dem Weg nach Montclair, und es herrschte nur wenig Verkehr. Er war nicht oft in New Jersey gewesen, aber das Navigationssystem erleichterte die Orientierung doch sehr. Als er vom Highway nach Montclair abbog, war er sogar richtig angetan von der Weihnachtsbeleuchtung in den Vorgärten.

In Greenwich hatten sich professionelle Dekorateure um die weihnachtliche Ausschmückung des Herrenhauses gekümmert. Ein steter Strom von Autos war in der Vorweihnachtszeit vorbeigefahren, um die großartige Pracht zu bewundern. Und Anne wäre nicht Anne gewesen, wenn sie nicht im Wohnzimmer selbst einen Baum aufgestellt und mit Christbaumkugeln geschmückt hätte, die sie nach dem Tod ihrer Eltern von zu Hause mitgebracht hatte. Und unter dem Baum hatte immer eine Krippe gestanden. Kein Jahr war vergangen, in dem es nicht so gewesen wäre.

Parker war überzeugt, dass es in ihrem neuen Heim genauso war.

Er ließ die Ereignisse der vergangenen zwei Jahre in Gedanken Revue passieren. Das Wachstum des Fonds war zum Erliegen gekommen, es war kaum noch möglich gewesen, die Wirtschaftsprüfer länger hinzuhalten. Die Börsenaufsicht hatte ihn bereits ins Visier genommen. Es war Zeit gewesen zu verschwinden. Sofort und auf der Stelle.

Das Wissen, jederzeit ein neues Leben als George Hawkins beginnen zu können, hatte ihm immer große Sicherheit verschafft. Außerdem hatte er Eric nicht mehr trauen können. Er war so gut wie überzeugt gewesen, dass sein Sohn vorhatte, ihn übers Ohr zu hauen. Das war der Grund, warum er den Großteil der Gelder auf dieses zweite Konto transferiert hatte.

Die Flucht hatte er sorgfältig geplant. Das kleine Schlauchboot und den von George Hawkins erworbenen Außenbordmotor verstaute er auf seinem großen Segelboot auf St. John. Draußen auf dem offenen Gewässer wollte er dann das Segelboot verlassen und mit dem Schlauchboot St. Thomas ansteuern. Im Lauf der Jahre hatte er die beste Route dafür ausgekundschaftet. Seine Planung sollte sich auszahlen.

Es war eine lange Fahrt durch raue See. Und sechs Stunden, nachdem Parker Bennett sein Boot vor Tortola verlassen hatte, steuerte George Hawkins mit dem Schlauchboot die Anlegestelle vor seiner kleinen Villa auf St. Thomas an.

»Sie erreichen Ihr Ziel nach zweihundert Metern rechts«, informierte ihn die elektronische Stimme des Navigationssystems.

Ohne zu ahnen, dass er nicht nur von Ranger, sondern auch von einem Dutzend FBI-Agenten beobachtet wurde, stieg Parker aus, trat an die Eingangstür, nahm sein Handy heraus und wählte Annes Nummer.

Zwei Jahre hatte er ihre Stimme nicht gehört, trotzdem fiel ihm sofort auf, wie verändert sie klang – wie leise und erschöpft.

»Anne«, sagte er, »ich bin's. Ich stehe vor deiner Tür. Ich halte es ohne dich nicht mehr aus. Ich werde mich selbst stellen, zuvor wollte ich aber noch ein paar Stunden mit dir allein sein.«

Anne schnappte nach Luft. »Oh, Parker, bist du das wirklich? Träume ich?«

»Anne, du träumst nicht. Lass mich rein.« Es wurde aufgelegt. Keine zwanzig Sekunden später bemerkte er, wie der Knauf umgedreht wurde und die Tür aufging. Er trat ein, zog die Tür zu, umarmte Anne und drückte sie fest an sich.

Sie weinte. »Ich habe gewusst, dass du zurückkommst. Ich habe es immer gewusst.«

Den Arm fest um sie gelegt, ging er mit ihr ins Wohnzimmer.

»Na, fast habe ich erwartet, dass ich deine Spieldose höre. Wo ist sie denn?«, fragte er und musste sich zusammenreißen, um nicht allzu ungeduldig zu klingen.

In diesem Augenblick entdeckte er sie auf dem Cocktailtisch, wo sie neben den abgebrochenen Figuren offen dalag.

»Sie ist mir vor kaum einer halben Stunde runtergefallen«, sagte Anne, »aber sie spielt immer noch unser Lied. Ist das nicht wunderbar?« Sie sah ihn an. »Oh, Parker, wie hast du dich verändert. Aber ich weiß ja, du hast dich verstecken müssen.«

»Anne, im Inneren der Dose war ein kleiner Zettel. Wo ist der hingekommen?« Jede Zärtlichkeit war aus seiner Stimme gewichen.

»Eric hat ihn in seine Brieftasche gelegt.«

»Wo steckt er?«

Plötzlich bekam es Anne Bennett mit der Angst zu tun. Verwirrt starrte sie ihren Mann an. »Er ist beim Essen.«

»Fährt er von dort direkt nach Hause?«

»Nein, er hat gesagt, er will noch mal bei mir vorbeischauen, bevor er nach New York zurückfährt. Ach, Parker, er ist sehr wütend auf dich. Das kannst du verstehen, oder?«

Parker Bennett nickte. »Ja, das kann ich natürlich verstehen. Ich bin auch gekommen, um mich mit Eric auszusöhnen, wenn das möglich ist. Also, Anne, setzen wir uns doch, bis er kommt …«

»Oh, ja. Ja.«

»Und lassen wir unser Lied wieder spielen.«

Er nahm die Spieldose zur Hand, zog sie auf und lauschte, während Anne mit zitternder Stimme den Text mitsang. *»The song is ended but the melody lingers on.«*

70

Eric war wie ausgewechselt, bemerkte Lane. Er schien mit den Gedanken ganz woanders zu sein, sodass alle ihre Versuche, mit ihm ins Gespräch zu kommen, ins Leere liefen. Es war, als würde er ihr gar nicht zuhören.

Als sie auf die Vorspeise warteten, nippte er nicht an seinem Wein, sondern kippte ihn regelrecht in sich hinein, dazu trommelte er mit den Fingern auf den Tisch.

Sie spürte, dass er es kaum erwarten konnte, wieder wegzukommen. Er hatte überhaupt nichts mehr von dem charmanten Mann an sich, den sie in den letzten sechs Wochen kennengelernt hatte. Und er hatte mit seiner Behauptung, auf dem Zettel an der Innenseite der Dose stehe die Seriennummer, seine Mutter belogen. Aber aus welchem Grund?

Noch mehr sorgte sie sich aber um Anne Bennett selbst. Sah er denn nicht, dass seine Mutter sehr krank war?

»Eric, hat deine Mutter schon mal Probleme mit dem Herzen gehabt?«, fragte sie.

»Was? Ach so, manchmal. Manchmal hat sie einen unregelmäßigen Herzschlag, aber seit dem Verschwinden meines Vaters ist das nicht mehr vorgekommen.«

Lane spürte den Vibrationsalarm ihres Handys, den sie für den Fall, von zu Hause einen Anruf wegen Katie zu erhalten, immer anhatte. »Entschuldigung«, sagte sie zu Eric, sah aufs Display und erkannte den Namen des Anrufers. Dwight Crowley, ihr Stiefvater. Schnell drückte sie ihn weg.

»Wer war das?«, fragte Eric.

Lane überlegte fieberhaft, lächelnd antwortete sie: »Das war meine liebe Chefin Glady Harper. Sie meint, sie kann mich bis Mitternacht problemlos anrufen, wenn ihr noch was einfällt, was sie mir unbedingt mitteilen möchte.«

Eric nickte, allerdings mehr aus Desinteresse oder Unkonzentriertheit und weniger aus Verständnis.

»Eric, du hörst mir doch gar nicht zu«, sagte Lane. »Du kommst mir vor, als würde dich etwas sehr beunruhigen. Und meiner Meinung nach hast du auch allen Grund, dir um deine Mutter Sorgen zu machen. Warum rufst du sie nicht an?«

Kurz huschte ein Ausdruck der Verärgerung über Erics Gesicht. »Lane, du sorgst dich um meine Mutter, und das weiß ich zu schätzen, aber sie sieht heute nicht anders aus als gestern oder vorgestern. Aber wenn es dich glücklich macht ...«

Er zückte sein Handy und wählte. Es klingelte fünfmal, dann schaltete sich der Anrufbeantworter ein.

»Vielleicht ist sie schon zu Bett gegangen«, sagte er.

»Vielleicht auch nicht«, entgegnete Lane. »Eric, deine Mutter ist sehr krank. Wir sollten sofort zurückfahren.«

Er zögerte, stand dann aber auf und sagte: »Vielleicht hast du recht. Aber du bleibst hier. In einer Viertelstunde bin ich zurück.«

»Ich komme mit«, erwiderte Lane bestimmt.

Mit einem Achselzucken legte Eric einen Hundert-Dollar-Schein auf den Tisch. »Gut, wenn du darauf bestehst«, sagte er, während der Kellner mit den Vorspeisen in der Hand ihnen nur entgeistert nachstarrte.

71

Sie fuhren zu dem nur fünf Minuten entfernten Restaurant, in dem sie auch schon gegessen hatten, als er ihnen zum ersten Mal gefolgt war. Ranger parkte seinen Wagen und bekam erneut einen Tisch an der gegenüberliegenden Wandseite. Als der Kellner ihr Essen brachte, warf Eric aber nur einen Geldschein auf den Tisch, und beide eilten hinaus.

Ranger machte sich nicht die Mühe, die Rechnung zu verlangen, er tat so, als wollte er zur Toilette, und schlüpfte hinter ihnen aus dem Restaurant.

Während sich Eric und Lane die Wagen vorfahren ließen, lief Ranger über die Straße zu seinem Auto und folgte ihnen zu Anne Bennetts Haus. Ihrer Eile nach zu schließen musste dort irgendetwas vorgefallen sein.

Er sah, wie Eric ausstieg und mit schnellen Schritten zur Tür ging. Seine Freundin folgte ihm.

So eine Chance bekam er vielleicht nie wieder. Alle drei auf einmal. Warum nicht? Die Stimmen in seinem Kopf stachelten ihn an: »Mach es jetzt! Los! Sofort!«

Ranger griff sich das Paket auf dem Rücksitz, das ihm als Vorwand dienen sollte, an der Tür zu klingeln.

Und dann wäre es auch schon vorbei.

72

Annes Telefon klingelte. Parker Bennett warf einen Blick aufs Display und ließ es klingeln, bis er die besorgte Stimme seines Sohns hörte: »Mom, ist alles in Ordnung? Mom, ich weiß, dass du da bist. Geh ran.«

Als Anne zum Gerät greifen wollte, hinderte Parker sie daran.

»Anne«, sagte er, »bevor ich mich den Behörden stelle, möchte ich mich mit meinem Sohn versöhnen. In seiner jetzigen Verfassung muss ich aber befürchten, dass er sofort das FBI informiert.«

»O Parker«, sagte Anne, »daran hab ich nicht gedacht. Wie sehr wünsche ich mir, dass ihr beide euch aussprecht, bevor ich sterbe.«

Bennett betrachtete eingehender seine Frau, und erst jetzt fiel ihm auf, wie bleich sie war, erst jetzt bemerkte er den feinen Schweißfilm auf ihrer Stirn.

»Anne, hast du in letzter Zeit dein Herz untersuchen lassen?«, fragte er in echter Sorge. »Du siehst aus, als würde es dir gar nicht gut gehen.«

Anne schüttelte den Kopf und rückte auf dem Sofa näher an ihren Mann heran. »Ja, ich nehme meine Herztropfen, an manchen Tagen geht es mir aber nicht besonders gut. Heute ist so ein Tag.«

Sie sah zu ihm. »Parker, ich will dich sehen, wie du bist. Das ist doch eine Perücke. Nimm sie ab. Und warte bitte bis morgen, bis du dich stellst. Gönn mir noch eine letzte Nacht mit dir.«

Sie lehnte den Kopf an seine Schulter. »Ich liebe dich«, sagte sie. »Und mir tun die Menschen leid, denen du das Geld gestohlen hast. Aber die ganze Summe kann doch nicht fort sein. Kannst du das Geld nicht irgendwo deponieren, wo man es findet, und wir verstecken uns irgendwo? Ich möchte doch nur für den Rest meines Lebens bei dir sein.«

Kurz bedauerte Parker Bennett zutiefst, für welches Leben er sich entschieden hatte.

Aber dann sah er sich selbst wieder in seiner neuen Villa in der Schweiz und stellte sich sein Leben im Luxus vor, das auf ihn wartete, wenn er den Flug heute Abend erreichte.

73

Die Dutzend Beamten des FBI-Observierungsteams, die mittlerweile das Haus umstellt hatten, lauschten dem Bericht, den Jonathan Pierce ihnen übermittelte.

Jon sah, wie Lane und Eric zum Haus eilten, in dem sich Parker Bennett aufhielt. Die Situation, befürchtete Jon, konnte leicht außer Kontrolle geraten. Das hatte er auch bereits Rudy Schell mitgeteilt. »Wir wissen aber noch nicht, ob beide in die Sache verstrickt sind«, hatte Schell nur geantwortet. »Wir müssen erst hören, was sie sich zu sagen haben.«

Und dann fügte er noch an: »Außerdem gibt es da noch diesen verbeulten Ford, in dem sitzt irgend so ein Alter. Sieht aus, als wäre er ihnen gefolgt. Das könnte derselbe Wagen sein, der schon mal Anne Bennett gefolgt ist, wie du gesehen hast. Wir behalten ihn im Auge.«

74

Mit geschlossenen Augen saß Anne zusammengesackt auf der Couch, als Lane und Eric ins Wohnzimmer kamen. Sofort stürzte Lane zu ihr, ging vor ihr in die Hocke, fühlte ihren Puls und rief: »Eric, ich spüre keinen Puls mehr, sie atmet nicht mehr. Ruf einen Notarzt.« Insgeheim wusste sie bereits, dass Anne nicht mehr lebte.

Eric zückte sein Handy, aber in diesem Moment hörte er eine Stimme in der Tür. »Das kann noch warten. Hallo, Eric.«

Lane ließ Anne Bennetts Handgelenk los und erhob sich. Sie kannte den Mann von den vielen Fotos in den Zeitungen. Es gab keinen Zweifel, er war es: Parker Bennett. Und was sie anschließend hörte, entsetzte sie.

»Du hast die Nummer, Eric. Gib sie mir.«

Die Nummer, die innen an der Spieldose geklebt hat, dachte Lane. Was hat sie zu bedeuten?

»Das, Dad, wird leider nicht möglich sein«, erwiderte Eric mit kalter Stimme. »Und jetzt verschwinde von hier, Mutter zuliebe. Ich will nicht, dass du verhaftet wirst. Du musst einen Plan für Notfälle haben, ein Versteck. Lassen wir es dabei bewenden.«

Das kannst du nicht tun, Eric, dachte Lane. Du musst die Polizei informieren.

Zu ihrem Schrecken sah sie, wie Parker Bennett die Hand aus der Tasche zog und eine Pistole auf seinen Sohn richtete.

»Was soll das, Dad?«, fragte Eric, als er die Waffe sah.

»Was das soll? Ich sage dir, was das soll: Wirf mir deine Brieftasche rüber. Deine Mutter hat gesagt, du hast die Nummer da drin.«

Als sein Sohn nicht reagierte, fuhr er fort: »Eric, ich weiß, was du denkst, aber ich habe dich nicht betrogen. Ich hatte immer vor, das Geld mit dir zu teilen.«

»Was verstehst du unter ›betrügen‹?«, fragte Eric. »Du bist abgehauen, ohne mir Bescheid zu geben. Dreizehn Jahre lang habe ich alles getan, worum du mich gebeten hast. Hätte ich mich nicht um die Kontenverwaltung gekümmert und die Depotauszüge gefälscht, wärst du sofort geschnappt worden. Du hast fast die ganze Summe abgezogen, die wir uns teilen wollten. Und das bisschen, was übrig blieb, habe ich nicht gewagt anzurühren. Ich bin ja ständig überwacht worden.«

»Die Brieftasche, Eric!«, schrie Parker.

Eric zog die Brieftasche hervor und warf sie Parker zu. Als sein Vater sie auffangen wollte, stürzte sich Eric auf ihn und warf ihn zu Boden.

Zwei Schüsse lösten sich und trafen Eric am rechten Arm und an der Schulter. Fassungslos sah Lane, wie er seinem Vater die Pistole entwand und sie auf ihn richtete. »Nein«, schrie Parker Bennett, »tu es nicht, bitte!«

»Bye, bye, Daddy«, sagte Eric, dann drückte er den Abzug durch.

Die Kugel traf Parker Bennett genau zwischen den Augen. Sein Blut vermischte sich mit dem von Eric, während er seinen letzten Atemzug tat.

Mühsam richtete sich Eric auf, sah zu Lane und lächelte. Sein Gesicht schien sich völlig verändert zu haben, seine Augen waren nur noch dunkle Höhlen. Und sein Lächeln war ein verächtliches Grinsen. Mit der linken Hand stützte er den verletzten Arm, gleichzeitig richtete er die Waffe auf Lane.

»Bedaure, Lane, ich fing gerade an, dich zu mögen. Aber nur, damit du es weißt, ich bin froh, dass mich das Schwein angeschossen hat. Jetzt wird mir jeder glauben, dass ich unschuldig bin, und ich werde die fünf Milliarden Dollar kassieren, die ich mir in über dreizehn Jahren verdient habe. Auf der Pistole sind meine und auch seine Fingerabdrücke. Aber man wird mir glauben, wenn ich sage, dass er erst auf mich geschossen, dann dich umgebracht und schließlich sich selbst erschossen hat.«

Sein Finger krümmte sich um den Abzug.

»Ich verspreche dir auch, ich werde Katie regelmäßig besuchen. Ich werde sie trösten, und vielleicht backt sie mir ja auch den einen oder anderen Keks.«

75

In dem Moment, in dem die Schüsse fielen, spurtete Jonathan Pierce bereits aus seinem Haus und lief über die Anfahrt zu Anne Bennetts Eingangstür. Vielleicht war es schon zu spät, um Lane noch zu retten. Mit einem Schuss aus seiner Waffe zerstörte er das Schloss, brach mit der Schulter die Tür auf und stürmte ins Wohnzimmer. Auf der Straße sprangen die FBI-Beamten aus ihren Wagen und folgten ihm.

76

Katie, dachte Lane. Katie, ich kann sie nicht alleinlassen.

Intuitiv warf sie sich zur Seite und spürte im gleichen Moment einen sengenden Schmerz an der Stirn. Blut lief ihr übers Gesicht. Verzweifelt sah sie sich um.

Bevor Eric erneut feuern konnte, packte sie die Spieldose auf dem Cocktailtisch, schleuderte sie ihm entgegen und traf ihn an der verletzten Schulter.

Mit einem Schrei ließ er die Pistole fallen. Wütend beugte er sich zu Boden, ergriff sie wieder, erhob sich und zielte erneut auf Lane.

Voller Angst, zu spät zu kommen, stürmte Jonathan ins Wohnzimmer und sah, wie Eric die Waffe auf Lane gerichtet hatte. Um Lane nicht zu gefährden, wagte er es nicht, seine Waffe abzufeuern, stürzte sich stattdessen auf Eric und krachte mit ihm auf den Boden. Und die Kugel, die für Lane bestimmt war, traf – ein letzter ironischer Umstand – die zerbrochene Spieldose.

Rudy Schell befand sich an der Spitze der FBI-Beamten, die ins Zimmer stürmten und Eric Bennett umstellten. Verzweifelt sah Jonathan zur blutüberströmten Lane, die sich auf dem Boden krümmte.

»Lane, Lane!«, rief er, fiel neben ihr auf die Knie und schloss sie in die Arme.

Rudy Schell war bereits an seiner Seite. Jon wischte Lane das Blut von der Stirn, und wie betäubt sagte er: »Es ist nur ein

Streifschuss. Sie hat sich gerade noch rechtzeitig zur Seite fallen lassen.«

Lane hörte die Stimmen nur noch wie aus weiter Ferne. Lieber Gott, ich werde nicht sterben, ging ihr durch den Kopf. Ich werde nicht sterben. Tiefe Dankbarkeit war das Letzte, was sie empfand, bevor sie im Krankenhaus wieder aufwachte und in die Augen des Mannes schaute, der ihr das Leben gerettet hatte.

77

Ranger hörte die Schüsse und fragte sich, ob sie echt waren oder ob er sie nur in seinem Kopf wahrnahm. Er saß in seinem Wagen und starrte vor sich hin. Das Paket, mit dem er zum Haus wollte, war neben ihm auf dem Beifahrersitz. Die Pistole lag unten im Fußraum des Beifahrerbereichs.

»Hände aufs Lenkrad, wo wir sie sehen können! Sofort!«, hörte er jemanden brüllen.

Aber Ranger hörte den Mann kaum, denn in seinem Kopf erklang eine andere Stimme. Als die Türen des Wagens aufgerissen wurden, blickte er auf. »Schon gut«, sagte er. »Judy würde es nie zulassen, dass ich irgendjemanden umbringe.«

78

Am Freitagmorgen rief Len Stacey beim FBI an. Als er durchgestellt wurde, räusperte er sich und sagte: »Ich habe vielleicht wichtige Informationen über Parker Bennett. Wenn ich mich nicht täusche, weiß ich, wo er wohnt, wohin er will und wie seine Handynummer lautet. Und soweit ich weiß, sind zwei Millionen Dollar Belohnung ausgesetzt für Informationen, die zu seiner Ergreifung führen.«

»Mr. Stacey, Sie sind leider vierundzwanzig Stunden zu spät dran«, wurde ihm gesagt. »Werfen Sie mal einen Blick in die heutigen Zeitungen. Parker Bennett ist gestern Abend ums Leben gekommen.«

»Sie meinen, ich hätte recht gehabt? Sie meinen, er hat wirklich unter dem Namen George Hawkins gelebt?«

»Ja, das hat er. Vielen Dank, Mr. Stacey, und auf Wiedersehen.«

Len hörte, wie aufgelegt wurde. Ich habe recht gehabt, dachte er. Und hätte ich sofort angerufen, als mir zum ersten Mal der Verdacht kam, wäre ich jetzt um zwei Millionen Dollar reicher.

Er beschloss, seiner Frau lieber nichts davon zu erzählen. Es wäre ja sowieso sinnlos gewesen. Und außerdem hatte sie ihm deutlich zu verstehen gegeben, dass sie von Parker Bennett alias George Hawkins nie mehr auch nur ein Wort hören wollte.

79

Eine Woche später waren sie alle in Rudy Schells Büro versammelt: Lane und Glady, Eleanor und Frank Becker, Sean Cunningham und Jonathan Pierce.

»Ich möchte Sie über die weiteren Entwicklungen in diesem Fall informieren«, sagte Rudy Schell.

»Mrs. Becker, fangen wir mit Ihnen an. Eric Bennett hat ausgesagt, dass Sie in keiner Weise am Betrug beteiligt waren. Er hat zugegeben, dass er und sein Vater sich über Ihre Naivität lustig gemacht haben und Ihre herzliche Art äußerst förderlich war, um das Vertrauen neuer Kunden zu gewinnen. Er hat bestätigt, dass Sie von Unregelmäßigkeiten bei Parker Bennetts Investmentfonds zu keinem Zeitpunkt etwas gewusst haben. Ich kann Ihnen versichern, dass diese Informationen an die Staatsanwaltschaft weitergegeben werden und die Anklage gegen Sie fallen gelassen wird.«

Eleanor seufzte und drehte sich zu ihrem Mann. »Frank, ich komme nicht ins Gefängnis, ich komme nicht ins Gefängnis.«

Schell wandte sich an Glady. »Ms. Harper, ich möchte Ihnen sehr für Ihre Mitarbeit danken.«

»Und, haben Sie die Gräfin festnageln können? Wir wissen doch alle, dass sie ihre Finger mit im Spiel hatte«, sagte Glady in ihrer gewohnt schroffen Art.

»Wir haben nicht die Absicht, die Gräfin wegen irgendwelcher Verfehlungen zu belangen«, antwortete Schell. »Mehr kann ich Ihnen dazu nicht sagen.«

»Jammerschade. Ich hätte schwören können, dass sie mit ihm unter einer Decke steckte. Da haben wir so viel Arbeit in ihre Wohnung investiert, und gerade, wenn sie fertig ist, zieht sie aus.«

»Was passiert mit Ranger?«, fragte Sean Cunningham leise.

»Er hat sich bereit erklärt, sich in psychiatrische Behandlung zu begeben«, antwortete Schell.

»Muss er eine Anklage wegen unerlaubten Waffenbesitzes befürchten?«

»Möglich, aber ich denke, in Anbetracht der Umstände wird es auf eine Bewährungsstrafe hinauslaufen.«

Lane hatte still zugehört. Die Wunde an ihrer Stirn war bereits gut verheilt, der Arzt hatte ihr aber gesagt, dass eine blasse Narbe zurückbleiben würde. Während der beiden Tage, die sie im Krankenhaus verbracht hatte, waren ihre Mutter und Dwight nach New York gekommen, um bei ihr zu sein und sich um Katie kümmern zu können. Als Dwight sie während des Essens mit Eric angerufen hatte, wollte er ihr erzählen, dass seine Cousine Regina Crowley Fitzsimmons ihn von seinem Versprechen entbunden hatte – dem Versprechen, das er ihrer Mutter gegeben hatte, niemandem zu erzählen, was Eric ihr angetan hatte.

Alle haben mir gesagt, dass ich mich in Eric täusche, dachte Lane. Wie habe ich bloß so starrköpfig sein können? Ein altes Sprichwort wollte ihr nicht aus dem Kopf: »Niemand ist so blind wie der, der nicht sehen will.«

Rudy Schell wandte sich jetzt an sie. »Ms. Harmon, Sie waren Augenzeugin der Vorfälle in Anne Bennetts Haus. Wir hätten Eric Bennett festnehmen können, aber den Mord an seinem Vater hätten wir ihm nur schwer nachweisen können, wenn Sie nicht gewesen wären.

Wir gehen davon aus, dass ihn eine lange Haftstrafe wegen Betrugs erwartet, und eine noch längere Haftstrafe, wenn er auch wegen Mordes und wegen versuchten Mordes an Ihnen verurteilt wird. Er wird den Rest seines Lebens im Gefängnis verbringen, keine Frage.

Und jetzt zu den guten Neuigkeiten – Parker Bennett hat zwar seine Kunden betrogen, aber er hat nebenbei ganz seriös auch Geld verdient. Ein Teil der Kundengelder ging für seinen Lebensstil drauf, der allergrößte Teil der fünf Milliarden Dollar konnte aber sichergestellt werden und wird an die Geschädigten zurückgegeben.«

Jon Pierce hatte bislang nur stumm dabeigesessen. Jetzt sagte Schell: »Wie Sie wissen, Ms. Harmon, hat Agent Pierce Ihnen das Leben gerettet.«

Lane lächelte. »Das weiß ich. Alles, was mir in diesem schrecklichen Augenblick durch den Kopf ging, war, wie fürchterlich es für meine Tochter wäre, wenn ich sterben müsste.«

Lächelnd sah sie hinüber zu Jonathan, der ihr Lächeln freudig erwiderte. Erinnerungsfetzen waren zurückgekehrt. Er hatte sie im Krankenwagen begleitet. Sein Gesicht war das Erste gewesen, das sie beim Aufwachen im Krankenhaus gesehen hatte.

Sie wusste jetzt, dass er bei ihr zu Hause angerufen und Mrs. Potters gebeten hatte, über Nacht bei Katie zu bleiben. Er hatte ihre Mutter und Dwight informiert, worauf sie mit dem nächsten Flug nach New York gekommen waren.

Als er ihr gestanden hatte, dass sein richtiger Name Jonathan Pierce lautete, nicht Tony Russo, hatte sie ihn aufgezogen, dass er für sie immer Tony bleiben würde. Woraufhin er meinte, Anthony sei sein zweiter Vorname, und manche seiner Freunde würden ihn tatsächlich Tony nennen.

Er hatte sie in den beiden Tagen im Krankenhaus besucht und darauf bestanden, sie nach Hause zu fahren.

Als sie ihn fragte, wie sie ihm jemals danken könne, hatte er gesagt: »Wie wär's, wenn wir am Samstagabend zum Essen gehen?«

Sie freute sich schon darauf. Sie freute sich *wirklich* darauf.

Dank

Wieder ist eine Geschichte erzählt. In diesem Fall ist das Lied vorüber – *the song has ended.*

Wie immer hat mir die Reise großen Spaß gemacht. Glücklich bin ich ans Ende des Buches gelangt, was mich aber auch ein bisschen traurig macht. Manche Figuren in diesem Buch sind mir doch sehr ans Herz gewachsen. Ich überlasse es Ihnen, diejenigen zu finden, für die das nicht gilt.

Und wie immer gibt es welche, die den ganzen langen Weg mit mir gegangen sind. Ihnen allen die Hand zum Gruß und meine höchste Dankbarkeit.

Als Erstes natürlich mein Lektor, der mich seit fünfzig Jahren begleitet, Michael Korda. Was für ein Segen, dass ich mit ihm seit so vielen Jahren zusammenarbeiten darf.

Marysue Rucci, Vizepräsidentin und Cheflektorin bei Simon & Schuster, für ihre klugen Ratschläge und Hinweise.

Elizabeth Breeden für ihre Sorgfalt und Geduld beim Lektorat.

Art Directorin Jackie Seow für ihre bezaubernde Umschlaggestaltung.

Ed Boran, pensionierter FBI-Beamter und gegenwärtiger Vorsitzender der Marine Corps Law Enforcement Foundation, der mich darin unterwies, wie das FBI in einem Fall wie diesem ermitteln würde.

Innenausstatterin Eve Ardia, die mir verriet, wie man bei der Gestaltung einer solchen Wohnung fünf Millionen Dollar ausgeben kann.

Nadine Petry, seit siebzehn Jahren meine Assistentin und rechte Hand.

Rick Kimball für seine Hinweise, wie man große Geldsummen verschieben kann.

Schließlich meine familieneigene Unterstützertruppe – dem besten Ehemann von allen, John Conheeney, für seinen unerschütterlichen Beistand; meinen Kindern, die immer da waren und mir halfen, wenn ich ihre Kommentare zu ein oder zwei Kapiteln benötigte. Vor allem sind sie mir eine große Hilfe, wenn ich mal wieder mit einer Formulierung aufwarte, die heutigen Generationen nicht mehr ganz so vertraut ist.

Tempus fugit und so!

Ich hoffe, Sie alle haben die Lektüre genossen.

Mary Higgins Clark